SI LLAMAS A LA PUERTA 1
...un demonio puede

SI LLAMAS A LA PUERTA DEL INFIERNO

...un demonio puede abrirte

Victoria F. Leffingwell

ISBN: 9798737259969
Edición (abril 2021)
Publicado independientemente

Diseño y maquetación: Inma P.-Zubizarreta, 2021
Foto de portada: Aldo Prakash, 2018 on Unsplash
Foto del autor: Victoria

¿Quien mató al Comendador?
Todos a una: Fuente ovejuna, señor.
Lope de Vega

Los fantasmas me persiguen al atardecer.
¿Donde podré esconderme?

Para Victor,
otro rico hereu.

ÍNDICE

AGRADECIMIENTOS

A diferencia de lo que he hecho con otros relatos o novelas, en los que de vez en cuando mandaba capítulos a sufridos miembros de la familia o a amigos pacientes, con esta he preferido no hacerlo y hasta el momento no la ha catado nadie. Me parecía que si desvelaba algo iba a quitar interés en la trama o enseñar puntos que luego serían fundamentales; no ha habido por tanto ningún comentario de si la cosa iba bien, mal o peor, así que sólo a mí me tendrás que achacar el resultado.

Es una novela un poco loca, debe ser porque mi imaginación también lo es, y con el pseudo confinamiento actual la cosa se agrava.

Pero he disfrutado escribiéndola y pudiendo poner tacos a mansalva, porque es algo que nunca hago en la vida real, fruto quizás de una educación en la que estaba peor que mal visto que las "señoritas" los dijesen. Los hombres podían decirlos y no se cortaban, aún en presencia de las féminas, ya fuesen sus respectivas madres o su tía periquita. Hasta en eso nos discriminaban.

Y como me acostumbré a no decir palabras malsonantes ahora no me salen naturalmente. Quizás después de llevar unas semanas conviviendo con Roberta se me peguen y la próxima vez que hablemos te quedes con la boca abierta.

Alicante, enero de 2021
Segundo año de pandemia.

PERSONAJES QUE APARECEN EN ESTA NOVELA

- NACHO VERGARA: autor de novelas policíacas, protagonista principal.
- Don HIGINIO: abuelo de Nacho, rico terrateniente andaluz.
- Doña CONCHA: madre de Nacho.
- PURITA: pintora, tía de Nacho.
- MARCIAL: anciano trabajador del Cortijo de don Higinio.
- JIMENA JIMÉNEZ: detective de ficción de las novelas policíacas de Nacho.
- LOLO LÓPEZ: compañero de Jimena.
- MARIO FEIJOO: editor y amigo de Nacho.
- CARMIÑA: esposa de Mario.
- MARIELA y MARIONA: hijas gemelas de Mario y Carmiña, ahijadas de Nacho.
- ELISA: madre de Mario Feijoo.
- DOCTOR Ramírez: médico de cabecera de Nacho y Rafa Cortés.
- RAFA CORTÉS: arquitecto, vecino y amigo.
- LINA: hermana pequeña del anterior. Florista.
- CARLOTA CHINCHILLA: abogada criminalista, novia de Rafa y compañera de yoga de Nacho.

- PIPPA CEBALLOS: especialista en Rembrandt, amiga de Nacho y parte del grupo de amigos.
- ROBERTA RABOLI: detective de la Brigada de Homicidios asignada al caso.
- ESTANISLAO ESTEBAN CAYUELA (TANIS): compañero de Roberta.
- CARMELO CLAVETE: jefe de los anteriores.
- PEPIÑO: especialista en efectos especiales cinematográficos.
- ARMANDO BOLLO REBOLLO: médico forense.
- MICHELE: madre de Roberta, cirujana.
- CHANTAL: abuelita francesa de Roberta.
- JAZMINE: nieta de Michele.
- PEDRO DEL ALCAZAR: escritor de novelas históricas.

1ª PARTE: ASESINATO

~~UNO~~

—Policía al habla ¿en que puedo ayudarle?

—Buenos días, mi nombre es Rafael Cortés Valverde. Vivo en la calle Quintana, en Arguelles. Les llamo porque hace un momento, cuando me disponía a coger el ascensor he visto que la puerta de mi vecino estaba abierta, y como ahora se están dando tantos casos de ocupaciones ilegales no he querido entrar por si hay algún okupa dentro. He llamado al timbre tres veces y mi vecino no ha contestado. ¿Podrían enviar a alguien a revisar que todo está en orden?

—Buenos días señor Cortés. Gracias por su llamada, si me da la dirección exacta mandaremos a un par de agentes a la mayor brevedad.

—Se lo agradezco, porque es algo extraño y como el portero de la finca se retira del portal a las 10 de la noche y los sábados no viene, puede haber entrado alguien en el portal aprovechando que algún vecino haya entrado, aunque en este edificio todos solemos ser muy cuidadosos. La dirección es...

—Este es el contestador automático del doctor Ramírez. Por favor deje su mensaje y su número de teléfono después de oír la señal y le contestaremos a la mayor brevedad. Gracias. Piiii.

—¿Doctor Ramírez? Siento molestarle a estas horas un domingo, soy Rafa, el hijo de Carlos y Martita, para que me recuerde. Ha pasado algo terrible. Le ruego que venga a mi casa lo más pronto que pueda. Ya sabe la dirección. Le espero. Gracias.

—¿Mario? Soy Rafa. Te llamo porque me parece que está pasando algo raro. La puerta del piso de Nacho está abierta y ya sabes lo cuidadoso que es con esas cosas. De madrugada me pareció oír ruidos y voces quedas, pero igual me lo he soñado. En cuanto oigas este mensaje llámame, o mejor vente para acá. Acabo de llamar a la policía y voy a esperar a que lleguen. Hasta luego.

—Lina, coge el móvil. La policía acaba de llegar y están entrando en el piso de Nacho. ¿Le volviste a ver anoche después de la cena con todos? Bueno, te habrás dejado el teléfono entre alguna maceta y no lo oyes. Llámame en cuanto puedas. Chauchau hermanita.

—Carmen, soy Rafa. Llamo para avisar que mañana llegaré un poco más tarde. Tenía una cita para el proyecto de Bellacasa a las 10, si no puedes posponerla, cancélala. Dile a don Luis que ha pasado algo terrible y que en cuanto pueda le llamaré o iré al Estudio.

—¿Pero que ha pasado? ¿estás bien?

—Si, si, no te preocupes, es algo que ha ocurrido en casa de mi vecino. Ahora no puedo hablar mucho, luego te contaré. Y no te olvides de lo de mi cita, gracias.

—Dime Rafa cariño, pero rapidito que estoy en cueros y a pique de entrar en la ducha.

—Carlota, ha pasado algo horroroso con Nacho. En cuanto puedas vente para mi casa.

—Pero ¿de qué estás hablando? Oye cuenta, que me estás preocupando ¿Estás bien? Me visto, cojo un taxi y estoy ahí ya mismo.

—Vale cielo, tengo que dejarte, que están llegando los de la ambulancia. Te veo enseguida entonces. Que pesadilla, Dios mío.

—Pippa, ya se que te ibas esta mañana a París. No sé si ya estás volando y por eso no coges el móvil. Llámame cuando oigas esto. Por favor, en cuanto puedas. Es muy urgente.

—¿Doña Purita? Soy Rafa, el vecino de Nacho. Perdone que le llame a estas horas, pero ha habido un accidente.

—Hola Rafa, no te preocupes que ya hace tiempo estábamos levantadas. ¿Qué me decías de un accidente? ¿Están las nenas bien?

—Si, pero Nacho ha tenido un problema. Creo que deberían venirse para Madrid lo más rápido que puedan.

—¡Válgame Dios! ¿Como está? ¿Estáis en el hospital o en casa? Espero que no sea nada grave. Pero no le dejes solo, por favor. Llama a Mario y a Carmiña mientras que nosotras llegamos; salimos en el ave y nos plantamos allí ahora mismo...

—Estamos en casa, tranquila, que yo estoy aquí y ya he avisado a todos. Le iré informando. Hasta pronto.

—Si hijo, yo también te llamaré para que me tengas al tanto. Un beso.

¡Vaya una noche de ajetreo! De esas que se llaman de pipapero... Por si el día de ayer no hubiese sido completo, joder. Ahora mismo me quedo descalza, me preparo un buen baño, un lingotazo de ginebra con sus gotas de limón recién exprimido y que le vayan dando por saco a la humanidad entera —pensaba Roberta mientras entraba en su minúsculo piso de la plaza de España, su keli como siempre lo llamaba— por hoy le doy carpetazo.

Ni siquiera había terminado con su pensamiento cuando el dichoso móvil empezó a sonar como un loco. Tentada estuvo de no hacer caso, pero cuando vio que era su compañero Tanis, aún con pocas ganas y bastante mala leche contestó.

—Venga tío, que estoy pa pocas tronco ¿qué puñetas quieres? que nos hemos separado hace na y menos...

—Tortellini, en cinco minutos estoy abajo de tu piso, tenemos curro.

—¿Cuantas jodidas veces tengo que repetirte mi apellido? Que eres torpe y no te enteras, que no es macarrones, ni pizza ni otra cosa que Raboli: R-a-b-o-l-i, que porque tú seas un paleto manchego no quiere decir que todos seamos iguales, ni que una no haya tenido un ilustre abuelo italiano...

—Déjate de lecciones ahora, jefa. Te veo en cinco, la cosa es fea.

Llevaban trabajando juntos dos años y aunque Roberta a veces exasperaba a su compañero, y hasta conseguía sacarle de quicio con sus explosiones ordinarias y barriobajeras, formaban un buen equipo y sus respectivas carreras iban en ascenso.

Como vio que su plan inicial de relajarse un rato oyendo música y pensando en las musarañas no iba a tener lugar de momento, metió la cabeza bajo el grifo, se sacudió el pelo como si fuese un perrito, y soltando otra ristra de tacos y palabras soeces volvió a coger el ascensor que le llevaría a la planta baja.

Menos mal que había decidido cortar su larga melena cuando decidió cambiar su negro natural por un azul brillante. Ahora, con dos centímetros de longitud su pelo siempre estaba en su sitio y perfecto, aunque sus padres y su antiguo novio se llevaron un buen disgusto en su momento, y quizás esa decisión fue el detonante de la ruptura. Pues bueno que se jodan —iba pensando mientras el ascensor bajaba las dieciséis plantas que separaban su piso de la calle— hasta ahí podríamos llegar, que es mi menda lerenda la que tiene que decidir cómo lo llevo, vamos como si me lo rapo, que me importa a mi tres leches la opinión del personal, claro como ellos no tienen que pasar tiempo lavándolo y cepillando, es muy fácil opinar. Si les gusto así bien y si no también, arreando.

Tanis ya estaba en el portal cuando ella llegó y su aspecto era todo menos alegre.

—¿Recuerdas ese escritor del que me estabas hablando el otro día? Ese que escribe sobre una pareja que se parece a nosotros? Pues se lo han cargado. En su casa, así a lo bestia, y no sé todavía si estaba dormido o medio groggy, pero parece que ha sido una carnicería —comentó su colega como saludo— es aquí mismo, en la calle Quintana, así que vamos para allá.

Roberta se quedó un momento pasmada, algo que no era frecuente en ella, pero a diferencia de otros cadáveres con los que había tenido que lidiar, había conocido a Nacho Vergara en la firma de uno de sus libros en una librería de la Gran Vía, y cuando le pidió que se lo dedicase, mientras el autor escribía un mensaje cariñoso, le comentó que ella se dedicaba al mismo oficio que su heroína, y que muchos de las cosas que él había escrito las habían vivido su compañero y ella en la realidad; el autor estuvo amabilísimo, cercano, como una persona normal y corriente de esos que puedes encontrarte en la calle o en el súper, e inquirió sobre sus experiencias. Un tío guapo y simpático, con una pinta de caerte de culo, vaya toalla, mierda de vida...

En pocos minutos llegaron a su destino y lo que se encontraron allí, a pesar de su experiencia les dejó helados. El cadáver estaba cosido a puñaladas.

~~TRES~~

Cuando me ha llamado Rafa (al que Nacho jocosamente le había puesto el sobrenombre de Gordix) por suerte estaba ya en el despacho y he podido llegar al piso de mi amigo en un momento; al principio de verle me pareció que aún respiraba, pero con una mirada un poco más serena vi que me estaba auto engañando, y que en las condiciones que se encontraba el cuerpo seguir viviendo no era posible, porque las puñaladas cubrían literalmente todo su cuerpo.

¡Que ensañamiento más feroz!

Una en la femoral fue la que dio el golpe de gracia a mi entender. La sangre, que había brotado por todas partes, ya estaba coagulada en muchos sitios; me parecía estar viviendo una pesadilla y hasta que la agente policial, los que habían llegado de la ambulancia para administrar los primeros auxilios y el resto del maremagnum de personas que se habían congregado en el piso no me apartaron de su lado porque necesitaban retirar el cadáver y seguir con las formalidades propias, no fui realmente consciente de lo que estaba pasando.

Los fantasmas se habían materializado, a pesar de las bromas que yo le gastaba cuando me contaba sus cuitas, esos sueños recurrentes tan extraños que le dio por tener, y le tildaba de paranoico. Carallo, carallo, esto no tenía que estar pasando.

2ª PARTE: ALGO DE LA VIDA DE NACHO

~~Capítulo 1~~

Soy Nacho Vergara, y por vocación y profesión me dedico a escribir novelas.

Anoche me pasé con los cubatas. Así que hoy arrastro una resaca de tres pares de narices. Ya sabes, después de un día más que largo con entrevistas, preguntas, fotos, maquillaje y toda la parafernalia que supone estar bajo los focos de la televisión, cuando al fin terminó todo, llegué a casa, me quité el traje, la corbata y la tercera camisa que me había puesto a lo largo del día, me coloqué el chándal más viejo y cómodo que encontré en el armario y me fui a correr un poco a la calle. Menos mal que durante todo el día había ido con zapatillas de deporte, que también cambié por otras más viejas... Bendita moda que nos libra de estar encorsetados en zapatos de pitiminí... y cuando iba caminando todavía, camino al Parque del Oeste, me acordé de repente de un episodio que me ocurrió hace bastantes años y me entró tal ataque de risa que las personas con las que me cruzaba debieron pensar que estaba loco, o drogado o vete tú a saber qué, pero es que el asunto se las traía. Hasta tuve que parar de lo que me reía, y como no llevaba auriculares o móvil no tenía la excusa de simular que me estaban contando o estaba oyendo algo gracioso. Y mi ataque seguía...

Por la época en que ocurrió el suceso yo todavía no era un escritor de éxito. No me conocía nadie salvo mi familia y amigos. No existían las redes sociales. Era simplemente un aprendiz de escritor, lector voraz de todo lo que caía en mis manos, que recientemente y por casualidad había leído y releído una edición barata de Pitigrilli que se llamaba Dolicocéfala Rubia, en la que a mi entender el autor italiano había expuesto muchas verdades que tumbaban por tierra algunas, o muchas, de las teorías comúnmente aceptadas y que me había influido sobremanera. Yo era un escritor con ganas de comerme el mundo y hacer con mis escritos que la humanidad entera reconociese mi valía, porque intuía o más aún incluso sabía, estaba seguro de que más pronto o más tarde algún agente literario o editor avispado me encontraría, y a partir de ese momento ¡pum! salto a la fama, como pasa en las películas o en las novelas, pero mientras llegaba esa hora, a pesar del hecho claro de que por mis circunstancias familiares podría haber pasado de ese trámite y no lo necesitaba para subsistir, se esperaba de mí que tuviese un empleo remunerado; procediendo de una familia más que súper conservadora lo siguiente había sido hacerme funcionario, ya sabes, empleo seguro para los restos a menos que hagas una pifia enorme, y aún así siempre las altas esferas encontrarían un medio de desembarazarse de ti pero dándote algo a cambio: una incapacidad, un retiro o jubilación anticipada, alguna bicoca... Con dicho trabajo tenía todas las mañanas de la semana ocupadas y para escribir no me quedaba otra que privarme de salidas con amigos, o robar horas al sueño si por casualidad estaba inspirado en los momentos tardíos. Así conseguí ir amontonando capítulos de lo qué esperaba fuese mi opus magna, un libro que iba engordando a ojos vista y en el que, a mi docto parecer, había tanta sabiduría concentrada que cuando releía algunos párrafos hasta yo me quedaba con la boca abierta, viendo la cantidad de perlas que había en esas cuartillas, aunque a decir verdad no debían ser tantas, si me ciño a la realidad, porque a pesar de mis esfuerzos para que alguien se interesara en mi novela nadie quiso publicarla, y es muy probable que ni los más cercanos se molestasen en leerla. Cuando hace unos meses, haciendo limpieza de antiguos papeles saqué esos folios (un poco amarillentos ya por el paso del tiempo), del cajón donde dormitaban medio sepultados, y los leí con una visión y una mente un poco más crítica sumados a la experiencia que dan los años, lo que me encontré fue una serie de refritos apelmazados, algo sin pies ni cabeza, que ni siquiera me servirían ahora como base para relatos; en mi descargo puedo aducir que cuando escribí ese engendro era muy joven, aunque eso no sirva mucho como disculpa porque no hay más que echar mano de la historia para encontrarte con genios juveniles en casi todos los campos y si no recordemos a Mozart, que siendo un niño componía magníficas obras musicales... pero al final es posible que todas las horas que dediqué escribiendo no fuesen perdidas del todo puesto que me hicieron coger el hábito de escribir cada día, pero continuando con mi explicación sobre el ataque de risa, decía que por esas épocas yo me vestía bastante formalmente, como todos los de mi entorno y generación y procuraba ir siempre bien conjuntado, añadiendo a la vestimenta zapatos limpios y brillantes, a menos que fuesen de los que llamábamos de sport, que eran de suave piel de gamuza.

Vino a la pequeña ciudad andaluza en la que yo residía entonces un americano casado con una amiga de la familia, y unos cuantos de los amigos decidimos llevarle a que conociese los bares y restaurantes de nuestro pueblo a tomar unas copas y tapas. No es que fuésemos a ir a lugares de tronío, pero todos íbamos adecuados al momento y la ocasión. Cuando apareció nuestro recién conocido vimos que iba muy arreglado, pero al mirar sus pies observamos con asombro que llevaba ¡unas zapatillas de deporte! Todos nos miramos con esas caras típicas de incomprensión que se te ponen cuando estás ante un hecho insólito, pero no dijimos nada. Fue su cuñado Manolo el que no pudo contenerse y le dijo: "Pero hombre ¿cómo se te ocurre venir sin zapatos?", a lo que el otro, con su español vacilante no dudó en contestar tranquilamente: "¿No ves que no estoy descalzo?", y ante esa lógica aplastante al resto no nos quedó otra que reírnos.

Igual que yo hice anoche recordando esa tontería.

Porque los españoles, al igual que los italianos, hemos sido siempre muy particulares en lo que al calzado se refiere y catalogábamos a las personas por lo que cubrían sus pies; era algo instintivo y aprendido sin ningún tipo de lección previa. Conocías a alguien y sin darte cuenta tu mirada se iba a sus pies, y no como un acto de humildad. A partir de ese vistazo rápido y casi imperceptible, ya podías asegurar con un porcentaje altísimo de acierto que el juicio que te merecería esa persona tendría una relación directa con el calzado que llevara.

Prejuicios paletos, pero éramos así.

Luego las cosas fueron cambiando para mayor comodidad de nuestros muchas veces doloridos pinreles, y ahora ya puedes presentarte hasta en las fiestas más posh con unas deportivas costrosas y con agujeros, pero yo aún me río cuando recuerdo la anécdota.

Hace unos meses volví a ver a mi amigo americano.

Llevaba unos fantásticos zapatos.

Si eso no es ir contra corriente...

Bueno, pues anoche salí a dar esa vuelta y cuando volví a casa me preparé un cubalibre, y otro y otro, porque pensando en lo que está pasando con mi vida y mis sueños y la de algunos de los protagonistas de mis novelas llegó un momento en que perdí la cuenta, pero dado el estado de mi cuerpo y el olor a alcohol de la habitación esta mañana, presiento que debieron ser muchos.

Y cuando hasta mover un poco la cabeza me producía un dolor insoportable, el móvil se puso cargante y empezó a repiquetear sin parar. Mi editor.

—Dime Mario, pero que sea breve porque estoy de un talante un poco jodido —contesté mientras cerraba los ojos ya que hasta la penumbra de la habitación me molestaba.

—Hola a ti también —me dice en plan sarcástico— ¿Has olvidado a qué hora habíamos quedado? Porque llevo un mogollón de tiempo esperándote...

—Pero, pero ¿es que habíamos quedado hoy? —balbuceé.

—¡Hombre, no me jodas! Que llevas cuatro días dándome la vara para esta cita y hasta he tenido que cancelar el vuelo a Londres para la que tenía con Michael, y ya sabes lo que me costó que encontrase un hueco con la agenda tan apretada que tiene, vosotros los primma donna no sabéis más que miraros vuestro propio ombligo y al resto de la humanidad que nos parta un rayo —contesta de una tacada y con un tono no muy amoroso precisamente— uno de estos días voy a estallar y mandar todo al carallo...

—Vale tío, dame media hora y soy todo tuyo —le interrumpo, porque sé que cuando empieza a soltar frases en gallego la cosa no pinta bien, y cuelgo. Mi cabeza no está para broncas, ni para reuniones, pero la neblina etílica parece que con el rapapolvo se ha disipado un poco.

~~Capítulo 2~~

Me doy una ducha tan hirviendo que casi me despelleja la piel, confiando en que el alcohol ingerido salga por los poros y entre eso, un par de alkaselzers, un brebaje a base de zumo de tomate y vodka y un cafetera grande de café intenso, parece que vuelvo a ser persona, aunque la cabeza me sigue estallando y lo que más desearía en estos momentos sería meterme de nuevo en la cama y olvidarme del mundo las próximas veinticuatro horas, pero parece que ese simple deseo no puede ser factible por el tiempo venidero, así que me resigno a mi destino inmediato y después de comprobar que las notas relativas a lo que tengo que hablar todavía siguen escritas en mi tableta, voy a la cita.

Para mi gran suerte Mario tiene su despacho en la calle Princesa, al lado de El Corte Inglés, a sólo unos centenares de pasos de mi apartamento, lo que en ocasiones es un verdadero peñazo porque estoy localizable siempre, pero que hoy constituye un respiro.

La mañana, o mejor diría el mediodía, aún en el estado cuasi catatónico en el que todavía se encuentra mi cuerpo, me sorprende por su belleza. Es uno de esos días otoñales perfectos que tiene Madrid donde la luz del sol, aún siendo más débil que en otras épocas del año, no sólo ilumina sino que parece acariciar todo, y los edificios por los que voy pasando presentan una pátina dorada que muestran detalles en las molduras de sus balcones en los que nunca me había fijado; también los pocos viandantes con los que me cruzo no son ni una sombra de cómo serían en otra ocasión menos propicia. Quizás todo lo que me he metido apresuradamente está haciendo efecto, porque cuando llego al portal de mi editor me encuentro más en forma y casi dispuesto a explicar mi idea.

Mario me está esperando con cara de pocos amigos. Sin decir ni una palabra intento esbozar la mejor de mis sonrisas y un encogimiento de hombros como disculpa por mi estado y el retraso, aún a sabiendas que lo que reflejará mi cara y llegará a mi interlocutor será más bien una mueca extraña, pero él sucumbe y su expresión cambia al instante, volviendo a su ser amable y cercano de siempre.

—Pasa, borrachuzo, que no sé ni cómo te aguanto —es su saludo, aunque acompaña las palabras hirientes con una gran sonrisa y un apretón en mi antebrazo— Tú sabrás lo que te estás haciendo, que los hígados tienen memoria y en una de esas te vas a encontrar con una gran sorpresa, pero dejemos los sermones para otro rato y vamos a lo que nos interesa.

Yo asiento, como si fuese un niño pillado en falta y le sigo hasta la habitación que no sólo le sirve como despacho sino que tiene funciones múltiples, entre ellas actuar también como dormitorio improvisado cuando su trabajo se alarga hasta altas horas de la madrugada, y no se siente con ánimos de conducir a la llamémosla urbanización en la que vive en la sierra de Madrid, aunque hasta la fecha su casa es una de las pocas que existen en la zona. Cuando eso ocurre, se limita a abrir uno de los dos futones grises que hacen ángulo en un rincón de la amplia habitación y allí colapsa.

Mi editor y yo tenemos la misma edad.

Ahí se acaban las similitudes, porque personas más opuestas son difíciles de encontrar, pero desde el mismo momento en que nos conocimos los dos supimos que entre nosotros se había establecido una corriente de empatía y entendimiento que iba a resultar fructífera para ambos; muchos años después seguimos sintiendo igual, aunque en ocasiones como la de hoy parezca que van a saltar chispas y que nuestra relación se va a ir al garete, pero nunca llega la sangre al río y aunque hemos tenido algunos roces (digamos provenientes siempre de mi lado), su amabilidad y buen hacer ha limado cualquier aspereza y a los pocos minutos era como si no hubiese pasado nada.

Y decía lo de nuestras diferencias porque los que nos conocen a ambos es algo que les choca sobremanera, y más cuando ven la fantástica relación de amistad y complicidad que tenemos.

Mario es muy bueno en su trabajo, y en mi caso no solamente actúa como editor sino como agente literario, y tenerle a mi lado es, y ha sido siempre, uno de los puntazos importantes de mi vida, ya que puedo dedicarme a lo que realmente me gusta, escribir, mientras él se encarga de todo lo demás. Tenemos un buen acuerdo económico, que nos satisface plenamente a ambos y, aunque representa a otros escritores muy conocidos y de gran éxito internacional, yo sé que soy su escritor-estrella; nuestra relación como anotaba antes es inmejorable, quizás por la cercanía física en la que vivimos, quizás porque los dos admiramos el trabajo que hace el otro, o quizás por nada específico y concreto, simplemente porque somos amigos.

Le conocí de forma accidental, y nunca mejor empleado el calificativo que en esa ocasión porque fue gracias a un pequeño accidente por lo que entramos en contacto.

Yo había ido a una presentación del nuevo libro de uno de mis autores favoritos. Para entonces tenía terminadas un par de novelas de corte muy distinto y vivía del cuento, o mejor dicho de los rendimientos que me producían las rentas de varios pisos y fincas que había heredado de un abuelo rico. Como mi trabajo de funcionario no me reportaba ningún aliciente que hiciese mi vida mejor, una vez que entré en posesión de mis posesiones y vi que podía pasar mis días sin tener que someterme a horarios, jefes o disciplinas, pedí una excedencia y consideré que mi buen abuelo había hecho lo que hizo para darme la oportunidad de que desarrollara mi verdadera vocación y me dedicase en serio a escribir, sin las cortapisas inherentes al sustento diario, que a decir verdad no era mi caso, era más bien algo para satisfacer a la familia y que tuviesen paz mental viendo que era una persona "normal" y con horarios como cada quisqui.

Imagino que el abuelo tuvo que hacer sus más y sus menos para saltarse a la torera a la generación que le seguía, es decir a sus dos hijas, mi madre y su hermana soltera que vivía siempre con nosotros, a las que por supuesto no dejó desprovistas en ninguna manera, y como mi relación con las dos siempre había sido excelente (en honor a la verdad yo he sido siempre el ojito derecho de ambas, al ser el único hijo y sobrino y esas dos féminas me han amado hasta la exasperación) ellas estuvieron de acuerdo en que como al final, cuando a las dos le llegase su hora, todo acabaría siendo mío y a ninguna le hacía falta ese gran patrimonio, que lo único que les iba a ocasionar era trabajo o complicaciones, mejor que lo disfrutase yo mientras era joven, de repente me vi convertido en lo que los catalanes llaman un "rico hereu", con la vida resuelta porque el abuelo dejó todo tan bien estipulado que hasta contaba con un gran administrador, que llevaba su trabajo con gran profesionalidad y me presentaba fielmente las cuentas y la pasta mensualmente.

Ocupé uno de los pisos heredados en la calle Quintana, en Argüelles, barrio que siempre he preferido a otros como el de Salamanca donde también tenía algunos inmuebles disponibles, o la Plaza de la Independencia donde tenía un edificio de solera, lo modernicé, me instalé en el y ahí sigo, cada día más contento de mi decisión. Luego vino el éxito literario, pero me estoy adelantando.

Fui, como decía, a esa presentación y como era de un escritor ya consagrado al terminar la misma, la charla posterior con las preguntas usuales que le dirigieron tanto a él como a su editor y a los representantes de la casa que iba a lanzar el libro mundialmente, más la consabida firma de ejemplares, hubo una celebración, lo que comúnmente se llama "un vino español" donde muchos se acercan no tanto por lo que les interese la obra presentada sino por los ricos manjares que se ofrecen.

Cargado con mi vaso de cerveza me dirigí a conocer en persona y saludar al autor, al que acompañaban en ese momento un enjambre de personas y cuando estaba ya presto a estrechar su mano alguien por detrás me dio un empujón, con tan mala (¿o quizás fue buena?) fortuna que todo el contenido fue a parar a la chaqueta y parte de los pantalones del que estaba a su lado, su editor como supe más adelante, y el mío con posterioridad.

Farfullé unas disculpas adecuadas, le ofrecí mi tarjeta con todos los datos para hacerme cargo de la limpieza de la prenda, un bonito pero no ostentoso traje de alpaca gris que a esas alturas estaba empapado, y fuese por el accidente o el incidente lo cierto es que los tres, autor, editor y yo, comenzamos una conversación amena, fluida y agradable.

De ahí a contarles que yo también escribía sólo hubo un paso, y a ninguno de los dos les oculté que escribir escribía, pero que hasta la fecha publicar no había publicado.

Otros asistentes se llevaron al autor, y Mario (que así se llamaba el editor), y yo nos quedamos hablando un poco más, algo que agradecí enormemente porque no es fácil encontrar una ocasión semejante y los editores suelen ser personas poco accesibles para los meros humanos.

¿Resultado de la charla?

Nuevo intercambio de datos personales y una cita para la semana siguiente en la que yo me comprometí a llevarle los manuscritos de los dos libros terminados.

Tenía mucho más material para mostrarle además de esas obras acabadas: relatos, cuentos de terror, un par de novelas a medias, incluso un ensayo bastante sesudo... pero a todo le faltaba algo o mucho. Terminado, lo que se dice acabado, eran esas dos novelas, una contando experiencias infantiles de los tiempos pasados en un cortijo de mi abuelo en Andalucía, y la otra digamos de corte un poco policíaco, en la que una inspectora un poco cutre pasaba sus días atrapando a delincuentes casi tan cutres como ella, pero que no llevaban placa.

Y así de simple fue nuestro comienzo.

~~Capítulo 3~~

—A ver figura, que llevas aquí casi media hora y todavía no has soltado prenda —me increpó Mario después de ponernos por delante sendas tazas de café— ¿Tú crees que estás en condiciones para que hablemos del nuevo libro?

—Ahora que lo dices, no sé si hoy es el mejor momento —le dije con franqueza con una voz ronca y aguardentosa, fruto de las horas en la que no la había utilizado— el tema ya de por sí es bastante complejo y me tiene la cabeza liada. Ya que lo pienso quizás por eso ayer me pasé un pelín de la raya con la bebida... Después del día tan intenso que tuvimos, lo único que me apetecía era limpiar la mente por completo, pero después del segundo cubalibre no sólo no lo había conseguido sino que empezaron a rondarme las imágenes de los capítulos que quiero empezar a escribir ya, me volvieron a asaetear los recuerdos de las pesadillas, todo se descompuso y llego un momento en que la realidad y la ficción se fundieron... Creo que tienes razón, mejor lo dejamos, me voy a la piltra y mañana será otro día.

—No, mejor hacemos otra cosa. Voy a llamar ahora mismo a Carmiña para que nos tenga preparados unos buenos tazones de su caldo gallego, lo acompañamos con un albariño, una buena empanada y después ya veremos como se nos queda el cuerpo, si para hablar de libros o para dar un paseo con las gemelas —me respondió cogiendo el móvil mientras yo empezaba a levantarme— ya sabes que a esas crías les encanta estar contigo, por algo será, aunque me temo que gran parte de su apego es por todo lo que les estás comprando siempre. Hoy vas a ir con las manos vacías hermano, y no me vengas con el cuento que tienes que pasar un momento a la tienda a por una tarta para mi mujer o cualquier otra chorrada, porque no te voy a dejar solo ni un minuto, o sea, atízate el café que en un rato salimos para el campo.

Yo asentí y le agradecí mentalmente el buen criterio de llevarme a su casa, porque por mucho que me apeteciera ir a dormir, no era comparable con pasar un rato con las niñas, mis ahijadas, que veían en mi a una figura paterna desdibujada pero que sabían, o intuían, que siempre y en cualquier circunstancia estaría al quite y daría mi vida si fuese necesario para que no les pasase nunca nada malo.

Recogimos su todoterreno del aparcamiento y en cuanto enfilamos la carretera de La Coruña, fuese por el sol que entraba a través del cristal, el ronroneo del coche o la música que sonaba a un volumen perfecto, con los primeros acordes de La Primavera de Vivaldi me quedé tan dormido que sólo el frenazo al llegar al chalet me sacaron de mi ensueño. Los kilómetros habían volado sin que me hubiese enterado siquiera.

Y debió ser un sueño tranquilo y reparador, puesto que cuando las pequeñas se abalanzaron hacia nosotros yo me encontraba casi en forma y con la esperanza de esa deliciosa sopa de mi querida amiga (a la que llaman caldo pero que tiene condumio y no se limita a ser un líquido sino que encuentras tropezones de verduras en el) la sola idea hizo que mis tripas comenzarán una cacofonía de sonidos anticipando su ingesta.

También es cierto que desde la tarde anterior en que tomé unos canapés entre grabaciones y entrevistas, no había probado bocado y mi estómago, que había estado silente decidió dar la cara y hasta el do de pecho.

Mis amigos viven en un precioso chalet en medio de la naturaleza. Tienen vecinos, pero pocos, y el pueblo más cercano, Cercedilla, está a varios kilómetros. Yo, que soy un urbanita nato, aún reconociendo lo idílico del lugar, me sentiría muy aislado en un sitio semejante, sin tener un quiosco de prensa abajo de casa, o la cafetería en la que desayuno habitualmente, o el cine a un tiro de piedra por poner algunos ejemplos simples, pero nuestras circunstancias vitales son distintas, aunque cada vez que vengo me entra el come-come interno de si no seria sensato comprar unos cientos o miles de metros por aquí y hacer como hicieron ellos: construirse una casa a su gusto exacto, la casa de sus sueños, pero ¿cual es mi gusto? ¿cuáles son mis sueños? en mi caso yo lo que haría sería algo diferente puesto que, en el supuesto de hacerlo, sería la casa de mis ensueños y no sé, ya que Gaudí no está entre los vivos, si algún arquitecto sería capaz de captar mi idea. Mejor dejarlo por ahora.

Carmiña, mi adorada gallega, tiene todo listo cuando llegamos. Ha cubierto la mesa de piedra del jardín con un mantel con dibujos de frutos otoñales, cortado en grandes rebanadas una hogaza de pan de su tierra y los cinco tazones de su rico caldo están humeando y llamándonos a gritos, por lo que sin más ceremonia nos sentamos dispuestos a dar buena cuenta de ellos.

La incesante charla de las gemelas sólo se ve interrumpida por los gorgoteos de los pájaros y los mayores escuchamos todo lo que nos están explicando de sus amigas, de su sapo (que se llama Pablucho), y de mil historias que nos hacen sonreír y reír.

Hoy han sido buenas y se han puesto ropa diferente e incluso, dicen que en mi honor, se han colocado unas pegatinas con sus nombres para facilitarme las cosas, aunque no me fío mucho que los nombres se correspondan a la verdad... pero les agradezco el detalle; su madre, que las tiene bien caladas, me avisa en voz queda que me ande con cuidado porque desde que supieron que venía a comer han estado con muchos secreteos, se han cambiado lo que llevaban puesto (que era igual) y han ideado lo de las pegatinas, seguro que algo están tramando, no bajes la guardia —me dice— que ya sabes cómo son, me insiste.

Pero yo me siento tan bien, tan feliz de estar en familia en este día con un aire tan balsámico que no la escucho.

—Oye padrino —me dice la supuesta Mariela— estábamos pensando esta mañana...

—Si —interrumpe Mariona— porque nosotras pensamos mucho y por la mañana muchísimo más.

—Eso —sigue Mariela— pues que como dentro de una semana es nuestro cumple, y es muy importante porque vamos a tener diez años y aquí tenemos mucho sitio y muchos árboles y mucha hierba y de todo en el jardín, ya que no nos dejan que tengamos aquí al pony, si nos pudieses comprar un gatito, Pablucho tendría un amigo y nosotras cuidaríamos siempre de él, bueno, cuando estemos en el cole le dejamos en la cama y ya está.

—Y cuando vengas te dejamos que le cojas —contribuye Mariona— porque va a ser un gato buenísimo, ya verás, de los que no arañan, ni hacen maldades. ¿Te acuerdas cuando mamá y papá hicieron diez años desde ese día que se habían casado? Tu nos dijiste que era una fecha muy importante, las bodas de papel de fumar, o de envolver, no me acuerdo, pero eran de un papel muy precioso, pues con nuestro cumpleaños igual, y además como el regalo sería un gato vivo no tienes ni que envolverlo si no quieres, fíjate que suerte, pero si le pones una cinta en el cuello está bien, aunque no hace falta, en eso te dejamos que tú elijas.

Me están liando, como de costumbre, y casi sin darme cuenta les digo que si, que bueno, que les compraré un gato. Las dos se abalanzan y casi me tumban al suelo, mientras su madre pone una cara de impotencia.

Esto es la felicidad.

~~Capítulo 4~~

Cuando acudí a mi cita con Mario en la fecha que habíamos acordado, cargado de ilusiones y llevando mis dos manuscritos, tengo que reconocer que estaba nervioso. No histérico, hasta ese punto no llegaba, pero algo aleteaba en mi estomago, eso que en el idioma inglés llaman tener *butterflies in the estomach*, que si te pones a pensar es una imagen de lo más poética: siempre imagino a varias o muchas mariposas de diferentes tonalidades dando vueltas por un sitio tan angosto, lleno de encimas hambrientas prestas a triturar lo que se les ponga a mano, un sitio con no muy buen olor, buscando un rincón para dormir y descansar... pero dejemos a las aladas mariposas y sigamos con el recuerdo.

Le di las dos novelas; una de ellas ya tenía algunos kilómetros en sus espaldas, puesto que se la había mandado a un par de agentes literarios, e incluso llegó hasta un editor; la otra era la primera vez que se la mostraba a alguien y me preparé mentalmente para el futuro rechazo de ambas, o un mar de correcciones tan grande que de lo escrito inicialmente no quedase ni rastro. A esas alturas de desencanto ya iba estando curtido, y con la cita pensaba que lo único que tenía que perder era un par de horas en la entrevista. En este caso, como habíamos sintonizado muy bien el día que nos conocimos, me daba pena no tener la oportunidad de afianzar la incipiente amistad, en el supuesto que él pensase que mis escritos eran un bodrio y me despidiese muy educadamente hasta nunca.

Mario recibió los dos manuscritos, los dejó a un lado sin ojearlos siquiera, se levantó del sillón de su mesa despacho (yo había ocupado otro enfrente) y me invitó a que nos pusiésemos más cómodos y hablásemos en uno de los blandos sofás que estaban en el lado opuesto de la habitación.

A partir de ahí la charla que mantuvimos fue de lo más cordial, entretenida para ambos y relajada.

Puede sonar a tontería pero sobre la marcha nos convertimos en grandes amigos.

Él tampoco era madrileño. Su familia provenía de una pequeña aldea próxima a Santiago, donde todavía conservaban predios y heredades a los que se sumaba un hermoso Pazo, y aunque Mario había nacido, estudiado y vivido toda su vida en la urbe compostelana hasta que fijó su residencia en la capital, no sólo pasaba allí cada verano sino en cuanto tenía algunos días de vacaciones se iba a su aldea y disfrutaba con la libertad, las comidas, bebidas y los amigos de siempre.

Cuando yo le conté algunas de mis experiencias, tanto en el cortijo de mi abuelo como también en la pequeña ciudad en la que viví hasta que por fin me trasladé a Madrid, descubrimos que a pesar de las distancias geográficas y de entorno nuestras trayectorias infantiles habían sido muy similares

Hablamos por tanto de la vida de los niños y adolescentes en pequeños villorrios, tan diferente a la de los que se han criado en núcleos urbanos más grandes, hablamos y hablamos durante horas porque un tema nos llevaba a otro, y cuando nos dimos cuenta había caído la noche, por lo que decidimos ir a comer algo, tomar un par de cervezas y seguir con nuestro conocimiento.

Yo ya sabía que, al margen de lo que pasase con mis escritos, nuestra amistad iba a seguir por buen camino.

Como los dos manuscritos eran de estilo muy diferente no quise influenciarle en que los leyera en ningún orden. Podían haber sido escritos por dos personas distintas, con lo cual la prelación me daba igual, pero sí tenía mucho interés en escuchar su juicio, puesto que a lo largo de todas nuestras parrafadas de ese día sabía que, además de conocer a fondo su trabajo como lo atestiguaba la categoría de los que representaba, era una persona formal, muy documentada en todos los temas, con una gran cultura, y de un temple socarrón y tranquilo como buen gallego.

Como he apuntado hace un momento mis dos novelas eran totalmente opuestas.

Una de ellas era del tipo autobiográfico novelado, una historia en la que narraba mis peripecias, o mejor diría las del protagonista, mi alter ego, en una gran finca de Andalucía, con campos repletos de miles de olivos, un gran cortijo como casa, rodeado de familia, y todo ello bajo el punto de vista de un chico con menos de diez años.

Era una de esas novelas que casi se había escrito sola.

Un día que había ido a Cibeles a certificar documentos que me había mandado el Notario (todavía internet y las redes sociales no tenían el auge de ahora) me encontré allí a un amigo íntimo de mi difunto abuelo y después de los saludos y frases más o menos protocolarias que utilizan los señores de cierta edad, continuamos hablando y él comenzó a rememorar vivencias pasadas y episodios vividos con mi abuelo, remontándose en sus recuerdos hasta cuando ambos eran niños, porque los de edad provecta tienen una memoria prodigiosa para recordar los detalles más ínfimos de cosas que han pasado hace mucho tiempo, aunque olviden lo de hace una semana, y no me estoy refiriendo a seniles o personas con Alzheimer; no, gente en su sano juicio.

Fuese por la charla agradable, por los recuerdos que me asaltaron o quizás porque había llegado el momento, esa misma tarde empecé a llenar cuartillas y seguí haciéndolo sin parar durante varias semanas.

Y todas esas palabras en el papel se convirtieron en un libro dedicado a mi abuelo, la persona que tanta sabiduría había procurado instilar en mi mente, que tanto me había dado siempre, y que con su muerte había conseguido que me despreocupara hasta de los temas económicos.

Escribí de un tirón, sin tachaduras y dejando en esos papeles parte de mi alma y luego los guardé; no pensaba leerlos hasta que pasase un tiempo, temiendo que al revisarlos me encontrase con algo blandengue, y sólo apto para familiares o personas de nuestro entorno o que nos hubiesen conocido.

Por fin, una de esas tardes frías y lluviosas en la que la simple idea de pisar la calle te repele, saqué los folios, me preparé un café y me dispuse a leer lo que había escrito.

Fue como una Epifanía.

Lo que contaba estaba bien escrito, tenía coherencia, la trama estaba muy bien orquestada, y salvo un par de correcciones ortográficas, se encontraba lista para ponerla en el ordenador (debo aclarar que por entonces yo todavía escribía a mano, con el falso prejuicio que lo escrito así era más auténtico. Por fortuna fui dejando esas manías y ahora ya me sería muy difícil escribir sin un procesador de textos).

Pasé las jornadas siguientes copiando e imprimiendo lo escrito hasta que todo tuvo su forma adecuada y una vez terminado el trabajo de impresión volví a releerlo.

Era bueno.

Más pronto o más tarde alguien sabría apreciarlo y si no lo hacían tampoco me importaba tanto, me gustaba a mi y con eso ya tenía suficiente.

Como por lo que había dejado entrever en nuestra conversación ya sabía lo abrumado de trabajo que estaba Mario, no pensaba que se iba a poner en contacto conmigo hasta después de varias semanas, con lo que la sorpresa al despertarme y ver un mensaje en mi buzón de voz fue mayúscula. Lo primero que pensé es que se habría olvidado algo en la tasca donde estuvimos tapeando, y pensó que yo lo habría recogido.

Espere hasta fortificarme con un buen desayuno para devolver la llamada, y para mi mayor desconcierto me contestó al primer tono.

—Tenemos que hablar hoy mismo —fue su saludo— busca una hora que te venga bien.

—Buenos días —le dije esperando que la futura conversación no tuviese nada que ver con la enfermedad de su madre, de la cual me había contado estaba bastante fastidiada, con una de esas infecciones que a veces ponen la vida del que las padece en peligro. Su padre había muerto bastante recientemente y a él la idea de quedarse huérfano le aterraba, y yo que también había pedido a mi padre le entendí perfectamente— Ya te comenté que más o menos soy uno de los pocos entes libre que todavía quedan. Cuando quieras.

—Pues te espero en una hora en el despacho —y colgó.

¿De que podía tratarse? El intercambio había sido breve y seco por su parte, nada que ver con la afabilidad del día anterior.

A decir verdad la conversación me había quedado un poco descolocado.

De nuevo al acercarme a su despacho estaba un poco intranquilo ¿de qué se trataría la urgencia? pero como el trayecto era muy corto no me dio tiempo a elucubrar demasiado. Mejor.

Mario me esperaba en la puerta y sus primeras palabras fueron:

—Oye tío, no he pegado ojo, ya me ves, ni siquiera me he duchado ni cambiado de ropa... Anoche, cuando nos despedimos decidí pasar por aquí a recoger tus escritos, pero aún no sé porqué razón me puse a leer uno al azar, y ya no pude dejarlo. El de tus pseudo memorias de niño.

Lo leí entero, paré y decidí volverlo a leer. Es bueno, muy bueno y vamos a publicarlo ya. Todavía tengo el otro pendiente, pero con que sea la mitad de satisfactorio me doy por contento. Ya te comenté que a estas alturas de mi vida y profesión, recibiendo todos los días un montón de tochos para leer no es fácil que me impresione muy frecuentemente, cosa que tu novela ha hecho y desde ya te comento que está lista para maquetar, buscarle una portada con garra, y escribir algo sobre ti, ni necesita correcciones, y mira que eso es raro; vamos a dejarla tal cual la escribiste y te aseguro que esto va a ser una bomba.

Y todo eso de un tirón y con acento gallego.

A mí, empleando una expresión de mi tierra, al oírle no me llegaba la camisa al cuerpo; lo primero que me vino a la mente fue eso de estar en el sitio correcto en el momento justo, porque aunque cuando la escribí quedé contento y cuando la volví a leer me gustó mucho, ni siquiera había pasado una copia a mi madre o a mi tía; de hecho creo que ni les comenté que la había escrito, como por lo general hacía con otros trabajos. Las dos han tenido siempre una fe inmensa en cualquier cosa que escribía por lo que para elevar mi ego muchas veces les pasaba capítulos de lo que tenía entre manos, pero sus elogios no me servían para mucho puesto que eran partidistas y muy poco dadas a criticar cualquier cosa que saliera de mi magín. Casualmente unos días antes del encuentro con Mario estuve pensando en mandarles una copia, pero luego el día se complicó con otras incidencias y se me olvidó. Mejor, porque al final cogerían el libro de "su niño" en formato convencional, encuadernado y todo, y así podrían presumir con sus amistades.

Le agradecí sus elogios, me tranquilicé y a partir de ese momento dejé todo en sus manos.

~~Capítulo 5~~

Pippa: Estaba con un grupo de personas explicando la muestra especial que había organizado el museo cuando le vi.

Con toda la publicidad que han hecho de sus novelas, sus apariciones en prensa y televisión no me fue difícil reconocerle y como él parecía deambular sin rumbo fijo, le hice un gesto con la mano para que se sumase a mi grupo.

Puso cara de sorpresa, me ofreció una de sus sonrisas (que no había cambiado desde que era niño) y se unió, escuchando muy interesado lo que yo iba explicando.

Conozco al dedillo la obra de Rembrandt ya que, al margen de ser el tema de mi tesis doctoral, he seguido documentándome sobre ese gran artista y podría decir, sin que por eso mis palabras suenen pedantes, repipis o presuntuosas, que hoy por hoy se me considera una de las mejores especialistas mundiales sobre el gran pintor.

Por eso estaba allí.

Los de mi grupo no eran unos turistas amantes del arte cualquiera, eran estudiosos del gran maestro del siglo XVII de Leyden, que conocían al dedillo los cuadros expuestos en la muestra, por lo que después de explicar las particularidades técnicas de los mismos, haciendo que se fijaran especialmente en el tratamiento de la luz, y en la excelente maestría de sus pinceladas, tratando de introducir algún elemento humano en mi explicación, pasé a relatarles las penurias económicas por las que pasó el gran pintor holandés al negarse a retratar a los burgueses de su entorno, así como la gran tristeza que le supuso enterrar no solo a sus tres hijos sino a sus dos mujeres.

Todos atendían sin querer perder ni una sílaba a lo que estaba explicando, y él parecía absorto en cada una de mis palabras.

¿Me había reconocido?

Por supuesto que no. Para él supongo que yo sería una guía más, mejor o peor documentada, pero no tenía ni idea de quién era.

¿Cómo reconocer en mi la la chiquilla, a veces con ropas medio rotas por las travesuras a las que me dedicaba y que me hacían parecer un poco como una harapienta, su compañera de juegos cuando estaba en el cortijo de su abuelo y a la que, sin saberlo, cambió la vida?

Cuando terminé con mi explicación-disertación y el grupo después de agradecerme vivamente lo que les había explicado se iba dispersando, él se acercó a donde yo estaba, se presentó, me dio las gracias por haberle permitido unirse a los que habían asistido a la magnífica (según sus palabras) explicación que había hecho, y con una naturalidad innata, fruto de los que nunca han carecido de nada y desde su nacimiento han ido pasando por las sucesivas etapas de su vida como entre algodones, me preguntó si me apetecería ir a tomar algo con él.

Acepté encantada.

Porque yo había soñado durante años muchas veces con un momento semejante, en el que se me presentara la ocasión de volverle a ver, y devolverle con creces lo que me había dado.

Nacho: Siempre me ha gustado Rembrandt.

Por eso cuando leí en el periódico que el Museo Del Prado iba a presentar una exposición con una selección de sus cuadros más representativos, muchos de ellos dispersos en diferentes países y en colecciones particulares, que no era fácil ver juntos, me anoté la fecha de la inauguración para dejar libre el día siguiente, suponiendo que el primer día todas las salas donde se exhibieran sus cuadros estarían a rebosar y no podría disfrutar de las pinturas como me gustaba, y como ya conozco en mi propio pellejo las aglomeraciones que se montan con cualquier acto de los llamados culturales, preferí ir por libre huyendo de los saludos y felicitaciones que de seguro iba a recibir por parte de muchos de los que no se pierden un acto y que me conocen, o creen que me conocen, porque un fenómeno curioso que trae la fama (y con esto no es que quiera compararme al gran pintor, válgame Dios boto a bríos, no soy tan osado) es que de repente, una vez que alcanzas ese estatus, en cuanto pones un pie en la calle te ves rodeado de una serie de individuos (y también de individuas, pero con las del género femenino lo llevo mejor), que se empeñan en demostrarte lo amigos que son de tu mejor amigo, o de tu primo o del gato si me apuras, se te pegan como lapas y hasta que amable y amistosamente consigues quitártelos de encima pierdes un tiempo precioso.

Resultó que en la fecha que yo había previsto y elegido alegremente para ver los cuadros, Mario ya me tenía apalabrado uno de sus programas de absoluta locura, así que no me quedó más remedio que dejarlo para el día siguiente.

Cuando llegué a la primera sala, mientras observaba un cuadro, pero todavía no muy centrado en lo que estaba viendo, una guía que estaba explicando algo a un grupo me hizo un ademán para que me uniese a ellos. ¡Que chica más amable! pensé; acepté encantado y me deleité con sus explicaciones.

La guía, o según constaté más tarde la especialista, era una chica no muy alta pero bien proporcionada. Tenía el pelo rubio trigueño recogido en un pequeño moño, ojos entre verdes y azules con irisaciones doradas, una nariz, boca y pómulos normales, es decir que no destacaban ni por su belleza o su fealdad, pero en general todo el conjunto resultaba armónico y atractivo, aunque no llamativo. Pero olía maravillosamente bien. Su perfume era suave, de los que se meten en tu pituitaria y no te abandonan fácilmente.

En un primer momento eso fue lo más destacable ya que por lo demás parecía una de esas personas con las que te cruzas sin mirarles todos los días en la calle, o una de esas vecinas a la que saludas mecánicamente pero que no te llaman la atención. Una entre mil.

Sin embargo, esa digamos falta de garra se evaporó al instante de empezar a escuchar lo que estaba contando: sabía de lo que estaba hablando y conocía al pintor mucho y bien. Oyéndola el maestro dejaba de ser alguien que había vivido varios siglos antes, con toda su técnica y buen hacer, para pasar a convertirse en un ente real, de carne y hueso, con sus grandezas y sus miserias, y todos los presentes apreciamos el caudal de conocimientos que nuestra circunstancial tutora nos estaba impartiendo de una forma sencilla y amena, sin ningún atisbo de pedantería y de manera casi casual.

Al ser escritor sé apreciar la elección de palabras y valoro muchísimo cuando mi interlocutor elige y utiliza las adecuadas, y la elección que hizo esa chica no pudo ser más acertada.

Mientras la escuchaba hubo un gesto en que al retirarse un mechón de la cara me pareció por un momento similar al de alguien que había conocido, pero no quería perder nada de lo que estaba diciendo y deseché seguir indagando en mi mente por si recordaba de quien se trataba. Lo más seguro es que ese mismo movimiento lo hubiese visto centenares de veces.

Cuando terminó su espléndida explicación me acerqué a darle las gracias. Y ya puestos le invité a tomar una copa fuera para seguir charlando un rato más.

Por suerte para mí aceptó.

Se llamaba Pippa y su personalidad era tan sorprendente y encantadora como su nombre.

~~Capítulo 6~~

Mario leyó sin dilación el segundo manuscrito.

Le encantó igualmente y vio en ese trabajo un gran potencial para una serie de libros con historias y varios casos sucesivos de los dos protagonistas principales, la detective de homicidios Jimena Jiménez y su compañero Lolo López, pensando en publicarlos como independientes por completo, pero con el nexo común de esos dos personajes.

Mi detective-inspectora, como ya he apuntado era bastante atípica, un personaje muy "de la calle" que me vino a las manos y al coco un día en la cafetería donde desayuno cada mañana mientras doy una ojeada a la prensa diaria, cuando escuche fortuitamente la conversación de dos chicas que estaban en una mesa al lado de la mía,

Yo estaba absorto en mi periódico, al menos así lo creía y le hubiese parecido a cualquiera que me observase, pero ellas hablaban en un tono bastante alto, gesticulando bastante y por su tono y expresiones hubo algo que captó mi interés.

Una de ellas, una chica de aspecto muy juvenil, pelirroja y con una coleta en lo alto de la cabeza que se bamboleaba cada vez que se movía, después de contarle las últimas hazañas de su chico, le estaba explicando a la otra lo que había pasado en su bloque de pisos. Un asesinato.

La chica sabía contar la historia, dando detalles oportunos, parándose cuando el relato estaba en un punto álgido, acelerando las palabras si eran cosas de trámite y por tanto cualquiera podía imaginar lo que vendría después: deduje que era una gran narradora que conseguía sin esfuerzo el interés de los que la escuchaban.

Su compañera ni la interrumpió mientras hablaba, y mira que según mi experiencia cuando las mujeres se reúnen tienen una cierta tendencia a meterse en las frases de otras, pero en este caso no fue así, y sólo cuando terminó le hizo unas cuantas preguntas un poco insustanciales sobre esto y lo otro, que para mí ya carecían de interés, por lo que me levanté, me fui a casa y enseguida comencé a hacer unas notas sobre lo que había oído.

No era la primera vez que quería escribir algo de tipo policíaco, de suspense, de terror, de detectives, ya que esos géneros siempre me han atraído mucho y además estaba más que bien familiarizado puesto que desde siempre, casi podría afirmar que desde mi más tierna infancia había leído mucho sobre esos temas, porque mi madre y mi tía se tragaban todas las novelas de Ágatha Christie, Patricia Highsmith y demás representantes de esas categorías de detectives y misterio, y por la casa tenían volúmenes y más volúmenes, que yo (casi a escondidas primero cuando no levantaba muchos palmos del suelo, y abiertamente después) devoraba en cuanto veía uno nuevo.

Pero leer ese tipo de novelas es mucho más fácil que escribirlas, como descubrí y constaté enseguida en aquellas ocasiones en que lo había intentado.

No obstante preparé mis notas sobre lo que había oído, busqué los nombres de mis personajes principales, organicé una especie de escaleta para no perderme en divagaciones innecesarias y me prepare a escribir.

Al relato de los hechos reales que había oído en la cafetería tuve que "aderezarle" un montón e incorporar e inventar prácticamente todo, ya que con lo poco que sabía sobre el suceso no habría llenado ni un folio, y ya puestos a crear me pareció oportuno meter sangre a raudales, mucha sangre.

Cuando todas mis notas estuvieron en un orden lógico y el argumento más o menos diseñado, empecé a escribir lo que sería el último capítulo de la novela, pensando que desde allí me sería un poco más sencillo ir hasta el comienzo. No es que tuviese mucho sentido lo que quería hacer y tampoco estaba seguro si podría llevarlo a cabo o el experimento detectivesco terminaría en la papelera como otros anteriores, pero era un reto mental y me forcé a terminarlo.

Escribí de un tirón lo que suponía sería el borrador, y lo aparqué para releer lo escrito cuando mi mente estuviese limpia de sangre y horrores.

Unos par de semanas más tarde, cuando lo revisé, me di cuenta que era bastante bueno. Tenía que cambiar algunas frases, quitar algunos personajes que no añadían nada a la trama y corregir un poco, pero en unas cuantas sesiones quedó lista y mientras yo me sentía lleno de ilusiones y esperanzas la novela comenzó su largo periplo camino de editoriales y agentes literarios.

Unos viajes que resultaron espantosos y nada fructíferos.

Sin éxito. Nada.

Hasta la envié allende los mares, cruzando el mar proceloso y obtuve el mismo resultado.

Nadie quiso publicarla.

Lo más que conseguí, todo a lo que llegué con ella fue a recibir unas pocas cartas amables en la que muy finamente me daban la patada.

Pero a Mario le pareció lo suficientemente buena como para publicarla.

Cosa curiosa puesto que ahí comenzó mi carrera fulgurante como escritor de masas.

Cuando una nueva novela estaba todavía con la tinta húmeda, los lectores ya reclamaban la próxima. Mucha gente se identificaba con Jimena, con su forma de hablar y de actuar, y hasta personas que no leían habitualmente, adoraban a mi heroína y seguían sus aventuras. Al pobre Lolo, aunque era un personaje con su identidad propia y bastante buena gente, nadie le hacía mucho caso. La personalidad de Jimena eclipsaba a todos los de alrededor.

~~Capítulo 7~~

Me desperté bañado en sudor, con una sensación de agobio y una opresión en el pecho como no había sentido nunca antes.

Es más, tuvieron que pasar muchos minutos hasta que logré calmarme.

Todo parecía demasiado real en mi sueño: tres chicas, a las que no podía ver la cara, se estaban ensañando con mi cuerpo, dándome puñaladas de una forma tal que mirándolas parecía que no querían que quedase ni un centímetro de piel fuera de su ataque.

¡Y yo hasta estaba sintiendo el dolor!

En mi pesadilla les pedía perdón, "perdonadme —les decía—, no era consciente del daño que os hice, perdonadme y dejadme vivir", pero parecía que con mis palabras su furia se incrementaba, así que no sé si por la debilidad debida a la pérdida de sangre o porque algo instintivo me avisó, decidí estarme lo más quieto posible y callarme.

Para mi bendita suerte, cuando intuía que mi final estaba próximo me desperté y terminé con el suplicio.

Pasé la amanecida en un estado semi agónico, como si las puñaladas infligidas hubieran sido reales, y cuando Mario vino a recogerme para ir a comer juntos tal y como habíamos quedado, se asustó un poco, por lo que tuve que contárselo.

Lo primero que dijo cuando terminé el relato fue:

—¿Se puede saber que puñetas cenaste anoche? Suena a pesadilla de panza llena.

—No, nada del otro jueves, un yogurt, una manzana, unos arándanos y unas cuantas fresas —respondí.

—¡Ahí lo tienes! Falta de alimento entonces —me contestó muy ufano riéndose— unos buenos pimientos de Padrón bien picantes y rebosando aceite, una porción de empanada y un tazón de gachas en lugar de esas mariconadas te hubiesen dejado el cuerpo como Dios manda, que no aprendes tío, mírame a mi: yo ni sueños tengo, y pesadillas sólo las que me dais vosotros, mis amados autores, por el día y estando bien despierto.

En general soy bastante frugal en mis ingestas. Desayuno muy bien, como con apetito a mediodía y raramente ceno, o mejor diría, no es usual que me siente a cenar formalmente, a menos que esté con familia o amigos, o que haya llevado a algún compromiso a un restaurante, y aún así procuro tomar algo ligero; picoteo un poco si estoy en casa escribiendo, o si salgo por alguna razón y hasta ahí llego. Eso también lo he heredado de mi abuelo, junto a las posesiones materiales. Como le sucedía a él soy muy parco y a diferencia de muchas personas, la comida no es algo que me llame la atención en especial: como para vivir, no vivo para comer; aunque disfruto si veo que otros se regodean ante un buen plato.

Precisamente por eso que decía antes mis comidas son simples: con arroz, un poco de pasta, pescados preparados a la plancha, fruta o cualquier verdura me siento bien y no necesito más elaboraciones.

Pero mi mal sueño no tuvo nada que ver con la cena. Fue demasiado real y terrorífico.

Según fueron pasando las horas del día conseguí olvidar algo de las malas sensaciones, aunque al llegar la hora de acostarme me busqué entretenimientos varios para dilatar lo más posible el momento de entrar en la cama. Al final me tomé una infusión relajante y me fui a dormir.

Y lo hice como un bendito en lugar de como un alma en pena.

~~Capítulo 8~~

A Carmiña la conocimos juntos Mario y yo, y desde el minuto uno se vio que eran tal para cual, las dos mitades perfectas de aquella naranja idílica a la que habían partido y se buscan y se buscan hasta volverse a reunir según el antiguo mito.

No enamorarse de ella era casi imposible. Yo también lo hice, y los dos lo sabían, pero mi amor no tenía nada que ver con el de ellos, que era y es como sobrenatural.

Además los dos son gallegos de nacimiento y, como les bromeo siempre, de profesión, por lo que las posibilidades de uno como yo, andaluz de pura cepa y por muchas generaciones, no eran demasiadas.

Carmiña es el ser más dulce y amoroso que puede existir sobre la tierra. Es pequeña de tamaño, y no es que me lo parezca a mi que soy más alto que la media de los españoles, es que realmente lo es; tiene ojos grises un poco acuosos y si no la conoces pensarías que siempre parece que está a punto de llorar, pelo castaño muy brillante que le llega a los hombros y una figura bien proporcionada. Y unas manos y pies pequeñísimos que según dice riéndose le dan muchos problemas a la hora de encontrar calzado.

Dentro de muy poco las gemelas los tendrán más grandes que su madre y mientras ese momento llega aprovechan que los tacones de mi amiga son casi de su talla y se pasean con ellos por el jardín para regocijo de todos.

Y como una vez encontrados no tenía sentido esperar más ya que sus sentimientos recíprocos estaban claros, a los pocos meses de verse por vez primera se casaron; de eso ya hace once años, aunque cuando les veo mirarse parece que se han descubierto por primera vez. El amor les rezuma por todos sus poros.

Yo tenía que haber sido el padrino, pero por esas historias de las convenciones sociales tuve que dejar ese puesto al padre de la novia. Pero me consideran padrino de facto, y cuando meses después supimos que venían gurriatos de camino la decisión estaba tomada: yo sería el padrino de los dos.

No supimos el sexo hasta que nacieron. No queríamos saberlo. Nos daba igual. Eran o serían nuestros vástagos, de los tres, aunque no llevasen mi sangre.

Cuando Carmiña se puso de parto allí estábamos Mario y yo como fieles escuderos acompañándola en el paritorio, animándola a respirar, a empujar, a lo que hiciera falta. Y creo que los dos nos hubiésemos cambiado con ella de buen grado, si con eso le hubiéramos evitado pasar dolor.

El futuro padre estaba nervioso y compartiendo los malos ratos de su mujer; yo, como un flan a punto de desmoronarse, y cuando por fin la doctora decidió que había llegado el momento de parar tanto sufrimiento y ponerle la epidural, los dos respiramos y nos dimos un abrazo.

Siempre he leído sobre los nacimientos como un momento glorioso, y lo es, pero hasta que por fin el o la recién nacida da su pequeño grito de guerra diciendo "Aquí estoy yo y que el mundo se prepare" hay un tiempo de dolor y sufrimiento para la madre, de miedo y angustia para todos los que tienen una relación estrecha con la paridera y ¿porqué no mencionarlo? de líquidos asquerosos y sangre, y a mi ver sangre en directo me pone lívido, pero esa es otra historia.

¡Al fin nacieron nuestras niñas! sanas, a salvo y preciosas.

Porque fueron niñas.

Y digo nuestras porque, salvo contribuir con un espermatozoide, me tragué todo el embarazo de mi amiga como si fuese un marido amante y fiel, ayudé en lo que pude, hasta fui de compras con ella y juntos seleccionamos cunas, ropa y todo lo necesario, la sujeté mientras vomitaba, la mimé con sus antojos, la animé cuando tenía miedo..., en pocas palabras después de esa experiencia ya no necesitaba tener hijos propios.

De las niñas no puedo hablar imparcialmente. Son dos brujitas que desde su nacimiento me tienen comido el tarro, y lo saben aunque no abusan, porque yo les daría todo y más. Me inspiraron todos los cuentos infantiles que más tarde se hicieron famosos y que ya han sido traducidos a veinticinco idiomas, donde meigas y hadas circulan libremente por los bosques gallegos de la infancia de sus padres, y más de una noche tuve que quedarme a dormir en el chalet porque me engatusaron con que les leyera una y otra historia, me metí tanto en la trama que cruzar el jardín, coger el coche y volver a Madrid me parecía adentrarme en terrenos cenagosos, hay que ver que cosas, si eso no es ser influenciable, y a mis años...

Mi madre y mi tía también las consideran sus nietecitas, y después de disfrutar con ellas en el Cortijo, la visita en verano al gran Pazo de Galicia para pasar unos días todos juntos con ellas ya se ha convertido en cita esperada y obligada. Y si yo les doy caprichos, lo de las dos señoras mayores ya es de llevarse las manos a la cabeza, todo les parece poco.

Las rapazas, que son listas como el hambre, desde que comenzaron a hablar les llaman abu2 y abu3 y a ellas se les cae la baba. Las dos abuelas gallegas son simplemente las abus, sin número que las diferencie, pero seguido del nombre correspondiente.

Pero a pesar de tener cuatro abuelas que les miman sobremanera, no son ni consentidas ni caprichosas sino dulces y amorosas con todas ellas por igual. Encantadoras nuestras crías.

Cuando las niñas sepan lo que las dos del sur les van a regalar en su cumple hasta el Apóstol tendrá que taparse los oídos, porque los gritos se van a oír en Santiago.

Todos nos volcamos con ellas, pero se lo merecen porque son adorables.

De hecho esos diablillos son mis herederas universales, ni sus padres lo saben, porque quiero tener la absoluta tranquilidad que cuando yo falte tengan su futuro bien asegurado, y con esos pellizcos no tendrán que preocuparse de nada.

Carmiña no ceja en su empeño de presentarme a primas y amigas variadas, todas encantadoras, educadas y muchas de ellas preciosas, porque parece que le preocupa mi soltería, aunque le repito hasta la saciedad que mi estado es perfecto, pero no quiere que me haga mayor solo, sin darse cuenta que, además de mi familia de sangre que me asaetean todos los días con mensajes y llamadas, los tengo a ellos, mi otra familia. ¡Si ya hasta hablo gallego, carallo!

~~Capítulo 9~~

La novela dedicada a mi abuelo no se ceñía enteramente a la realidad. Era una historia novelada en la que se mezclaban episodios verdaderos con otros fruto de mi imaginación y, aún con los reales, me había permitido el gran lujo de poner todo tal y como me interesaba para dar a la trama mayor interés, puesto que muchas veces hasta los hechos más dramáticos puestos en blanco y negro, si no se les mitifica un poco resultan anodinos y sin la fuerza que tienen las cosas que imaginamos.

Como la finca estaba muy cerca de nuestra ciudad y a todos nos encantaba pasar tiempo en ella, además de pasar fines de semana o algún que otro puente suelto, en cuanto yo tenía vacaciones en el colegio nos trasladábamos allí; era el lugar idóneo para olvidar obligaciones o deberes, disfrutar de la naturaleza, bañarme en un pequeño pilón que habían construido para mi solaz y al que pomposamente llamaba "mi piscina", correr libremente entre los campos, mancharme de tierra sin que las reglas ordinarias de limpieza me atañeran; ser feliz, en una palabra.

Cuando iba allí tenía una pequeña compañera de juegos y aventuras de mi misma edad, Marifeli, hija del capataz de la finca, a la que yo admiraba profundamente puesto que sabía muchas más cosas del entorno en el que nos movíamos, y ese sentimiento era recíproco ya que su vida, vista ahora, era muy limitada y cuando yo le contaba algunas cosas de las que hacía en mi ciudad se quedaba extasiada e insistía en querer saber más y más de cualquier hecho nimio.

En la novela mientras Marifeli y yo jugábamos con mi pequeño perrito se desató una fuerte tormenta. El animal, al oír los truenos, salió corriendo y se refugió debajo de un gran olivo centenario. Mientras tanto Teodosio, el encargado del cortijo y padre de mi amiga, sabiendo lo que se avecinaba vino a buscarnos a su hija y a mí, pero yo, con la cabezonería propia de los críos, le insistí en que no me movería mientras no llevase conmigo a mi perro. El capataz corrió hasta el olivo, distante unos cincuenta metros de donde estábamos, y cuando ya tenía al animal en sus brazos, un rayo descargó toda su fuerza en él, matándole y quedando carbonizado en el acto. La impresión para nosotros fue de tal calibre que salimos disparados y cuando llegamos al cortijo, empapados de lluvia y temblando de miedo, ni podíamos contar lo que había pasado.

Fue la pequeña Marifeli la que por fin, entre hipidos y llantos, medio dijo lo que acababa de pasar y varios de los que se habían reunido en el zaguán salieron disparados aunque no imaginaban el espectáculo que se iban a encontrar.

El perro, causante de toda la tragedia, había saltado de los brazos de su captor y llegó al cortijo pocos minutos después que nosotros.

De resultas de la impresión la madre de mi amiga sufrió un shock tan grande que le sobrevino un infarto. Salió de él malamente y cuando parecía que se iba recuperando dos días más tarde tuvo otro que le causó la muerte. Una gran tragedia.

En pocos días la niña se quedó huérfana.

Como no tenía parientes cercanos que pudieran hacerse cargo de ella, gracias a las influencias de mi abuelo, mi madre y mi tía, la recogieron en una especie de orfanato en Córdoba y aunque al principio tuvieron algunas noticias suyas con el paso del tiempo perdieron su pista por completo.

Cuando volvíamos al cortijo desde nuestra ciudad, las primeras veces yo preguntaba por mi amiga pero nadie me daba razón de ella. Así que también me olvidé del asunto.

Eso era la ficción del episodio

La realidad de lo que ocurrió con esa familia fue algo diferente: al padre, hombre despierto y trabajador, por medio de su hermano que trabajaba en Los Altos Hornos de Vizcaya, le ofrecieron un empleo en los mismos, y aunque le costaba separarse de la tierra donde había nacido y vivido siempre, de sus gentes y de lo que había constituido su día a día hasta entonces, pensó con buen juicio que salir del cortijo era una gran oportunidad para su hija y aceptó sin dudarlo. No volví a verles ni a tener noticias suyas.

El gran éxito de esa novela es posible que tuviese que ver por todas las descripciones de los campos andaluces, la vida en un cortijo, las diferentes faenas que en el se hacían, desde la recogida de las aceitunas con métodos manuales hasta llegar al producto final, el oro líquido que es el aceite; como se recolectaban los diferentes frutos de los árboles; como eran las matanzas antaño; como se tentaban los becerros en la pequeña placita de toros... Y todo ello explicado de una manera simple y cercana, capaz de llegar tanto a los lectores avezados y cultivados como a otros que buscaran simplemente un rato de esparcimiento. Parece que di en el clavo y aún hoy, once años después de ver la luz, siguen haciendo nuevas ediciones porque la demanda no cesa.

~~Capítulo 10~~

Aprovechando el éxito de la primera novela Mario decidió publicar en seguida la segunda.

Yo no las tenía todas conmigo debido a los múltiples rechazos que había tenido en el pasado, pero mi editor insistía en afirmarme que no sólo era buena, sino que los dos personajes principales eran muy creíbles, la trama estaba bien estructurada, la tensión se mantenía hasta el final y su presentación en sociedad nos iba a reportar muchas alegrías e incluso me hizo varios comentarios relativos a los que la habían rechazado, insistiendo en lo que nos íbamos a reír cuando les viésemos rechinando los dientes o en una de sus frases favoritas "mesándose los cabellos en desesperación", y ante esto, pensando que él sabía más que yo de todo lo concerniente a lectores, escritores y demás, seguí sus consejos y me relajé.

Cuando se publicó la primera Mario tiró la casa por la ventana y organizó una presentación ante los medios como si yo ya fuera un autor consagrado. Lo hizo bien, rematadamente bien: en lugar de presentarla en uno de los lugares al uso como una gran librería, un centro comercial o algún establecimiento de renombre, aprovechando que la época del año era el comienzo de otoño, cuando los días aún son brillantes y las temperaturas del anochecer muy agradables, eligió los jardines del mejor hotel de Madrid, invitó a las personas adecuadas (a las que se sumaron muchas otras atraídas por el efecto llamada), dio pases a los chicos de la prensa como si se tratara de una conferencia del G7, convocó a ciertos personajes políticos líderes de sus partidos respectivos, y se ocupó hasta de los detalles más ínfimos, desde la ubicación de los asientos o la disposición de los jarrones de flores que adornaban las mesas, hasta la supervisión del catering encargado de suministrar comida y bebida. En pocas palabras: no se podía pedir más perfección, y al acto acudieron todos los que eran alguien en esta patria nuestra, más ciertos representantes de la prensa extranjera que más tarde escribirían sus crónicas en sus países respectivos.

Yo asistía un poco atónito a todos los preparativos y aunque el libro ya estaba impreso, los volúmenes apilados como soldados prestos a la batalla, las invitaciones cursadas y todo listo, unas horas antes de la presentación me entró lo que los artistas llaman "miedo escénico" y me parecía que mi novela no iba a estar a la altura de tanto aparato, que los asistentes sonreirían amablemente, me darían unas palmaditas en la espalda y dirían unas frases corteses mientras pensaban en el bodrio que había fabricado.

Pero no.

Muchos ya conocían lo escrito, puesto que Mario se había encargado de hacer llegar ejemplares a las personas adecuadas, y desde el mismo momento en que, mano a mano y como dos matadores, él y yo iniciamos la presentación se notó en el ambiente un murmullo de aprobación.

De la edición del libro no puedo contar más que bondades y ahí se vio claramente el conocimiento y buen hacer del tema que tenía mi representante y amigo editor.

La portada que habíamos elegido era preciosa: una vista del cortijo con los olivos.

La habíamos sacado de un cuadro al óleo que estaba en el salón del mismo, pintado por mi tía Purita cuando era casi una adolescente y que desde entonces había presidido la estancia siempre. Tenía los colores justos y sólo con mirarla infundía una sensación de paz y serenidad.

El tipo de letra también se había cuidado al detalle, así como la cantidad de líneas que llevaba cada página, haciendo que su lectura no resultase cansada para la vista y que el posible lector se recrease en el texto escrito. En conjunto era una pequeña obra maestra en lo que a aspecto atañía. Mi única preocupación estribaba en que el contenido hiciese honor al continente.

Y vaya sí lo hizo, a juzgar por los resultados.

El acto resultó magnífico. Mario hizo una pequeña introducción y me dejó solo ante el peligro, pero para entonces yo estaba tranquilo y sorteé todo lo que se puso por delante con facilidad y naturalidad.

Unos años antes había comenzado a practicar yoga, primero como una disciplina nueva para mí de la que muchos hablaban y cantaban alabanzas con las ventajas que proporcionaba, y poco tiempo después (es posible que por la influencia de la magnífica instructora que tuve la gran suerte de tener) como un fiel adepto.

Todas las semanas, durante un poco más de una hora, me reunía con el resto de mi grupo, un total de cinco personas, en un semisótano que no tenía más luz natural que la que entraba por cuatro ventanucos a ras de la calle, un local con las paredes desnudas, un duro suelo de cemento y sin muchas pretensiones.

Pero como decía, la instructora era fantástica, e ir allí nos reportaba a todos una gran dosis no sólo de flexibilidad física sino un estilo mental de vida, que a mi en particular no me era tan necesario como a dos de los que asistían, altos ejecutivos que arrastraban una carga de estrés en sus cuerpos que los tenía casi al límite.

Como pupilos obedientes extendíamos nuestras alfombrillas y preparábamos los pequeños bancos zen de meditación, hacíamos el saludo al sol y a partir de ahí nos contorsionábamos mientras la voz suave de nuestra profesora nos guiaba por los senderos de la paz y el equilibrio.

Y ya al final de la sesión, cuando nuestros miembros habían hecho lo que se les pedía, dedicábamos unos pocos minutos a repetir un mantra que decía: "estoy en calma, mi mente está relajada" y desde esa fase inicial íbamos cambiando la palabra mente por todas las partes del cuerpo, externas o internas, haciendo hincapié en el órgano o miembro que en ese momento más lo necesitara.

Es una frase que utilizo siempre que me desvelo, como otros cuentan ovejas; a veces, un par de minutos después de empezar, me duermo enseguida; otras no tan rápido pero aún así noto que mi cuerpo se relaja y espero tranquilo a caer en los brazos de Morfeo sin angustias ni prisas.

Ese mantra no sólo me ayuda para conciliar el sueño, también me sirve en situaciones que me sobrepasan o me lo parecen, y a él recurrí cuando, junto con Mario, me dirigía al estrado.

Mano de santo.

Al tomar asiento tenía el aplomo de un conferenciante avezado, de esos que parecen que están por encima de todo lo que les rodea.

Hice un pequeño resumen de lo que era la novela, enmarcándola en el sitio donde discurría la acción, expliqué ciertos puntos que me parecían interesantes para su mejor comprensión, los años y las circunstancias políticas y económicas del país en ese momento y después de hablar bastante rato comenzaron las preguntas, a las que respondimos mi editor y yo al alimón, sin prisas, sin agobios y disfrutando cada minuto; fue una noche grandiosa para los dos, caída del cielo y llevada hasta nosotros por serafines benévolos.

Las felicitaciones, los pedidos, las magníficas reseñas y críticas favorables llovieron enseguida, y sólo se necesitó el paso de pocas semanas para que la novela alcanzase el número uno en ventas y fuese reclamada para editarla en otros idiomas. Si eso no es empezar con buen pie y tener potra ya me dirás.

~~Capítulo 11~~

Cuando las gemelas iban a cumplir siete años decidimos hacerles una fiesta en el Cortijo. A mi madre y a mi tía les hacía muchísima ilusión la idea de tenernos a los tres adultos allí un fin de semana largo, pero lo que más esperaban era la visita de las niñas, lo suficientemente mayores ya como para disfrutar del entorno.

La llegada fue una apoteosis completa: tenían hasta una mesa preparada para la fiesta que iba a tener lugar al día siguiente, habían invitado a otras cuantas niñas, nietas de amigas suyas, encargado una tarta preciosa y todo estaba a punto.

Y la gran sorpresa estaba aún por llegar.

Parecía que habíamos acertado con la elección de las fechas; todavía el calor no era agobiante como suele ser en mi región cuando llega la canícula, pero las temperaturas eran lo suficientemente altas para que las nenas, en cuanto dieron besos y abrazos a las dos abus honorarias, mientras nosotros todavía estábamos bajando el equipaje del coche, sacaran de sus mochilitas sus pequeños bañadores, se cambiaran allí mismo, dejando las ropas que llevaban puestas tiradas por el suelo, y se lanzaran al agua en mi piscina.

Verles allí me retrotraía a mis años mozos. Cuánto disfrute era posible con algo tan simple.

La vida de entonces, que a menudo me parecía complicada y llena de problemas, viéndola con los ojos de un adulto era idílica. Y eso que no puedo quejarme de la que tengo ahora, pero no se duerme igual, no se disfruta lo mismo, incluso no se sufre con tanta pasión. Tendré que anotarme algunos de esos pensamientos y colarlos en cualquier novela. Seguro que muchos de mis lectores piensan igual.

Porque aunque no soy de la opinión de que cualquier tiempo pasado fue mejor, sino que simplemente fue diferente, ver a Mariela y Mariona chapoteando, lanzando pequeños gritos cuando una de ella conseguía sorprender a la otra por detrás y la zambullía, sus intentos de mantenerse debajo del agua el mayor tiempo posible, jugando y disfrutando tan sanamente me recordaba tanto a mis juegos con Marifeli que, una vez cómodamente sentados y disfrutando de unos excelentes Finos de Jerez que nos sirvieron con ricas tapas, le pregunté a mi madre:

—¿Qué fue de esa familia?

—¿A cual familia te refieres? —me contestó mi progenitora— no sé de lo que estás hablando, vamos hijo, explícate.

Porque yo había hecho la pregunta como corolario lógico a mis pensamientos, pero para los que no estaban dentro de mi mente era extemporánea y no venía a cuento.

—La hija del encargado que estaba aquí cuando yo era pequeño. ¿Os acordáis que tenía una hija que jugaba conmigo, Marifeli? ¿Han vuelto al pueblo? la niña era muy amiga mía y nos bañábamos en esa misma piscina en cuanto llegaba el calor. Al ver a las gemelas me he acordado —les expliqué entonces.

—¡Ah, si! —intervino tía Purita— se fueron al norte y no han vuelto por aquí, ni siquiera para las fiestas o los Santos. Hace poco alguien me contó que les había ido muy bien, pero que los padres se habían muerto el año pasado, o quizás fue sólo la madre la que había fallecido, no recuerdo bien. La niña, que era casi de tu misma edad y no se si os acordáis pero era monísima, tan rubita que parecía nórdica, se habrá quedado por allí, se habrá casado o tendrá un compañero como dicen ahora, y estará rodeada de chiquillos, pero hasta ahí van mis novedades y especulaciones.

—Pues si os enteráis de algo más me lo contáis. Me gustaría volver a ver a Marifeli y recordar aquellos tiempos —les dije, y cambiamos de tema.

Estar de nuevo en casa era una delicia aunque, sin darnos cuenta siquiera, las dos abus y yo adoptábamos los papeles que fueron la norma veinte años antes: para ellas pasaba a ser el niño pequeño al que había que cuidar y proteger y yo, de manera inconsciente, me dejaba arrastrar a su amor y atenciones y me volvía infantil. Tiempo habría cuando las tornas se cambiasen y me tocaría a mi dedicarles todo el apoyo que necesitasen, pero por el momento todos estábamos bien así.

La fiesta para las nenas fue preciosa y disfrutaron como enanas. Y ¿Que puedo decir de los regalos que consiguieron? Todos les gustaron y estaban excitadas cada vez que abrían un nuevo paquete aunque las exclamaciones llegaron a su punto más álgido cuando, después del ceremonial de la tarta, los cantos desafinados de sus nuevas amigas y los montones de chucherías que se acumulaban en la mesa y por todas las superficies posibles, mi madre pidió un momento de silencio y todos, incluyendo a los mayores que asistíamos al cumpleaños, obedecimos.

—Mis queridas nietecitas —comenzó— cuando yo cumplí siete años, como vosotras ahora, mi papi me hizo un regalo que fue el mejor que tuve nunca. Me explicó que tenía que ser buena y obediente, y otras cuantas cosas más de esas aburridas de que ya no me acuerdo porque se me olvidaron enseguida, y como mi regalo me hizo tan feliz, abu3 y yo hemos pensado que a vosotras también os gustaría uno igual, recordando lo bien que lo pasamos las dos siempre con ese obsequio especial. Porque aunque abu3 y yo no somos gemelas entre nosotras sólo hay un año de diferencia y siempre hemos estado juntas, así que éramos casi como vosotras, y ya termino Marcial, si me haces el favor, trae lo de las niñas.

Todos miramos al ayudante que durante la merienda había estado echando una mano, vigilando a las pequeñas y el resto de las crías mientras se subían a los improvisados columpios para que no se hicieran daño, retirando envoltorios y pendiente de todo y de todos cada momento.

Marcial era una institución en el Cortijo puesto que había nacido y vivido allí toda la vida, y aunque ya estaba viejecito y no queríamos que trabajase en nada, siempre estaba al quite y teníamos que reñirle con frecuencia para que se estuviese quieto. A las nenas las adoraba y a la menor ocasión se sentaba con ellas para cantarles antiguas romanzas andaluzas o contarles cuentos de lagartijas y saltamontes como había hecho conmigo, y las dos, desde que le conocieron correspondían siempre a tal afecto como si de un pariente querido se tratase. Un rato antes, Mariona le había dado un gran trozo de tarta diciéndole muy seria: "Marcial, come despacito para que luego no te duela la tripa, que no te la vamos a quitar y luego te damos helado" y al anciano, metiéndose bocados pequeños en su boca desdentada, se le saltaban las lágrimas y entre dientes decía "que no señor, que no hay en too er mundo entero unas niñas como las nuestras, si lo sabré yo, que más bonitas, más resalás y más buenas no se puen fabricá".

Y ¿que trajo Marcial?

Nada más y nada menos que un precioso pony que nos miraba a todos con sus ojos almendrados, un poco confuso por la expectación que había despertado.

Faltó tiempo para que las homenajeadas, después de besar y llenar la cara de churretes (restos de la tarta que todavía tenían en sus labios) a las dos abuelas postizas, se abalanzasen hacia el animal y pidiesen al ayudante que les subiese a la grupa y a partir de ese momento todo lo que restaba de tarde y las primeras horas del anochecer fueron un tiovivo. Todas las invitadas, por turnos rigurosos que me encomendaron llevar a mi como padrino, montaron y disfrutaron del pony, y cuando llegó la hora de las despedidas todas las pequeñas criaturas estuvieron de acuerdo en que había sido el cumple más chachi y más guay al que habían asistido.

Separar a Mariela y Mariona del pony nos costó lo suyo. Estaban decididas a dormir con él, pero gracias a las buenas artes de abu2 pudimos al fin meterles en la cama.

Y como mi madre nos explicaba más tarde, cuando ya tranquilos y relajados después de unas horas tan intensas cenábamos los mayores en el porche, con la fragancia de los jazmines permeando nuestros olfatos mientras nuestros paladares apreciaban las especialidades de la tierra:

—En realidad el pony es un regalo interesado y una excusa para que las gemelas quieran venir a pasar tiempo con nosotras, porque somos viejas pero no tontas, y os darán tanto la tabarra que para no oírles las traeréis —y empezaron a reírse como dos mozuelas.

~~Capítulo 12~~

En mi primera novela policíaca, sí, esa que rechazaron tantos y que luego fue la que me dio el espaldarazo definitivo, para conseguir unos personajes creíbles, y que fuesen como si de carne y hueso se trataran (y que luego darían lugar a todos los otros libros que siguieron) tuve que darle muchas vueltas al coco. Escribirla fue la parte fácil, como luego me ha pasado con otras, porque ya era poner juntas las partes del puzzle que estaban diseminadas en mi cabeza.

Yo quería que la protagonista principal, la detective Jimena Jiménez, fuese algo diferente, quizás influenciado por la serie del detective Colombo, un personaje listo y atípico, donde el asesinato y el culpable aparecían en las primeras escenas y por tanto los espectadores sabíamos de qué iba la cosa, antes incluso que apareciese el teniente con su puro a medio encender, su inseparable gabardina aún en tiempo caluroso, su coche desvencijado y las continuas referencias a su mujer, la entrañable señora Colombo, posiblemente inexistente. Me había tragado todos los episodios en su día y cuando volvieron a reponerlos no dudé en verlos de nuevo porque ya entonces andaba liado pensando en mi personaje y también en los otros secundarios.

Decidí que este sería una mujer y desde ese mismo momento todos mis pensamientos se centraron en ella, desde su forma de expresarse hasta su pelo punki, pasando por otra serie de puntos que me parecían necesarios para fijar su retrato.

Mi Jimena llevaba la profesión en los genes, pero hasta ese momento y a pesar de haber sido la número uno de su promoción y tener una mente brillante, sus labores en el departamento habían sido de tipo administrativo y no había podido desplegar todo su potencial, y eso hacía que de su lengua viperina saliesen tacos y palabras malsonantes, acompañados de cortes de mangas y otras lindezas. Consiguió su primer caso gracias a la influencia de su padre, inspector jefe ya jubilado pero que seguía apareciendo puntualmente por las dependencias policiales para charlar con antiguos compañeros, o llevárselos a su tasca habitual a tomar unas tapas y beber cerveza, y que hablando con sus colegas de profesión les hizo ver lo tranquilos que se quedarían una temporada si se la quitaban de en medio y le encargaban cualquier caso en el que abundase la sangre. Matar dos pájaros de un tiro, que dicen.

Hizo la casualidad, o el destino, que a los pocos días de esa charla amigable y privada les entrara un caso con esas características, que el detective que iba a llevarlo se hubiera dado de baja esa misma mañana por haberse fracturado varios huesos haciendo alpinismo y que el resto de los compañeros estuviesen a tope: había nacido Jimena la cual, acompañada de otro novato llamado Lolo, con su mente sagaz y sus métodos no muy ortodoxos, iba a resolver de forma eficaz lo que a cualquier otro detective con mucha más experiencia le habría llevado muchísimo más tiempo.

Claro que el no ser convencional y saltarse las normas a la torera también le acarreaba disgustos y muchos problemas, pero eso era parte asimismo del argumento y la trama.

Cuando terminé el libro, para mí Jimena y Lolo eran tan reales como pudiera ser mi madre y más tarde, a pesar de los rechazos que tuvo la novela me seguían siendo muy queridos; a veces hasta me preguntaba si no existirían dos tipos como ellos en la realidad, eso es empatía.

Siguiendo el buen instinto de Mario se publicó pronto.

Y de nuevo acertó.

Para la presentación en sociedad de mi chica además eligió otro lugar sorprendente: un convento recoleto donde habitaban unas pocas monjitas que para su sustento se dedicaban a confeccionar perrunillas y a las que convenció (acompañando su petición con un más que generoso donativo) para que nos dejasen usar un salón precioso, de techos altos, columnas jónicas y suelos de cantería.

Era un lugar inusual y que pocos conocían, lo que sumaba puntos a la expectativa de la presentación y, como pasó con la primera novela, la aceptación fue unánime.

Como si de una debutante se tratara, Jimena fue la estrella esa noche y brilló con luz propia. Pretendientes no le iban a faltar en el futuro.

Lolo también estaba, pero todos pensaban en él como si fuese un mero comparsa.

~~Capítulo 13~~

Carlota, mi compañera de yoga, era abogada criminalista. Y muy buena, según las referencias.

Era la única mujer (aparte de la instructora) en nuestro reducido grupo de yoga y a todos nos caía bien ya que era simpática, cooperativa, llena de energía y con una sonrisa a flor de piel que imagino le habría allanado muchas circunstancias difíciles.

La firma en la que trabajaba, a sólo una calle del lugar donde practicábamos, pertenecía a su padre, prestigioso letrado que a su vez lo había heredado del suyo. Era, por tanto, un bufete con más de cien años de andadura en el que trabajaban otros muchos abogados de diverso rango llevando todo tipo de asuntos, desde cuestiones laborales, civiles y criminales hasta simple declaraciones de renta, o no tan simples en algunos casos, y la gama de sus clientes era muy grande y variada.

Simpatizamos desde el primer momento, algo fácil con ella, pero los dos sabíamos que nuestra relación siempre estaría dentro de los parámetros de amistad. No había ninguna implicación sexual, aunque los dos reconocimos desde el principio que el otro sería un complemento perfecto. Es posible que en épocas anteriores, cuando los matrimonios se amañaban entre las familias, o en otras culturas como ciertas orientales aún lo hacen, nuestros padres respectivos hubieran organizado una boda entre nosotros y a lo mejor habrían acertado, pero estando en el siglo XXI el tema era diferente con lo que pudimos disfrutar de nuestra amistad sin mayores historias.

Carlota era una chica alta.

Acostumbrado como estaba a que todas mis relaciones femeninas me llegasen al hombro y si estaba de pie o caminando con ellas a menudo tenía que bajar la cabeza, encontrarme a alguien casi de mi misma altura era una novedad agradable.

De piel muy blanca y con ciertos rasgos nórdicos heredados de la familia de su madre que era sueca, su aspecto era el de una modelo y cuando íbamos juntos más de una persona se quedaba mirándonos, hombres y mujeres, los hombres a ella y es posible que las mujeres también, envidiándole el chico que llevaba al lado.

Físicamente parecíamos una de esas parejas perfectas de las que salen en las revistas, pero en nuestro caso eso era lo menos importante. Lo mejor era la sintonía mental que compartíamos, el cruce de opiniones, las conversaciones de todo tipo que manteníamos y lo que, casi sin querer, aprendíamos uno del otro.

De ella, que era súper organizada en todo, aprendí a no ser tan farragua, palabra extraña y sonora que empleábamos a menudo en nuestra familia para describir a alguien que lo mismo se preocupaba mucho de su atuendo, pero olvidaba meterse la camisa dentro de los pantalones, como a la persona que dejaba desparramadas sus pertenencias por cualquier lugar de la casa o, ya a nivel mucho más peligroso, el que hacía lo mismo con sus ideas, soltando o recogiendo pensamientos a veces incoherentes y sin demasiado orden ni sentido.

Es curioso, porque pensando ahora en ese calificativo observo que nunca lo oí referido a una mujer, ahí nos superan y pueden darnos lecciones.

Cuando nuestra amistad se afianzó y se hizo más profunda, me gustaba hablar con Carlota de los casos en los que estaba involucrada, quizás como fuente de inspiración, quizás por simple curiosidad y ella, aún con las reservas pertinentes para no violar la intimidad de sus clientes, satisfacía con mucho mi interés.

Y después de la acogida que tuvo mi segunda novela publicada, la de género policíaco en la que introduje a Jimena y a Lolo, sus explicaciones de cómo llevar un caso, el procedimiento a seguir para demostrar que tu cliente no es culpable de lo que le achacan, y los mil entresijos necesarios para preparar una buena defensa fueron fundamentales para la trama del próximo libro, que volvió a batir récords de venta y con el cual ya me coloqué definitivamente entre los grandes del género.

~~Capítulo 14~~

Una pregunta recurrente que me hacen en las entrevistas es: "¿De donde saca sus ideas, sus argumentos?", y mi respuesta es siempre la misma: "De la vida".

Porque no hay nada como observar la vida misma con un poco de detalle para encontrar lo necesario, no solo para escribir sino para vivir un poco mejor.

O con más sentido.

Dando a tu existencia otro nivel de profundidad.

Hablas con cualquiera, abres un periódico, te apoyas en una barra del bar, incluso te sientas en un banco del parque y, de inmediato, alguien o algo sin ni siquiera ser consciente te proporciona un argumento. Claro que esa idea primera, hasta que llega a convertirse en libro, hay que currársela, pero esa es la parte maravillosa.

Mario y yo ya en nuestra primera reunión de "negocios" llegamos a un acuerdo económico muy satisfactorio para ambos: iríamos al cincuenta por ciento en todo, perdidas y ganancias, gastos y beneficios.

En ese primer encuentro yo le hubiese dado incluso más, ya que su riesgo al apostar por mi obra, mi posible éxito, era muchísimo mayor que el mío, que lo único que tenía que hacer era esperar un fracaso estrepitoso o una respuesta tibia por parte de los lectores o críticos, sin vislumbrar lo que iba a suceder poco tiempo después. Más que inseguro me parecía que era realista y me basaba en mis tristes experiencias.

Como el dinero no me ha preocupado nunca, cualquier apaño era bueno por mi lado, aunque mi amigo, profesional hasta la médula, insistió en un contrato formal ante notario para que posteriormente no hubiese malos entendidos, y eso hicimos.

Y digo que tener o no tener pasta gansa no me ha importado porque siendo uno de los pocos privilegiados que la tuvo siempre, hablar de esa forma no me parece indecoroso sino que me parece ser sincero, pero lo puntualizo para que nadie se sienta ofendido.

Por nacimiento me encontré en una familia donde el dinero fluía en abundancia. No obstante, al llegar a cierta edad mis padres insistieron en que tuviese una formación académica y una profesión segura que me asegurase un ingreso fijo en caso que las cosas diesen un vuelco.

Estudié Filología ¿que otra cosa podía hacer sino profundizar en lo que realmente me gustaba que eran las palabras? Y nunca me he arrepentido de esa decisión, ni de pasar tiempo en la universidad donde, además de las materias puramente académicas aprendí otras mil cosas, tuve un grupo de amigos maravilloso que aún conservo, y viví alegremente durante esos años.

Pero las salidas profesionales para esa carrera no eran tan abundantes como en otros campos, especialmente si no te querías dedicar a la docencia, cosa que yo no iba a hacer de ninguna manera. Lo que sí habilitaba tener un título superior en un país donde la titulitis es la norma obligada para cualquier cosa, era para opositar a un puesto del Estado, es decir, hacerte funcionario, algo que tampoco entraba en mis planes, pero que vi como solución intermedia para dedicarme y poder hacer a lo que realmente me gustaba, que era escribir, aunque tuviese que esperar un poco para eso y dejarlo para más adelante, y contentar a mis mayores sin problemas; los emolumentos que conseguía catorce veces al año por ser un burócrata tampoco me eran necesarios ya que pronto, por las muertes sucesivas primero de mi padre, y poco después de mis tíos, comencé a tener mas dinero del que podía gastar. Pero seguía acudiendo fielmente a mi trabajo.

Cuando falleció el abuelo ya no tenía ningún sentido seguir gastando horas y energías en algo que no me aportaba nada y me restaba tiempo para mi pasión.

Pedí la excedencia de mi puesto. Y tan contento. Hasta la fecha.

Con el tiempo supe, porque él mismo me lo dijo, que los acuerdos económicos que Mario y yo teníamos eran mucho más generosos por mi parte que los que tenía con otros autores, y como es un tío legal y nada interesado, en un par de ocasiones trató de hacer cambios en nuestro contrato inicial algo a lo que me opuse tan fehaciente y firmemente que tuvo que dejar de insistir. Así estamos bien.

El éxito de mis escritos nos dejó a ambos un poco descolocaos, por no decir totalmente fuera de banda: en poco tiempo entramos en la categoría de ricos, muy ricos y aunque yo ya lo era, la sensación que me proporcionaba ese dinero, ganado con algo que había salido de mí, y que me llegaba no por herencias aunque si por muertes aunque fuesen ficticias, me daba una alegría indescriptible.

Algunas veces, al despertarme me parecía que lo que estaba pasando era demasiado fabuloso para ser real, que en cualquier momento la burbuja estallaría, o que me despertaría y me daría cuenta que todo había sido un sueño. Agradable y maravilloso, aunque sólo un sueño.

Pero no, era real. Por lo que seguí haciendo lo mismo de siempre. Escribir sin descanso. Mis rutinas no variaron. Mi imaginación e ideas no cesaban. Haciendo lo que hacía era feliz.

A Mario la lluvia de billetes le permitió, entre otras muchas cosas, construir la casa de sus sueños, un lugar donde sé que tengo un sitio seguro y permanente y eso para mí tiene más valor que todo lo que se puede conseguir con el vil metal.

~~Capítulo 15~~

Volví a ver a Pippa en el sitio menos esperado, la ciudad de Nueva York.

Un buen día, hablando en la sobremesa de esto, lo otro y lo de más allá, salió a colación que yo, a pesar de haber viajado bastante y hablar inglés sin problemas (aunque ahí, a diferencia de cuando estoy en Madrid que puedo pasar por un gato, sí que tengo que reconocer que se me nota el acento andaluz), no conocía la Gran Manzana y Carmiña, que había pasado un año entero allí perfeccionando la lengua de los yankis (en uno de esos intercambios tan al uso donde a los padres les parece más seguro que sus vástagos estén ubicados en una familia en lugar de en algún tipo de colegio, y por eso mandan a sus hijos a una casa y luego reciben a otro por igual período de tiempo) sacó triunfalmente un gran sobre que acababa de recibir: su querida amiga Susanne, con la que había compartido dos años enteros de juventud, risas y aventuras, se casaba y la había elegido a ella como *Maid of Honor*. O sea madrina, más o menos. Es decir, irían ellos dos por descontado, y yo me sumaría al evento. No había excusa posible. Y no es que yo buscara alguna.

Conocer esa ciudad de la mano no solo de una nativa como Sue y acompañado por otra, mi amiga, que se la había pateado de arriba abajo y conocía muchos de los sitios que en general les están vetados a los simples turistas, era una opción de las que te llueven pocas, así que acepté encantado y los tres nos dispusimos a pasar un poco más de una semana olvidándonos de obligaciones y rutinas.

Como no iban a venir las gemelas, a pesar que Susanne había hecho hincapié en que las llevaran, se me ocurrió una idea que a todos les pareció perfecta: llamaríamos a las abus andaluzas para que vinieran a estar con ellas.

La alegría de las nenas sólo era equiparable a la de las dos señoras mayores que veían una deferencia por parte de nuestros amigos y les colocaban por encima de las abus gallegas. Ya se sabe, con las personas mayores aunque todo sea muy cordial luego hay pequeñas envidias entre ellas...

Sue y Joe lógicamente tenían totalmente organizada la boda cuando nosotros llegamos así que pudieron acompañarnos prácticamente todo el tiempo.

El evento se iba a celebrar en los jardines de los padres de ella, la misma casa donde Carmiña había vivido primero y visitado más tarde en numerosas ocasiones, una mansión en White Plains, ciudad que distaba una media hora en tren a Manhattan y donde, a pesar de nuestros frustrados intentos de ir a un hotel, nos alojamos los tres.

Bien temprano por la mañana, sin necesidad de ir cargados de mapas u otros engorros los cinco o los cuatro, ya que al pobre Joe sus trabajos hasta ultimísima hora le impedían acompañarnos a veces, subíamos al tren dispuestos a las aventuras y disfrutes que nos esperaban.

Y fue uno de esos días, entrando al Metropolitan cuando prácticamente me choqué con Pippa.

—Pero bueno ¡vaya sorpresa! ¿Que haces tú por aquí? —fueron sus primeras palabras— ¿a quien vas a matar de los de ahí dentro? Mientras no me toques a mi amado Rembrandt seguro que encuentras inspiración de sobra para que tu Jimena y ese Lolo tengan tema para lucirse —comentó riéndose—

Después de las presentaciones y estando todos en un ambiente de lo más simpático, Pippa se unió al grupo y ya prácticamente no se despegó de nosotros el tiempo que duró nuestra estancia.

Ella había ido a hacer una presentación de una exhibición del pintor de sus desvelos, pero esa mañana se habían terminados sus compromisos y quehaceres. Volvía a España un día después que nosotros y se integró con gran soltura y buen hacer.

Tanto a Carmiña como a Sue les cayó de maravilla, y no digamos a Mario, que veía en ella una candidata idónea para que yo renunciase a mi soltería.

Pero no.

Pasamos buenos días, recorrimos no sólo Manhattan sino los otros cuatro distritos que componen la ciudad de Nueva York: Brooklyn, Queens, Staten Island y hasta nos atrevimos a adentrarnos en el Bronx, que a pesar de las advertencias de todos a mí no me resultó tan temible y fiero como lo pintaban. Quizás porque como mi mente siempre estaba inmersa en crímenes y sangre ficticios, ver a gente paseando por sus calles, sacando a sus perros a hacer sus cosas, o comprando sus vituallas como en cualquier otro lugar, y desconociendo lo que se cocía dentro de las paredes de sus casas, me parecía un barrio de lo más normal del mundo.

Y como todo llega, también lo hizo la boda. Casamos a nuestros amigos, todo fue como tenía que ser y lo más memorable estribó en algo personalísimo: me acosté por primera vez con Pippa.

Hasta entonces, durante todos esos días nuestra relación había sido casta y pura. Que nos atraíamos sexualmente era un hecho indiscutible, aunque creo que ambos lo que más valorábamos era la corriente de amistad que se había establecido enseguida entre nosotros, esa sensación de que conoces al otro, a la otra en este caso, de toda la vida, pero a lo más que yo mismo me permití llegar en los días precedentes fue a una serie de besos; tímidos y suaves al principio y lentos, apasionados, inmensos e intensos el día de la ceremonia (a la que por supuesto había asistido ella) y cuando yo, como un claro ejemplo de caballero andaluz, me ofrecí para acompañarla a su hotel la cosa vino rodada.

Ya en el taxi que nos llevaba a Manhattan la temperatura había ido subiendo a cada metro que avanzábamos y el corolario lógico al llegar al hotel fue subir con ella a su habitación, quitarnos las ropas apresuradamente y pasarnos la noche y buena parte de las primeras horas del día siguiente entregados a disfrutar de nuestros cuerpos. Hubo pocas palabras entre nosotros, a pesar que los dos éramos de verbo y expresiones fáciles. No hacía falta. Solamente sentir.

Del sueño profundo en el que caímos agotados después de las horas en las que nuestros cuerpos se fusionaron, nos despertaron los móviles: Mario me llamaba preocupado porque no había vuelto, y Carmiña trataba que Pippa le dijese a qué hora le había dejado en el hotel. Como si fuesen unos sufridos padres de hijos adolescentes ...

Todo quedó aclarado, más o menos, y aunque tuve que aguantar algunas risitas veladas por parte de mi editor, nos citamos para un par de horas más tarde y decidimos ir a comer los cuatro juntos.

~~Capítulo 16~~

Quizás la mejor novela de toda la serie, o al menos con la que más disfruté escribiendo y montándola, fue un caso en el que mi protagonista, la aguerrida Jimena, se enfrentó a un caso inexistente.

Me explico: ella, a pesar de ser lo que el vulgo llama "una persona borde", era una tía lista, despierta y cojonuda, a la que no sólo no le importaban los peligros a los que se enfrentaba y muchas veces provocaba, sino que en sus pocos ratos libres, además de chinchar y chingar a su noviete (en una expresión muy suya), le gustaba investigar y leer todo lo que podía sobre casos no resueltos; muchos de tales expedientes se apilaban, aburridos y cogiendo polvo, en una de las dependencias de la comisaría donde prestaba sus servicios, y saltándose a la torera normas y reglamentos, cada dos por tres entraba en esa habitación, cogía un par de casos, y subrepticiamente se los metía en la mochila para estudiarlos más tarde en su casa.

Incluso tenía preparado un parlamento con cien excusas para el caso improbable que alguno de sus compañeros o, en un escenario incluso peor, su jefe supremo la cogiera *in fraganti delicti*, es decir, con las manos en la masa, pero era escurridiza y rápida como una ardilla y nunca la pillaron.

Antes de ingresar en la policía Jimena había estudiado Derecho y cuando iba por el rubicón de la carrera pensó con buen juicio que estudiar Psicología sería un complemento perfecto, que añadiría además otras muchas posibilidades para encontrar trabajo cuando terminase y quisiera entrar en el mercado laboral; como era no sólo inteligente sino también lista y práctica, compaginó las dos carreras sin problemas, eso sí, con mucho esfuerzo y trabajo y dejando provisionalmente a un lado a los macarras de sus amigos, pero a ella le compensaba el esfuerzo.

Y un buen día, guardando ya su doble licenciatura en la costrosa mochila que le acompañaba a todas partes, vio un anuncio para oposiciones al cuerpo de Policías Nacionales. Mira tú por dónde, lo que era su padre, salvando las distancias, se dijo a sí misma riéndose. No se lo pensó dos momentos y sin decir nada a su familia se apuntó a unas clases en la que sus compañeros de estudios eran lo opuesto a ella, y con los que desde el primer día tuvo agarrones de cuidado.

Pero eso había pasado hacía tiempo. Ahora estaba dentro.

La novela a la que me refería era la historia de un juez intachable, querido y respetado por todos y que llevaba casi cuarenta años en el ejercicio de su profesión.

Había sido el miembro más joven de la historia de la judicatura en nuestro país y el primer capítulo se desarrollaba en la fiesta de despedida que sus compañeros y muchos de sus amigos le habían preparado por su jubilación.

Hasta ahí nada hacía presagiar lo que vendría después.

El inspector-jefe del departamento de la Brigada de Homicidios de mi heroína había sido uno de los promotores del evento y cuando después de dejar a otro de los asistentes (su gran amigo, también inspector aunque ya jubilado y padre de la protagonista), volvió a comisaría a recoger su abrigo y sus cosas, lleno de comida, bebida y buen humor, coincidió allí con Jimena a la que, a pesar de su talante ordinario, tenía en gran estima puesto que la conocía desde niña, así que le contó los pormenores del festejo, explayándose en los detalles de quién estaba y no estaba, los discursos que dijeron y hasta el menú, más una retahíla de otras cosas.

Jimena escuchaba el relato, que para ella constituía un auténtico coñazo, cuando una frase última de su superior al salir atrajo su atención, y sus antenas se pusieron en modo on.

—Y fíjate, hija —iba diciendo el inspector ya casi en la puerta— ahora el pobre ni siquiera sabe lo que va a hacer con su vida. Después de haberse casado cuatro veces, que se dice pronto, al final se encuentra solo; todas sus mujeres murieron y no por edad o enfermedades, no hija, de la noche a la mañana estaban vivas y en un quítame allá esas pajas dejaron de estarlo. Bueno, la primera le duró un poco más, pero lo que es las otras tres, visto y no visto. Mucha mala suerte la de este hombre. Me voy ya, que esta noche tengo partido de fútbol y lo veré con la peña en el bar de la esquina. Hasta mañana y no hagas ninguna de las tuyas.

A Jimena, con su fino olfato, algo le chirrió de ese comentario y decidió investigar por su cuenta para ampliar su experiencia, como hacía con los otros legajos que estudiaba.

Esa misma noche, en cuanto llegó a su guarida empezó a bucear por internet como primer paso a ver que encontraba sobre el dichoso Juez; lo que encontró, que era mucho, no le servía para sus propósitos: todo eran alabanzas y semblanzas amables del susodicho, pero como era tenaz, una vez que imprimió y estudió a fondo los datos que le interesaban decidió que el curso de acción más rápido y efectivo sería hablar con su padre, o quizás también con su madre, que las mujeres para esas cosas tienen una intuición especial... Ese juez no le parecía que fuese trigo limpio. Y después de muchas horas de investigación y trabajo su intuición no le había fallado: logro desenmascarar al alabado Juez y consiguió que le metiera entre rejas por cuádruple asesinato de sus mujeres, como si de un moderno Barba Azul se tratara, usando un veneno que no dejaba rastro, la antigua *acqua Toffana*.

~~Capítulo 17~~

Ir a mi primera Feria del Libro como autor fue simplemente fantástico. Como lector voraz, caminar por la Cuesta de Moyano todos los años en primavera, cuando los árboles florecían, el aire se desperezaba ya del letargo invernal y hasta las vestimentas de los transeúntes eran de tonos más alegres, era una cita obligada que nunca me perdía, ya que pasear entre las casetas que ofrecían las últimas novedades y tener la posibilidad de conocer a los que habían sido capaces de plasmar en papel lo que bullía en sus cabezas era otro de los atractivos de esas fechas.

Pero estar allí como uno más de los que en el pasado habían sido mis héroes, y que seguían siéndolo aún ahora, daba una perspectiva a esos días totalmente diferente.

Cuando fui ese primer año mis dos primeros libros no sólo se habían publicado sino que la demanda era increíble y aunque a nivel ventas no me hacía falta, aparecer por allí a firmar en horas prefijadas y muy anunciadas era algo que Mario opinaba como positivo que siempre daba sus frutos, porque aunque ya entonces muchas personas se iban pasando a las ediciones digitales la inmensa mayoría todavía disfrutaba mas con un libro de papel entre las manos, oyendo el leve sonido de las paginas al pasar, el olor inconfundible que desprenden los libros nuevos, la posibilidad de volver atrás en segundos para cerciorarte que has captado bien una frase, y las mil sensaciones que te produce el contacto físico con esos pedazos de papel impreso, y si a eso le sumas el recuerdo del día en que el autor te habló y dedicó unos minutos de su vida a poner en el una frase para ti o para el destinatario final, el placer era todavía mayor.

Fui, fuimos mi agente y amigo y yo, y me encantó la experiencia ya que tuve ocasión no sólo de hablar con mis lectores sino de recibir de muchos de ellos un *feedback* inestimable. Aclaremos: aún con el éxito del que estaba gozando, en mi fuero interno todavía me sentía inseguro como escritor, y cuando volvía a releer lo que había escrito a menudo me entraban ganas de tirar a la papelera los folios llenos para entonces de tachaduras y palabras añadidas, pero desistía de hacerlo y si días más tarde volvía a enfrentarme a ese capítulo (que me pareció muy bueno al principio y terrible cuando lo volví a leer) observaba que con mi primera acepción estaba en lo correcto y que el capítulo en cuestión sí que era válido.

Hablar con mis lectores y escuchar en sus labios frases que yo había pergeñado fue una inyección no solo para mi ego sino algo que disipaba mis inseguridades, y esos días me sentí plenamente feliz y realizado como contador de historias.

Más tarde vendrían los muchos premios literarios que me fueron cayendo, que no cambiaron mis costumbres ni mi estilo de vida interiormente, y que hicieron que mi pasión por escribir y crear aumentasen, si eso era posible, pero que en otros aspectos volvieron mi existencia muy complicada: era difícil salir a la calle sin que alguien me reconociera, tenía que estar presente en multitud de actos que no me interesaban y en ocasiones me sentía como un prisionero al que han arrebatado su libertad. Sólo cuando cerraba tras de mí la puerta de mi piso, cuando estaba en el chalet de Mario, en el Cortijo o en el Pazo parecía que las dos mitades en que me había convertido se juntaban y podía disfrutar de la vida.

La fama me agobiaba.

Quizás por eso, cuando Jimena ya estaba bien afianzada y los cuentos infantiles eran elemento común en todos los hogares donde había niños, empecé a escribir para mí, sin ánimo de que esas otras historias viesen la luz. Pero la vida es extraña y esos escritos al final no sólo se publicaron sino que me llevaron a otra dimensión en el mundo literario.

~~Capítulo 18~~

Mi vecino de rellano, Rafa, un chico también de mi misma edad, arquitecto de profesión y al que yo para mis adentros llamaba Gordix debido a su envergadura, me presentó a su hermana Lina un día que coincidimos en la entrada.

Lina era vivaz y pequeña, siempre con una sonrisa en los labios y no se estaba quieta ni un momento, parecía una ardilla juguetona.

No vivía con su hermano, mi inquilino que no sabía que lo era, al igual que el resto de los que moraban en el edificio, porque cuando decidí quedarme con ese piso le advertí al administrador que no se lo dijese a ninguno de los vecinos y así evitarme molestias. Solamente una pareja mayor que llevaba bastantes años viviendo allí creo que habían conocido a mi abuelo, el resto de los nueve pisos que junto al mío componían el inmueble eran gente joven, profesionales que podían permitirse el lujo de una renta tan elevada, que pagaban con gusto debido al emplazamiento, lo señorial de la entrada de mármol negro veteado en oro, la amplitud de los apartamentos y tener el parque del Oeste a pocos pasos.

Rafa era un tío simpático, siempre cargado con planos y papeles que no sé ni cómo no se le caían, al igual que sus gafitas redondas a las que constantemente subía a su sitio correcto porque le resbalaban cada segundo y al menor movimiento acababan en la punta de su nariz.

Además de sus planos o los cartapacios que le acompañaban, y haciendo equilibrio con los mismos, siempre indefectiblemente tenía algo para llevarse a la boca: una bolsa de patatas fritas, una barra de chocolate, supongo que casi cualquier cosa comestible le servía, pero la verdad es nunca le vi con una fruta o un pedazo de apio entre sus manos; eso no, comida basura toda la que se pudiese imaginar, calorías tontas muchas y a mansalva siempre, algo saludable, ni por asomo.

Aunque Rafa era un tío ocupadísimo y yo no era lo que se llama un animal social, en varias ocasiones nos tomamos unas birras juntos en el bareto de enfrente, y como era muy locuaz y parlanchín en pocos encuentros me contó su vida.

Tampoco era madrileño, como la mayoría de los que residíamos en la Villa y Corte, aunque desde los diez años vivía en la capital; primero como interno en un colegio de los Jesuitas, luego cuando empezó la carrera en un Colegio Mayor en el que solamente aguantó un año, hasta que convenció a sus padres que le dejasen vivir con otros tres compañeros en un piso, sitio donde vivió hasta que terminó Arquitectura.

Después de un año en Londres, donde tuvo la suerte de ser becario nada menos que de sir Norman Foster, volvió a Madrid cargado de buenas ideas, comenzó a trabajar en una firma importante y alquiló su pisito de soltero, frente al mío, donde vivía solo a excepción de su muy amado gato, otro gordo igual que él, y de las periódicas visitas de su madre que venía a intentar poner un poco de orden, encargarse que limpiaran suelos y cristales, rellenarle la despensa con productos de su tierra y dejarle listas interminables pegadas por todos lados y a las que supongo no prestaba mucha atención; también mitigaba su supuesta soledad las constantes idas y venidas de su hermanita.

Como mi apartamento era de una pulcritud casi insoportable (según su opinión) ya que a mí el desorden me cansa e interrumpe el fluir de ideas, cada vez que pasaba a su piso por algún motivo yo me preguntaba atónito como alguien podía ser capaz de crear algo en medio de tal batiburrillo: ropas apiladas en sillas, platos con restos de comida en los sitios más insospechados, zapatos desperdigados, podías encontrar uno en el salón y otro en la cocina... un verdadero desastre; los planos de su mesa de dibujo se mezclaban con los envoltorios que habían cubierto polos de chocolate o chucherías variadas y cuando él, como buen anfitrión, me invitaba a sentarme para que charlásemos un poco mientras tomábamos algo, encontrar un espacio que no estuviese cubierto por una corbata, una chaqueta o cualquier otra prenda era tan difícil que con frecuencia le pedía que pasásemos a mi piso y allí, en un ambiente aséptico y totalmente despejado hablábamos en paz.

Todo ese caos desaparecía a las pocas horas de llegar su madre la cual, acompañada de un par de mucamas, dejaba todo impoluto... hasta la próxima visita. Gordix era así y no iba a cambiar.

Para más inri el "compañero" de piso del Gordix era un gato a su imagen y semejanza: gordo y siempre con alguna chuchería en la boca. Sólo se movía si por casualidad alguna miga de lo que estuviese comiendo se caía al suelo cerca de donde estaba aposentado. Entonces Mikifuz, que así se llamaba el minino, estiraba una pata presto a no dejar que se le escapase y una vez rescatada proseguía comiendo o dormitando. Era lo único que hacía todo el santo día. Perezoso total.

Lo que me chocaba del piso de mi vecino es que en medio del desbarajuste caótico en el que vivía, siempre tenía un par de jarrones con flores preciosas, que le iban al ambiente como a un santo dos pistolas, y cuando un día le pregunté si es que le gustaban las flores, encogiéndose de hombros me contestó que a él ni fu ni fa, que eso era cosa de su hermana.

De Lina supe desde el primer momento que era el polo opuesto a su hermano, y quizás por eso se llevaba mejor que bien con él, como pude comprobar enseguida.

Y en ella estaba la explicación de las flores, porque la chiquita era florista.

De hecho, sin saber que era suya, en muchas ocasiones yo había comprado flores en su floristería, una aparentemente pequeña tienda en Marqués de Urquijo que al estar a pie de calle tenía el plus añadido de un pequeño patio donde ella se había montado, además de tener los manojos de flores listas para preparar en ramos o bouquets, un mini invernadero ad hoc, lugar en el que cultivaba sus flores favoritas, y en especial orquídeas. Pero eso lo supe más tarde, cuando nuestra relación pasó a otro nivel.

~~Capítulo 19~~

Mi abuelo, que era el clásico "señorito andaluz" con más tierras y dinero del que podría gastar en quince vidas, se había educado en Oxford y allí no sólo estudió sino que también se enamoró del gran bardo, Shakespeare.

Conocía toda su obra al dedillo, tanto en inglés como en español, e incluso se atrevió a traducir muchas de ellas, y como algo especial, pasó a nuestro idioma todos los Sonetos que preparó en una edición bilingüe cuidada y preciosa. Cuando tuve edad para apreciarlos me regaló uno de los pocos ejemplares de que contaba la edición limitadísima, que todavía atesoro y va conmigo dondequiera que yo vaya. En la imprenta me han sacado dos copias para las gemelas ya que, aunque todavía son muy pequeñas, si las tienen a mano seguro que se van interesando.

Hablaba mi abuelo de los personajes shakesperianos como si de personas reales se tratasen y según el humor que tenía ese día, se identificaba con uno u otro.

Crecí por tanto rodeado de Otelos y Romeos, de Duncanes o del rey Lear, de los diferentes reyes o aspirantes a reyes ingleses, y todos ellos, de una forma u otra, dejaron un poso en mi mente.

Pero nunca me gusto Macbeth, a pesar de los intentos de mi querido abu para que lo hiciese; es posible que ese disgusto fuese debido a toda la sangre que en la obra se vertía, y a mi no me ha agradado nunca la sangre. O puede ser que fuese por las brujas, esos seres malignos a los que me imaginaba vestidas con harapos, de cabellos ralos y grises, bocas desdentadas y carcajadas maléficas, casi siempre en cuclillas alrededor de un caldero en el que sapos, culebras, vísceras y raíces varias borboteaban formando un caldo venenoso y mortal para quien lo tomase.

Siendo ya más mayor entendí que esas tres arpías se habían limitado a predecir el futuro de Macbeth y su ascensión al trono, y dejé de temerles.

Nunca he sido dado a terrores nocturnos, ni he necesitado dormir con una lamparilla encendida como les pasaba a otros críos, es posible que todo el amor de los que me rodeaban me infundiese seguridad.

Ni siquiera tenía pesadillas. Solamente sueños agradables.

Por eso, cuando tuve mi primer mal sueño en el que las tres individuas me acuchillaban sin piedad reaccioné tan mal.

Y esa horrible pesadilla fue nada comparado con la segunda, tan real y espantosa que su mera mención aún continúa dándome escalofríos...

En ese sueño otras tres mujeres, a las que nunca pude ver el rostro tampoco, volvían a asestarme puñaladas mortales hasta conseguir matarme. Era un baño de sangre.

Yo sabía o debía intuir que eran las tres brujas de Macbeth, y entre puñalada y puñalada les decía que se habían equivocado, que no tenían que matarme sino simplemente augurar mi futuro, pero cada palabra que salía de mi boca quedaba ahogada por las risas indecentes de las tres arpías que redoblaban sus esfuerzos y continuaban apuñalándome con más ímpetu aún.

Cuando estaba exhalando el último suspiro desperté.

Eran las cuatro de la madrugada cuando abrí los ojos según me decían los números en rojo del despertador; el día antes había sido uno de esos sin pena ni gloria, sin mayores complicaciones y pasé sus horas tranquilo en casa, leyendo y escribiendo cuentos para las niñas prácticamente todo el tiempo hasta que ya, de oscurecida, salí a correr un poco. Volví, me preparé una cena ligera y vi una película en la tele que ni siquiera era violenta o truculenta. Era una vieja reposición de Hatari, que en su día (cuando ver animales de África no estaba tan al alcance como ahora) me gustó mucho. Mi ánimo estaba tranquilo y relajado, por eso no puedo achacar el maldito sueño a cenas copiosas o influencias de lo que me rodeó.

Al despertarme, de nuevo estaba empapado pero no de sangre sino de sudor. Debí perder varios kilos en la refriega y mi ánimo estaba por los suelos.

Ya no quise volver a intentar dormir y esperé a que las horas pasasen, los ruidos de la ciudad al despertarse me fueran calmando y permanecí quieto, tratando de limpiar mi mente de todo el desatino.

Cuando oí que regaban la calle, algo que hacían a las seis de la mañana cada día, el sonido del agua y las voces destempladas de los barrenderos consiguieron aquietarme.

Me preparé un buen desayuno, sin esperar a que mi cafetería usual abriera y volví a leer Macbeth, por si encontraba alguna clave oculta que diera significado a lo que había soñado.

Cuando el claxon del coche de Mario me alertó que estaba abajo esperándome salí de estampida, bajé los escalones que me separaban desde mi piso hasta la calle, sin aguardar siquiera a que llegase el ascensor y me metí a toda prisa en el vehículo.

—¿Porqué tienes un once entra ceja y ceja? —fueron sus buenos días— ya se que las ocho de la mañana es temprano para ti, bella durmiente, pero te recuerdo que lo de ir a Santiago fue idea tuya, bueno y de tus ahijadas, que por mi nos hubiésemos quedado en el chalet los próximos cuatro días tan felices. A ver ¿Que ha pasado ahora para que tengas esa jeta tan pálida? ¿Alguna de tus enamoradas te ha plantado cara y te ha mandado a tomar viento fresco? Lo dudo, pero sería lo mejor que podían hacer, que contigo mucho porvenir no es que tengan las pobres.

Yo permanecí callado.

Sólo después de unos cuantos kilómetros, cuando ya casi llegábamos al chalet a recoger a las gemelas y a Carmiña, le dije que echase el coche en el arcén un momento y le conté lo que había pasado.

—Me parece que se te está yendo la olla, macho... ¿Que has tenido un mal sueño? Vale carallo, mucha pena, pero recuerda lo que dijo Calderón de la Barca hace mucho: "Los sueños, sueños son", que no es para dramatizar de ese modo, digo yo, que te estás poniendo un pelín paranoico con el tema. ¿Y eso del "estoy en calma etcétera" ya no te funciona? Pues tendrás que ir a un loquero a que indague en tu mente y saque todo lo que tienes escondido en ella, porque como sigas así vas a terminar en Ciempozuelos y a los que estamos cerca de ti poco nos va a faltar...

Venga, alegra esa cara que como las rapaziñas te vean tan tristón y tan feo se van a llevar un disgusto, anda ya carallo, déjate de tonterías y piensa en algo agradable —me soltó Mario mientras me escudriñaba la cara por si podía encontrar algo debajo de la piel que le diese una clave a mis sentimientos— ¿Podría ser que después de unos cuantos libros nuestra amada Jimena necesite tomarse un respiro, y la tengas que aparcar una temporada? Has estado tan metido en sangre y asesinatos que te están pasando factura... Lo próximo que quiero que escribas son unos relatos de hadas volando, de gnomos y de princesas, y ni se te ocurra meter a una meiga ¡por Dios!, ni siquiera de las buenas —dijo riendo—.

Le objeté que no eran pamplinas ni paranoias, que quizás alguien en las alturas estaba intentando mandarme un mensaje, que tal vez corría peligro, pero él, poniendo de nuevo el coche en marcha, no me hizo ni puñetero caso.

~~Capítulo 20~~

A diferencia de su hermano, Lina había sido siempre muy mala estudiante y en cuanto podía su mayor placer era escaquearse del colegio primero y del instituto más tarde, hacer novillos y dedicar las horas en las que se suponía tenía que estar memorizando ríos y montañas de España, haciendo quebrados o aprendiendo la tabla de elementos periódicos, a meterse en un huerto cercano donde un viejo calvo y afable cultivaba sus hortalizas y flores.

Allí el buen hortelano había reservado un rincón al resguardo de malos vientos, donde crecían rosas, claveles, lirios, margaritas y hasta humildes violetas. Por la pared que separaba el huerto de la propiedad vecina subían creciendo nardos, madreselvas y enredaderas que en primavera impregnaban con su fragancia todo el recinto.

Así, a edad muy temprana supo lo que quería hacer con su vida: estar rodeada de flores siempre. Para eso no necesitaba aprender las tonterías que trataban de meterle a la fuerza tanto en el cole como en el insti.

Cuando con dieciséis años le planteó a sus padres la brillante idea de colgar los estudios, los dos estuvieron en desacuerdo total, y después de mil y una batallas dialécticas los tres llegaron a una especie de acuerdo: terminaría el graduado escolar, se metería en un módulo de jardinería, y después ya irían viendo.

Animada por el prospecto de dejar los estudios regulares, en un curso liquidó las materias escolares y por fin empezó a hacer lo que de verdad era su pasión: sembrar, plantar y ver crecer a sus amadas flores.

Y tenía verdadera maña, o arte o como quieran llamarlo, para ello: cualquier bulbo o semilla que pasase por sus manos parecía como si les hubiese tocado una varita mágica y pronto se convertían en flores preciosas.

Ayudada financieramente por sus padres que esperaban que con eso tuviese su propio medio de vida, pronto consiguió lo que estaba en su mente desde el principio: un pequeño local en una calle paralela a la mía.

En realidad llamarlo local no era muy exacto; según me contó cuando ya éramos amigos, se trataba más bien de un zaguán no muy holgado de tamaño, oscuro y no precisamente bonito pero que tenía ciertos puntos a su favor como eran su buena ubicación en una calle muy transitada en la que vivían vecinos de alto poder adquisitivo, un entresuelo volado, del tipo que en levante llaman nayas, una especie de trastienda y un patio, no demasiado grande pero que para ese tipo de negocios resultaba imprescindible.

Una vez alquilado y con las ideas muy claras de cómo quería que fuese su tienda, para la reforma de dicho tugurio contó además con las obras y el resto de los retoques estéticos que le proporcionó el estudio de su hermano, que hicieron verdaderas maravillas convirtiendo algo muy feo (según las fotografías que me enseñaron) en un lugar encantador y mágico.

En contraste con otros establecimientos del mismo ramo, en los que los distintos olores de las flores se mezclan a menudo de una forma insoportable y a veces recuerdan a un camposanto, en la floristería de Lina ya fuera por cómo estaban colocadas las flores prestas para la venta, agrupadas por olores y sin tener en cuenta la variedad o el color, fuera por la cuidada y sabía distribución de la iluminación que ella había cuidado al máximo, o yo no sé realmente porqué, si es que hay que encontrar una razón para todo, el caso era que entrar allí aún en días plomizos y tristones te levantaba el ánimo y a los pocos segundos de estar dentro notabas que muchas de tus penas o preocupaciones habían desaparecido.

Cuando aún no era mi amiga siempre que entré allí noté esa sensación placentera y en muchas ocasiones salí con más flores de las inicialmente planeadas, no porque la dueña o sus colaboradores llevasen a cabo una labor de marketing propia de empresas multinacionales, sino porque al no querer abandonar ese entorno me fijaba y olía especímenes que de otra forma me habrían pasado desapercibidas.

Desde que comenzamos nuestra amistad y dada la cercanía de su negocio con mi piso iba con frecuencia no tanto a comprar o encargar algún ramillete sino a disfrutar del entorno como el que sale a pasear por el campo.

Muy pronto Lina me enseñó su trastienda que daba a un minúsculo patio donde ella había instalado un pequeño invernadero, aprovechando el espacio al máximo de manera ingeniosa, y fijándome en el muro que lo separaba de la otra propiedad me di cuenta que por la diferencia de alturas entre las dos calles esa pared lindaba con un gran patio de mi casa, que prácticamente no usaba puesto que tenía otro pegado a mi dormitorio y que si se lo cedía a ella le vendría de maravilla, por lo que allí y sobre la marcha me ofrecí a prestárselo porque con una mínima obra, es decir abriendo una puerta de comunicación para tener fácil acceso podría tener un gran espacio y montarse un bonito invernadero, dejando el que tenía en la actualidad para almacenar plantas, flores y sus queridos bonsais.

Se volvió loca con la oferta. Me cubrió de besos y hasta me puso una guirnalda de flores en la cabeza que con su destreza habitual tejió en un cuestión de minutos, inmortalizando el momento con la cámara de su móvil y mandando la foto al resto del grupo para mi mayor vergüenza y escarnio.

Lina vivía fiel a una máxima que había tomado de Rilke (al que adoraba) y que repetía a la mínima ocasión: "A veces es más necesaria una flor que un pedazo de pan", porque a su amor por las plantas y las flores unía el profundo conocimiento de los poetas que desde la antigüedad hasta los más actuales habían dedicado alguna obra a las flores, y pequeñas cartulinas con poemas decoraban y cubrían las paredes de la tienda.

Desde siempre a mi también me gustaba mucho Rilke y conocía sus poemas en extenso. A pesar de haber visto multitud de fotografías de dicho autor, cuando pensaba en él la imagen que me venía a la mente era el retrato que le hizo el gran pintor ruso Pasternak (si, el padre de Boris que luego ganaría hasta el Nobel) en 1928, cuando Rilke ya llevaba un par de años muerto, basándose en los recuerdos que tenía de los encuentros que mantuvieron en diferentes países desde 1899 y en algunas fotografías, y curiosamente en ese retrato lo que siempre notaba a faltar era la ausencia de flores, rosas en especial, porque esa variedad fue una constante no sólo en su obra sino en su vida, pero cuando se lo comenté a Lina ella se limitó a decir que en ese cuadro "no pegaban flores, que hubiera sido un pegote" así que me callé y me abstuve de hacer más comentarios.

Como salvo alguna mínima interrupción debidas a ciertas guirnaldas colgadas aquí y allá, de suelo a techo las paredes estaban a rebosar de pequeñas cartulinas con poemas, muchos de los clientes que entraban a comprar pensando en hacer una visita rápida no podían sustraerse a la curiosidad de leer y seguir leyendo algunos de los versos ya fuesen de Machado, de Paul Valery, de Goethe o de Shakespeare por poner algún ejemplo, y si mi amiga percibía que algún parroquiano se detenía con algún poema en especial siempre incluía en el ramo una tarjeta comercial que en la otra cara llevaba ese poema concreto.

La obra de comunicación entre los dos patitos resultó ser muy sencilla: nos limitamos a que hiciesen un agujero lo suficientemente grande para que pudiesen colocar un portón que permitiera el paso de todos los aperos necesarios para montar el invernadero, y como mi patio era un rectángulo bastante grande ya que medía unos quince de ancho por veinticinco metros de largo, desde el primer momento Lina vio que quedaría espacio más que suficiente para habilitar una zona que acabaría convirtiéndose en uno de los lugares favoritos del grupo: una terraza con un tejadillo transparente protegido por un toldo de colores, donde colocamos una gran mesa de plástico rodeada de sillones cómodos y unas cuantas tumbonas y al estar el patio al lado de mi cocina las provisiones de bebidas y el acceso al frigorífico estaban aseguradas.

~~Capítulo 21~~

Mi tía Purita, la llamada abu3 por las nenas, era una dibujante magnífica y cuando leyó los primeros cuentos que yo había escrito para las rapazas, tuvo la feliz idea de hacer ilustraciones para cada uno de ellos.

Como eran relatos muy cortos, en los que las hadas buenas se aliaban con muchos animalitos del bosque para ayudar a las protagonistas (también dos pequeñas niñas gemelas), había opción a muchos dibujos y una forma de introducir y presentar animales que solamente existían en mi imaginación.

El resultado de nuestra colaboración no pudo ser más óptimo: cuando vi el libro terminado, con sus tapas duras e ilustraciones a todo color que complementaban los párrafos escritos, me quedé maravillado. Era el tipo de cuentos que cualquier niña querría tener y aunque la inspiración había venido por el contacto y amor hacia mis ahijadas, enseguida nos dimos cuenta, lo mismo Mario que yo, que haberlo hecho había sido un acierto total; en cuanto se publicó las peticiones para traducirlo empezaron a llegar enseguida y en pocos meses, esa pequeña obrita, creada e imaginada como regalo para las gurriatas y no pensada con algún tipo de ánimo comercial, llenó también nuestras cuentas corrientes.

Decidimos dar una participación de un tercio de las ganancias a mi tía y ella no rechazó nuestra proposición, pero generosa y espléndida como era y había sido siempre, abrió una cartilla para sus "nietas", que controlaba como no hacía con el resto de sus cuentas, no fuera a ser que por olvido u error no le hubiésemos ingresado su parte, "no es que desconfíe de vosotros, hijos —nos decía— es que sé que tenéis otras mil cosas en la cabeza, y si yo no me preocupo por las finanzas de mi pobres niñas no sé que podría pasar" y después de comprobar los ingresos del mes y anotarlos en una pequeña libreta que llevaba siempre consigo, se quedaba tan tranquila después de haber sugerido que la estábamos estafando.

Abu3 no sólo era una gran dibujante sino también magnífica pintora.

Desde pequeña, según contaban mi abuelo y mi madre, había tenido una gran facilidad para plasmar lo que veía en su entorno y llegado el momento de escoger qué estudiar no hubo ninguna duda en su mente y accedió a la escuela de Bellas Artes de San Fernando donde, a su inclinación natural le sumó las diferentes técnicas y estilos que los profesores le enseñaron.

Dominaba por tanto no sólo el dibujo sino que era muy buena lo mismo con óleos que con pasteles y disfrutaba haciendo acuarelas, técnica difícil pero que para ella no tenía secretos.

Como por la buena posición de su familia podía permitirse lujos que a otros muchos artistas les estaban vedados, cuando terminó su formación viajó por toda Europa visitando museos, perfeccionando técnicas y cuando creyó que estaba preparada y tenía material suficiente expuso medio centenar de sus obras en una galería de Sevilla.

El éxito fue rotundo y ya el día de la inauguración la gran mayoría de sus cuadros tenían el círculo rojo que anunciaba "Vendido", pero esa misma noche, cuando en teoría tenía que estar dando saltos de alegría por lo que había conseguido, decidió no volver a mostrar su obra en público. Seguiría pintando puesto que era su pasión y su afición, pero no quería la carga emocional del escrutinio de propios y extraños que conllevaban las exposiciones.

De nada sirvieron las súplicas no sólo del dueño de la galería donde había expuesto (que veía evaporarse un buen filón), de su hermana —mi madre—, del abuelo y de todos los que apreciaban su arte, tanto críticos como periodistas cuando supieron su decisión.

Y que era firme se vio en el transcurso de los años: sus obran adornaban muchas paredes, no sólo de nuestra casa o el Cortijo, sino las de otros muchos familiares, amigos o conocidos pero no porque las hubiese vendido sino porque ella se las había regalado a sus felices receptores. Nunca quiso volver a exponer, a pesar de todas las ofertas que le seguían haciendo incluso cuando ya estaba en plena madurez.

Como era un hecho aceptado, a pesar de la gran confianza que nos unía, jamas le pregunté el motivo último de esa decisión tan categórica.

Quizás uno de estos días lo haga y seguro que su "confesión" me sirve de base para algún relato.

A las gemelas si les ha pintado, varias veces.

Hay un cuadro que les hizo para regalármelo a mi que realmente me encanta: entonces las nenas tenían menos de tres años y ahí están las dos, sentadas en la hierba, en una mañana de verano en Galicia, con el sol filtrándose por encima de sus cabezas y dando a sus expresiones una suavidad deliciosa. Mariona está vistiendo a su muñeca y Mariela parece que le va dando las prendas. No es que sea sensiblero, pero es un cuadro maravilloso y, aunque es impresionista, de un realismo increíble que me provoca una sonrisa cada vez que lo miro.

Capítulo 22

Cuando era niño y pasaba tanto tiempo en el cortijo, por las noches después de terminadas sus tareas, las criadas se arremolinaban alrededor del viejo Marcial, que para entonces ya me parecía muy anciano aunque quizás no habría llegado a sus sesenta, y cerca de una fogata si era tiempo frío, o sentadas en unos poyetes de piedra cuando las temperaturas subían, escuchaban extasiadas sus romanzas.

Unas veces cantaba con su voz grave un soniquete monótono y repetitivo; otras se limitaba a recitar sus cuentos, pero siempre conseguía tener absorta a su audiencia.

Yo solía merodear por donde estaba el grupo y aunque mi osadía no llegaba al punto de sentarme con ellas, procuraba no perder ni una sílaba de lo que estaba contando.

Casi siempre eran historias un poco truculentas, como una en que padres airados echaban de la casa a alguna pérfida hija que venía con un bombo, un embarazo no deseado, y aunque entonces yo no conocía muchas de las palabras a que hacía relación el cuento en cuestión, cuando decía el estribillo procuraba memorizarlo para más tarde contárselo a MariFeli y que ella investigara lo que de verdad significaba.

Todavía recuerdo uno, que Marcial cantaba y contaba con gran sentimiento:

Ay que padre tan cruel
Ay que familia tan baja
Que antes de morir la hija
Le han encargado la caja

O sea, ya estaban preparando cargársela.

Otras veces eran vidas de santos y en esas ocasiones su voz adquiría unos tonos más suaves, aunque al llegar al punto de relatar todas las penalidades por las que el santo en cuestión pasaba, su voz se hacía grave y cavernosa para volver a cambiar al llegar dicho sujeto al cielo y ser recibido por todos los Ángeles, Serafines y Querubines de la corte celestial, que se afanaban como primera medida en ponerle un vestido bordado con hilos de oro y plata y enseguida le conducían hasta la puerta donde un San Pedro, muy anciano ya y doblado por el peso de las llaves de las puertas que abrían el cielo, le saludaba muy efusivamente, le preguntaba si tenía algún pecado olvidado y, cuando el presunto santo le daba una respuesta negativa, le dejaba pasar, le colocaba en una nube que sería su residencia a partir de ese momento y una vez instalado volvía a su puesto a esperar a otro difunto.

En esos recitales tampoco podían faltar las referencias a los pecados. Todos llevaban su moraleja incluida, propia de las épocas en que Marcial había aprendido dichas historias en la que la iglesia tenía un poder casi omnímodo y a los sacerdotes se les respetaba y nunca cuestionaba. Entre los muchos cuentos que el bueno del ayudante contaba, había uno que desde que lo oí fue mi favorito: una chica había pecado mucho. Tenía de los dos tipos: pecados veniales y mortales (esa clasificación también escapaba a mi comprensión, lo importante eran las palabras y las dos me gustaban). Presa de una enfermedad grave y viendo que se acercaba el día de su muerte decidió ir a confesarse. Se arrodilló en el confesionario y empezó a recitar sus pecados.

Unas feligresas que rondaban por allí vieron que de la boca de la penitente iban saliendo pequeños reptiles: sabandijas, lagartijas, algún lagarto, y muy asombradas observaron que la cabeza de una gran serpiente comenzaba a salir, pero enseguida se volvía hasta las entrañas de la que se estaba confesando. Eso ocurrió tres veces y la última no sólo la cabeza estaba fuera sino que más de un metro de su cuerpo había logrado salir, pero fuera por vergüenza o por cualquier otra causa la muchacha decidió no contar ese gran pecado mortal y salió de la Iglesia.

Esa misma noche murió, y sus familiares observaron, sorprendidos y aterrorizados, como de su cuerpo inerte salía una gran serpiente, que abrió sus fauces y de un solo bocado engulló a la pecadora a la que arrastró al infierno.

Lo más curioso de todo era que, a pesar de mi corta edad, esas historias no me producían pesadillas y nunca tuve un mal sueño por ellas.

Mi abuelo solía decir a menudo que las palabras, si no se dicen en voz alta o se escriben no existen.

Al principio, de niño, yo no entendía lo que quería decir con esa frase, pero poco a poco comprendí su significado y cuando se lo comenté a Mario se convirtió en un tema recurrente entre nosotros, que dábamos vueltas al asunto como si fuésemos filósofos de fin de semana, porque la cosa tenía su enjundia.

Por ejemplo, cuando iba paseando o haciendo cualquier otra cosa, con frecuencia se me ocurría un pensamiento o una frase que me parecía interesante. Si en ese momento estaba con alguien y podía exteriorizarla, la frase o pensamiento ya me había abandonado y tenía vida propia, existía. O si la plasmaba en un escrito sucedía lo mismo. Cualquiera que la oyese o leyese podía hacerla suya o identificarse con ella. Era mía pero no me pertenecía: había pasado al acervo común. Pero si no hacía nada de lo anterior y la olvidaba ya no existía.

Y reflexionando con esas disquisiciones recordaba los cuentos del viejo Marcial, que nunca aprendió a leer o escribir pero que tenía en su cabeza una tradición oral inestimable, aprendida de sus mayores que a su vez lo oyeron de los que les precedieron. Cuentos y romanzas que quizás un día me decida a poner en un volumen. Tendré que hablar con el encargado antes que se vaya al otro mundo para que me refresque la memoria.

~~Capítulo 23~~

Casi sin darme cuenta en poco tiempo tenía una pandilla si uso una palabra juvenil, o más acorde con mi edad un buen grupo de amigos en Madrid.

No soy de amistades rápidas ni muy gregario, y al ser hijo único en mi casa no había tantos chicos y chicas como habría pasado si tuviese hermanos, pero mis amigos, una vez que yo les consideraba como tales, entraban y salían a todas horas igual que yo hacía en sus casas, porque una vez que intimo con alguien para mí es ya es para siempre, soy muy fiel a ese respecto y por eso conservo buenos amigos y amigas desde la infancia a los que se suman otros que he ido recogiendo con los años.

Pero en Madrid, al principio de trasladarme definitivamente, sólo tenía conocidos y aunque una parte de mí echaba en falta el contacto físico de los que había dejado en mi tierra, tenía tanto que hacer siempre que los días volaban sin enterarme.

Pero conocí a Carlota, y enseguida vi que tenía a una amiga.

Luego conocí a Mario.

Más tarde encontramos a Carmiña.

Esa pareja más que amigos se convirtieron y formaron mi segunda familia.

Luego llegó Pippa.

Y mi vecino y su hermana Lina pronto pasaron a engrosar el círculo.

Aunque las féminas nos aventajaban en número, el tándem Mario-Carmiña era como si fuesen uno, es decir, éramos tres y tres.

Empezamos a hacer cosas juntos, una barbacoa en casa de mi editor, una salida conjunta para ver una exposición de pintura, un viaje de fin de semana a ver flores cerca de alguna casa rural, un castillo en ruinas abandonado que quizás me sirviese como escenario de alguna novela... Todos disfrutábamos, hablábamos sin parar, comíamos, bebíamos y recargábamos pilas con lo que nos aportaba el resto del grupo.

Carlota nos invitó a todos a pasar un par de días en una casa que tenía en Extremadura, en la preciosa ciudad de Turgalium, donde habían vivido siempre sus abuelos y en la que ella había pasado muchos ratos felices, no sólo de niña sino también de adolescente.

Esa casa fue mi inspiración para la siguiente novela de Jimena.

Estaba situada en la Plaza Mayor y desde sus balcones se podían ver tanto los palacios, la gran iglesia de San Martín de Tours y la mayoría de los edificios que bordeaban el suelo de granito que constituía el suelo de dicha plaza, como la gran estatua de Pizarro, conquistador del que yo sabía lo que la mayoría, es decir casi nada: el buen hombre contando sólo con un puñado de valientes como él y enfrentándose a peligros tremendos había logrado conquistar Perú, casarse con una bella india y poco más. Después de esa primera visita intenté documentarme y ahora tengo varios libros, a favor y en contra porque siempre conviene ver los dos lados de la moneda, con lo que ya me he formado un juicio un poco más completo.

Pero al margen de las fantásticas joyas arquitectónicas que tiene Turgalium, nuestro grupo se encontró con algo verdaderamente interesante en la vivienda de los abuelos: nada menos que un pasadizo, un túnel, que comunicaba directamente con el Castillo árabe o mozárabe, ya que sobre ese particular aunque pregunté a varias personas no encontré acuerdo ni seguridad absoluta.

En ese túnel fue donde el asesino en serie de mi libro iba acumulando los cadáveres y allí, puesto que era un doctor, los diseccionaba y con las distintas partes llevaba a cabo sus experimentos.

Le costó bastante a Jimena y a Lolo encontrar al autor de los asesinatos y sus motivos pero, como siempre ocurría, al final lo consiguieron para mayor gloria de sus fieles lectores.

Esa novela volvió a ponerme en el número uno de las más vendidas en nuestro país, y un director avispado nos propuso llevarla al celuloide. El marco donde se enmarcaría la acción era inigualable, y aunque ni Mario ni yo teníamos que estar allí durante el rodaje, Carlota insistió en dejar la casa de sus abuelos a nuestra disposición, por lo que al ser un viaje de poco más de dos horas durante algunas semanas estuvimos yendo con frecuencia. Fue una gozada de tiempo.

Ya de buena mañana y desde el primer día que empezamos a estar en la ciudad, nos plantábamos en una de las cafeterías de la Plaza mayor y allí, entre ricos churros y buen café, hablábamos con los parroquianos habituales (la mayoría excitados por el tejemaneje del rodaje aunque era una ciudad a la que muchos otros cineastas habían elegido ya como telón de fondo), con el director de la película y sus ayudantes, con las estrellas y los extras.

Un vecino de mesa nos contó acerca de la primera película que se rodó allí, el Tulipán negro, con actores inter-

nacionales de la talla de Alain Delon y Virna Lisi, la con-
moción que supuso para la ciudad el rodaje, lo bien que se
lo habían pasado todos, los gritos de las chicas cada vez
que aparecía el señor *DilinDilón* como el actor francés era
llamado por los más rústicos del lugar, y como él, que por
entonces era un mozalbete, había intervenido de extra y se
había ganado sus buenos dineros con ello.

Nosotros dos habíamos visto esa película llena de aventuras en su día, que no era muy buena pero si entretenida,
pero para recordarla mejor cogimos una copia y esa misma
noche nos la tragamos de nuevo, aunque el Turgalium que
teníamos alrededor era más bonito e impresionante que lo
reflejado en el celuloide.

Pasamos buenos días, siempre atendidos y agasajados
por los que vivían allí; Marisol, la dueña de una preciosa
librería de una calle cercana donde se encontraban la mayoría de las tiendas, puso en su escaparate varías de mis
novelas y rara era la vez en que no tenía que pararme con
alguien para firmar un ejemplar recién adquirido, cosa que
hacía con mucho agrado; los componentes de un club de
lectura decidieron leer una de ellas, me invitaron a su colo-
quio y fue una tarde que recuerdo con gran placer; por
cualquier sitio que pasábamos, hasta en el mercadillo que
se celebraba los jueves, a cada momento oía: "hola Nacho
¿cómo estás? ¿Has pensado ya en otro crimen? Venga, vamos a tomar algo", así que cuando el resto del grupo vino
a pasar el primer fin de semana, ya éramos tan populares y
conocidos que cuando salíamos a la calle no podíamos
avanzar más de dos pasos sin tener que parar a saludar o
charlar un poco con uno u otro, y todos nuestros amigos
estaban alucinados del buen rollo que habíamos conseguido en tan poco tiempo. Fue agradable dejar el agobio, los
ruidos y las prisas de Madrid por un tiempo, y esa buena
experiencia, a Mario y a mi, que habíamos nacido, crecido

y vivido en ciudades también pequeñas nos resultó fantástica.

~~Capítulo 24~~

Aprendí a amar y valorar la pintura y a los grandes pintores a edad muy temprana a través de mi madre y mi tía, y nunca podré pagarles esa deuda.

Aunque habitualmente vivíamos en nuestra pequeña ciudad andaluza, mi abuelo como buen terrateniente de provincias, tenía un piso en el Paseo de Rosales siempre listo para ser habitado, que él y sus dos hijas usaban con regularidad; sobre todo él cuando llegaba mayo, ya que en ese mes para él habría sido casi un sacrilegio perderse alguna de las corridas de toros de San Isidro, a las que era un gran aficionado y que constituían su gran pasión aparte de su familia; tampoco perdonaba faltar de la capital en octubre entre otras fechas, porque de ese mes le gustaban mucho no sólo las temperaturas madrileñas, sino como siempre decía "estar en el meollo de todo cuando comienza la temporada".

Cuando yo iba a Madrid con ellos tres, las visitas a museos eran parte de nuestras rutinas diarias y es posible que pocos madrileños conozcan tantos como mi tía, y yo a su zaga; no es jactancia sino un hecho cierto.

No recuerdo haberme aburrido nunca en ninguno de ellos, ni siquiera cuando era muy pequeño, quizás porque al ser tía Purita una entendida del tema hacía que todo fuese como un juego, y poco a poco me fue pasando todo su conocimiento de una forma paulatina, sin dogmatismos ni pedantería, explicándome los diferentes estilos, haciéndome notar los matices y las diferencias entre una escuela y otra, recalcando algo que de no haber sido por ella me hubiese pasado por alto, en fin, haciéndome amar y disfrutar de lo que tenía ante mis ojos.

Aunque a ella los que de verdad le gustaban eran los impresionistas, todos y cada uno de ellos, no por eso dejaba de mostrarme desapasionadamente a otros pintores, sin querer influenciar en mi gusto y dejando que fuese el tiempo y el conocimiento los que más adelante marcaran mis preferencias.

Sin embargo mi madre (cuya cultura pictórica aunque grande era bastante más limitada y mucho más inferior a la de mi tía), era una amante apasionada de dos pintores tan diferentes como Klimt y El Greco, y ella sí que trataba de arrimar la sardina a sus ascuas en cuanto podía, y de forma velada unas veces o bien a las claras otras, me daba conferencias sobre la belleza de tal o cual detalle de El Beso o el Entierro del Conde de Orgaz, por poner aquí unos ejemplos claros que recuerdo ahora.

No odié a tales pintores por la imposición. De hecho, la primera vez que tuve ocasión de ver El Beso en vivo y en directo en el Palacio Belvedere de Viena, lo aprendido de niño ante una lámina y la visión del inmenso cuadro en la realidad se fusionaron de tal manera que permanecí absorto contemplándolo durante varias horas. Tuvo que venir uno de los vigilantes de la sala a decirme amablemente que iban a cerrar para hacerme salir de mi ensimismamiento y ensueños.

Con el Greco, dada la cercanía a Toledo, era diferente. Hacíamos excursiones de un día, y nos concentrábamos en mirar un cuadro concreto; cuando era la época comíamos riquísimas perdices que llevaban en la salsa muchos granos de pimienta negra y les daban un toque delicioso en un pequeño restaurante a la orilla del rio, y nos volvíamos a la capital tan felices y contentos, después de pasear por callejuelas angostas en la que desde cientos de años se mezclaban tres culturas, y conseguir una buena provisión de dulces y mazapanes.

Si hay algo en lo referente a pintura en lo que los tres estábamos de total acuerdo absoluto era en que a ninguno nos gustaban las Tres Gracias de Rubens. Casi una herejía, pero era cierto.

Desde el primer día que me lo mostraron, antes de dar lugar a que alguna de las dos hiciese el más mínimo comentario negativo, mi reacción inmediata fue decir "¡Que birria de cuadro!, ¡vaya tres tías más gordas!, éste no me gusta nada, pero nada en absoluto" y yo sabía que las dos se hubiesen doblado de risa si hubiésemos estado los tres solos, aunque como eran dos señoras educadas y respetables y estábamos rodeados de otras personas que admiraban el cuadro, se limitaron a taparse la boca con sus pañuelos pretextando una tos inconveniente y a decir a los que estaban cerca (que posiblemente ni siquiera entendían español): "estos críos, como son...".

Es un cuadro grande, con dos metros y veintiún centímetros de altura por más de metro ochenta de ancho, según constaté años después, un óleo pintado sobre una tabla de madera de roble del que nunca quiso desprenderse el pintor y que, según me explicó mi tía la primera vez que lo vi, está en el Museo Del Prado desde que lo trasladaron en el siglo diecinueve. Cuando lo compró Felipe V, al morir el pintor en 1640, mandó colocarlo en un lugar preeminente en el Alcázar de Madrid para poder disfrutar de su belleza siempre que se encontraba allí.

Purita me dijo que las Tres Gracias representaban a las hijas de Zeus: Aglaya, Talía y Eufrosine, que eran las máximas exponentes del encanto, la elegancia y la belleza, y que parase de reír.

Como en nuestra familia todos somos muy delgados y de constitución asténica, no es que tengamos algo contra los gordos, es que sencillamente no nos gustan las personas con sobrepeso, y con esto no estoy diciendo que esté o estemos a favor de la delgadez extrema y a veces enfermiza; a veces comentando de tal o cual persona entrada en carnes oía a mis mayores diciendo que "ser gordo es casi una falta de educación y decoro hacia los demás" o frases de ese cariz, pero por lo general no eran hirientes hacia los gordos, aunque ciertamente no les gustaban y yo también he heredado ese rasgo.

Así que, aunque esas tres, si trasladábamos los estándares de belleza de antes a nuestra época serían lo que se denominan unas tías más que buenas, buenorras, y en su día representaban el ideal de belleza en el siglo XVII, cuando la celulitis era señal de buena salud y los michelines indicaban optima posición social, no por eso dejaban de ser objeto de nuestras risas si por casualidad las recordábamos; no obstante, mi tía no quiso influir en mí y procuró explicarme lo más desapasionadamente posible y ciñéndose a la verdad todos los detalles del cuadro que ella conocía a fondo, por si se daba el caso que más adelante cambiaba de gustos y se convertía en uno de mis favoritos.

Por ella me enteré que cuando Rubens contaba 53 años se casó en segundas nupcias con una chica de 16, Helene Fourment, que es una de las tres fonflonas que aparecen en la pintura. Parece ser que con ese nuevo matrimonio, como ocurre muchas veces en casos similares, el pintor se revitalizó y rejuveneció por lo que decidió hacer pinturas más carnales.

Porque carne hay mucha en ese cuadro, así como en todos los que vinieron después, y es una carne tan real y, técnicamente hablando, tan perfecta que casi puedes sentirla.

Al ver el cuadro ya de mayor y tratando de no tener prejuicios hacia él, comprendo que las tres señoras más que gordas eran reales, tenían la piel fláccida en algunos puntos es posible que fuese por haber tenido muchos hijos, y lo más seguro es que fuesen una excusa que utilizó el gran pintor para pintar tres academias femeninas, siguiendo el modelo clásico pero cambiándolo al introducir el velo, el abrazo y, sobre todo, las miradas de las tres participantes.

De su primera esposa, Isabelle Brant, y como homenaje póstumo los estudiosos creen que tomó los rasgos para pintar el rostro de una de las Gracias.

La tercera, la que está de espaldas, suponen que es una mezcla idealizada de las dos esposas, Isabelle y Helene.

Las tres están unidas por los brazos y cubiertas por un finísimo velo y eso era una novedad.

El colorido es cálido, brillante y luminoso; a la izquierda de la pintura hay un árbol, a la derecha una cornucopia dorada de la que brota agua y por encima de las tres bacantes una guirnalda de flores enmarca todo.

Maravilloso, pero a nosotros tres no nos gustaba. Que trío más raro.

Mi tía, además de conocer en profundidad no solo a los grandes maestros clásicos sino a otros muchos posteriores, siempre le gustaba indagar sobre la vida del artista que fuese objeto de su estudio, pensando que si conocía detalles de su entorno le sería más fácil comprenderle.

Y de Rembrandt van Rijn sabía muchos.

En la primera visita no me los contó. Quizás creía que era demasiado pequeño para asimilar tanto conocimiento, pero en otra ocasión en que los dos caminábamos de pasada por la sala donde estaban expuestas Las Tres Gordas como familiarmente las llamábamos, y nos paramos un momento delante dispuestos a sofocar unas risas inoportunas, de repente se puso seria y me dijo:

—¿Te he contado alguna vez algo de Helene?

Como yo no tenía idea de a quién se estaba refiriendo, y pensaba que la alusión era a cualquiera de sus condiscípulas en aquellos lejanos días de sus estudios en Bellas Artes le respondí que no, que no me sonaba, por lo que le di pie para que ella me refiriera detalles de la tal Helene.

En esa época yo ya me consideraba a mi mismo un escritor y por tanto me apasionaba fabular con las historias que oía, por lo que escuchar cuentos de la boca de mi tía, que era un pozo sin fin de conocimientos, se presentaba como algo interesante.

Helene Fourment, me dijo entonces, fue la segunda mujer de Rubens, una chica bellísima y de la que a pesar de su corta edad, todos hablaban bondades.

Pedro Pablo había enviudado recientemente de su primera mujer Isabelle, con la que había tenido cinco hijos. Para entonces ya era un pintor rico y famoso, vivía en una gran casa y sus cuadros se los disputaban todos los pudientes.

Helene era la hija menor de los once hijos que tenía un comerciante de tapices de Amberes y uno de sus hermanos, Daniel, amante de la pintura y que tenía cuadros de muchos buenos pintores y por tanto también de Pedro Pablo, estaba casado con Clara Brant, hermana de Isabelle (esa primera esposa del maestro), e incluso fue su representante o marchante para una serie de dibujos que el gran pintor presentó a un concurso.

Es de suponer que entre las dos familias existía una buena relación y es posible que incluso la joven Helene fuese amiga de las hijas del maestro, pero esto ya son suposiciones de mi tía con las que yo estuve de acuerdo total.

Cuando Isabelle falleció víctima de la peste, transcurrió muy poco tiempo hasta que el pintor y su bella modelo contrajeran matrimonio en 1630. Ella era muy joven entonces, tan sólo tenía dieciséis años, y poniéndome en su pellejo imagino que la diferencia de treinta y siete años con el pintor no sólo no le supuso ningún tipo de obstáculo, sino que más bien se sentiría halagada y contenta de alcanzar un estatus tan relevante.

En los diez años que duró su matrimonio, hasta la muerte del pintor en 1640, tuvieron cinco hijos.

Se muere Rubens y poco tiempo después ella conoce a un concejal de Amberes que simultaneaba dicha posición con la de ser diplomático al servicio de España, Jan Baptiste. Se enrollan y en 1644, fruto de esos amores nace un niño, por lo que deciden legalizar su unión y casarse en 1645.

Al primero le seguirían cuatro vástagos más.

Las mujeres en esa época eran bastante prolíficas afortunadamente, ya que por entonces la mortalidad infantil era terrible y solamente teniendo muchos hijos podían asegurarse la continuidad de la estirpe o el apellido.

Así que la vida de la bella Helene parece ser que fue plena, con sus dos mariditos, diez hijos, más los cinco que "heredó" de Pedro Pablo, todos mayores que ella pero con los que siempre mantuvo excelentes relaciones y en buena posición social toda su vida. Cuando murió en 1673 la enterraron junto a Pedro Pablo y aquí paz y allí gloria, y desde entonces descansa de sus cuitas para siempre en su ciudad, Amberes.

Lo que me contó Purita me inspiró para un relato sobre la vida de esa señora, que junto a otros de compañeras de pintores creo que voy a publicar pronto.

Dejando al margen mis ensoñaciones y volviendo al cuadro, de este hay que decir que no cabe duda que se trata de una pintura impresionante, que dio pie a un subsiguiente destape, pero eso no ha sido nunca óbice para que a nosotros no nos gustase.

Porque el Arte, y aquí lo pongo con mayúsculas, no impacta lo mismo a todos, y aún reconociendo que tal o cual cuadro es bueno, o muy bueno, puede ser que a uno no le diga nada o que lo que le diga, como en este caso, sólo sea motivo de juerga y comentarios jocosos. Así somos. Quizás un poco bastante raros.

~~Capítulo 25~~

Un día nos enteramos que Carlota y Rafa se habían enamorado.

Ella era, y es, una chica con estilo: alta, guapa, elegante, vestida con un gusto exquisito, inteligente y divertida.

El, el polo opuesto en lo que a físico se refiere: de estatura media tirando a bajo, con sobrepeso, muy despistado en casi todo (y aquí podría mencionar el ponerse no sólo calcetines desparejados sino a veces también incluso zapatos, un auténtico farragüa que dirían mis mayores), la antítesis de la elegancia, aunque eso sí, un tío inteligentísimo que quizás por eso despreciaba los usos convencionales.

La familia materna de Mario como creo que ya he comentado, tenía un Pazo muy cerca de Santiago de Compostela desde hacía varias generaciones, un precioso lugar rodeado de jardines bien cuidados, huertos y terrenos donde pastaban vacas, a los que se sumaban unos cuantos edificios adyacentes en los que vivían los que se ocupaban de su cuidado.

Desde que se quedó viuda, Elisa, la madre de mi amigo, pasaba prácticamente todo el año allí, rodeada de sus plantas, sus recuerdos, su magnífica biblioteca repleta de libros, y con la grata compañía de las amigas de su infancia que aún vivían, con las que se reunía todas las tardes para, entre sorbito y sorbito de Cointreau, jugar una partida de lo que llamaban *spanish rummy*, una versión del juego que ellas mismas habían inventado y que les llevaba horas; tantas que algunas veces eran cerca de las diez de la noche cuando daban por finalizado el juego y eran los familiares o cuidadores de las otras las que se acercaban al Pazo para que las buenas señoras no fuesen solas a sus respectivas casas con la oscurecida.

Unas navidades, algunas semanas antes que llegasen esos días, Elisa llamó a mi madre y después de los saludos y demás charlas propias le dijo:

—Estaba pensando que podíamos pasar las fiestas todos juntos. Aunque el tiempo no parece que vaya a ser muy agradable porque pintan lluvias, a ti y a Purita tampoco creo que eso os importe demasiado, y así nosotras podríamos disfrutar de las rapaciñas y tenerlas a nuestro aire, sin que sus padres nos den la lata. Que se vayan de juerga o que hagan lo que quieran y nosotras malcriaremos mientras a las nenas. Voy a llamar a los padres de Carmiña para que se unan a nosotros, así nos evitamos problemas o tensiones de si tienen que estar con una parte de la familia o con otra ¿qué te parece?

Mi madre aceptó encantada y el plan quedó fijado: nosotros tres estaríamos allí desde el veintitrés hasta pasado el año nuevo.

A las crías, que adoraban Galicia, la perspectiva de tener a sus cuatro abus juntas más al abuelo (un doctor siempre ocupadísimo, puesto que a su trabajo como jefe de la unidad de cardiología en un hospital de Pontevedra le sumaba las conferencias que impartía por todo el mundo), esas fechas se les presentaban como algo maravilloso y desde que supieron que estaríamos todos allí no dejaban de hacer planes, elegir la ropa y las muñecas que iban a llevarse, e incluso preparar una caja con agujeros para Pablucho, el sapo que ya era como de la familia, algo a lo que su madre se opuso con firmeza y que, después de horas de explicaciones y alguna que otra pataleta, por fin aceptaron y se resignaron a dejarle en su hábitat habitual.

La mayoría de los Pazos, esas casas tan grandiosas y características del paisaje gallego, son edificaciones que más que casas parecen auténticos palacios. De hecho, la palabra *paço* en portugués significa palacio y esos dos idiomas son tan similares que en ocasiones, oyendo a un gallego de cualquier aldea, con sus expresiones tan cerradas, te preguntas si no estará hablando portugués, pero no, es gallego lo que fala....

Hasta finales del siglo XVII, y a veces hasta bien avanzado el XVIII, los pazos eran simplemente grandes caserones rústicos, construidos con las abundantes piedras de la zona, nada lujosos y que servían como una representación del poder del señor que por lo general vivía en él, y sus edificios aledaños eran los que daban cobijo a los que se dedicaban al cultivo de las tierras y de los animales, pero poco a poco, con el paso de los años esos edificios se fueron adecentando y cambiando hasta convertirse en grandes casas de recreo en los que las escaleras con mármoles, techos artesonados, frescos en las paredes y otros elementos arquitectónicos de lujo iban a sumarse a las dos características propias de esas edificaciones: el carácter señorial de la fachada, rematada por torres y los escudos familiares.

El de la familia de mi editor es suntuoso; no le falta nada para cubrir la definición de pazo: con sus dos plantas habitables y una tercera como desván, capilla, palomar y cipreses bordeándolo, verlo es algo que serena hasta los espíritus más atormentados, vivir o tener la posibilidad de estar allí unos días, un regalo para el que lo consiga.

A mi, como lector y seguidor de la gran Rosalía de Castro, pensar que iba a estar unos días bajo el mismo techo y en el mismo sitio donde la autora de obras tan queridas como los Cantares Gallegos y En las orillas del Sar (que vio la luz el año antes de su muerte en 1885) había vivido, paseado por sus jardines y quizás ideado alguno de sus bellísimos poemas, me parecía una aventura fabulosa, porque si hay algo que nunca me he atrevido a escribir todavía ha sido hacer una simple rima, ni siquiera en plan jocoso; la poesía es un género literario que me subyuga como lector pero que como autor me parece más que difícil, inabordable.

Pasamos Nochebuena y Navidad más que relajados y felices, todos disfrutamos, cantamos y comimos hasta la saciedad y las crías, a pesar de ser el centro de atención de todos, se comportaron de maravilla y nos hicieron reír a mandíbula batiente.

Como sorpresa, Mario había invitado a nuestro grupillo para que nos acompañasen el resto de los días. Yo no tenía ni idea de tal proyecto, así que cuando vi aparecer el coche de Carlota y al aparcar empezaron a salir Rafa y Lina, cargados de bolsas y regalos me quedé de una pieza. Tendríamos aún más diversión.

Faltaba Pippa en el grupo, aunque por supuesto estaba invitada; por lo visto no pudo zafarse de compromisos laborales.

Y ahí, en un ambiente que incitaba a ello, se consolidó el incipiente romance.

Ya fuese por el albarillo que corría alegremente por nuestras gargantas, el ambiente sereno del Pazo, las salidas y expediciones que nuestro grupo hacía a pueblos cercanos, dejando a las abuelas y nietas (al abuelo le reclamaban sus ocupaciones en Pontevedra, pero tampoco le echaron mucho en falta) entretenidas en el jardín los pocos ratos que no llovía, o dentro de la casa con mil y un juego, cada hora que pasaba el resto íbamos viendo como esos dos, la siempre elegante Carlota y el desaliñado Rafa-Gordix pasaban de mirarse arrobados como dos colegiales a entrelazar sus manos, a reír cuando el otro decía cualquier memez, a darse tímidos besos primero y largos y ardientes poco después, sin importarles que estuviésemos mirando el resto, y a decirnos por fin que estaban locos el uno por el otro.

Y fue el día que terminaba el año, cuando acababan de sonar las campanadas que nos habían anunciado que teníamos uno nuevo, cuando la pareja, con el beneplácito de todos, incluyendo a las cuatro abus que estaban encantadas con la posible unión y que al momento de conocer la noticia comenzaron hasta hacer planes para la futura boda, en la que las niñas, vestidas con trajes vaporosos rosados y con guirnaldas en el pelo, llevarían las arras, quedaron comprometidos formalmente.

~~Capítulo 26~~

Sin embargo, mi relación con Pippa no acababa de cuajar.

Estaba convencido que yo le gustaba mucho y a mi me encantaba estar con ella, pero había algo, una barrera invisible que nos separaba.

Aunque parecía muy abierta y locuaz, en realidad Pippa era muy introvertida y me parecía que bastante misteriosa con relación a su vida pasada. El resto hablábamos de nuestra infancia y adolescencia sin reparos, contando incidentes e historietas, buenas malas o regulares, que nos habían sucedido, pero ella no lo hacía nunca, ni siquiera cuando Lina, que al ser más joven y más descarada que todos nosotros, le preguntaba abiertamente por tal o cual circunstancia de su familia o por la ciudad en que había nacido.

Concluí que, a diferencia del resto del grupo que veníamos de lo que vulgarmente se llama buena cuna, quizás ella no había sido tan afortunada y en el fondo se avergonzaba de sus orígenes y por eso no quería dar detalles.

No sabía si tenía padres o hermanos, cómo había sido su infancia, cuáles fueron sus problemas o sus ilusiones. Nada.

Aunque algunas veces, en medio de una de nuestras largas charlas parecía que se iba abrir un poco, al momento volvía a retraerse y el muro seguía ahí.

Era una verdadera lástima que actuase con esas reticencias, con todo lo que teníamos en común y lo perfectamente bien que estábamos juntos, pero lo achacaba a su carácter vasco porque eso era de lo poco que yo y el resto del grupo sabíamos con certeza: era una vasca de los pies a la cabeza, no sólo por sus características físicas (piel muy clara, pelo también claro, aunque no tenía las hechuras de algún gudari, afortunadamente) sino en cómo respiraba en lo poco que hablaba sobre las discrepancias entre los de su tierra y los españoles. No es que estuviese a favor de ETA, o por lo menos no lo exteriorizaba, pero a poco que meditases algo sobre alguno de sus comentarios en momentos en los que bajaba la guardia, podías deducir que comprendía a los integrantes de la banda terrorista; no es que estuviese de acuerdo con los crímenes que perpetraban, pero notaba que no sentía por los mismos el horror que nos producían a los demás, quizás por que al haber convivido con ellos aún sin saber que eran miembros activos, podía entender algo de sus motivaciones que a los demás se nos escapaban, pero como nuestro grupo no era dado a politiqueos o en especial a hablar de políticas separatistas, tal vez porque todos estábamos demasiado aseteados por los medios de comunicación, y cuando nos reuníamos lo que nos apetecía era relajar y pasar un rato agradable, nunca ahondábamos en esos temas, y sólo lo hacíamos muy raramente cuando alguna brutalidad un poco más bestial que las usuales llenaban los telediarios y las portadas de periódicos o semanarios

Pippa y yo teníamos muchos puntos en común; sobre todo nos unía el amor al arte en todas sus expresiones (ella más enfocada y centrada en las artes plásticas y yo en la literatura) y la música, que era fundamental para ambos.

Mi niñez estuvo amenizada por la música clásica que escuchaba mi abuelo (que solía ponerla a un volumen tal alto que parecía que la casa entera retumbaba y se iba a caer en cualquier momento como si fuese un castillo de naipes) y las melodías más actuales que escuchaban mis padres o mi tía, también a mucho volumen.

Mi padre era un fanático de los Beatles, sabía todas sus canciones de memoria y las coreaba, un poco desafinado pero con mucha pasión. En cuanto salía un nuevo LP él era el primero en conseguirlo y los cuidaba y limpiaba con gran esmero aunque a veces se le estropeaban un poco por el uso tan frecuente. Sin problemas: lo reemplazaba por uno nuevo y a seguir escuchando. Como nos dejó muy joven casi no tuvo ocasión de conocer otras tecnologías más avanzadas, pero si de ver actuar a sus ídolos en España en 1965 siendo apenas un adolescente; de todas formas sus Lp's le bastaban y sobraban para disfrutar y la imagen que tengo grabada cuando pienso en él es escuchando ensimismado cualquiera de las canciones o cantándome a voz en grito *"I am a walrus"*, recitando las líneas tan gansas de esa canción a una altura como para romper tímpanos.

A mi madre, aunque también le gustaban mucho el grupo de Liverpool y luego, una vez separados seguía las carreras y aprendía las canciones y melodías que tres de ellos seguían componiendo, en especial todo lo que sacaba a la luz George Harrison ("lo que lloré hijo, las lágrimas que pude echar ese día, hijo, tan guapo y tan capaz y fíjate hijo, el dichoso cáncer se lo llevó por delante en un plis plas, y mira si no tendría posibles para que le diesen todos los tratamientos habidos y por haber, hijo, pero es que esa enfermedad es muy traicionera, lo que lloré el día que murió no lo sabe más que Dios y yo, hijo, más que si se me hubiese muerto algún familiar") y estaba al loro de todas las novedades musicales de cantantes y grupos, ninguno sin excepción le llegaba a la altura de su amadísimo Bob Dylan, herencia musical de su propia madre, y al que veneraba hasta unos límites que a estas alturas todavía no me explico como no me puso en lugar de Ignacio el nombre de su ídolo y amor... bueno, en realidad si que lo hizo, pero como uno más en mi retahíla de ellos, el quinto de la serie y españolizado, pero esa es otra historia.

La tía Purita se decantaba por Leonard Cohen y Paul Simon, así que la casa de mi infancia estaba llena de música, a veces clásica, con las obras de Beethoven o Las Walkirias de Wagner trotando alegremente, otras con los lamentos del canadiense cantando a sus musas o las arengas de Paul diciéndonos que fuésemos a Graceland, o pasando por puentes de aguas turbulentas, las imaginaciones de John Lennon sobre un mundo perfecto o enredados en los blues-azules de míster Robert Zimmerman.

Yo amaba y disfrutaba por igual de los gustos de los cuatro con lo que era muy simple y fácil para mi sentarme con cualquiera de ellos y escucharles muy atentamente tal o cual anécdota relativa a lo que estuviésemos oyendo e incluso, cuando ya adolescente veía a mi madre escuchando una y otra vez la misma canción (mi progenitora tenía y tiene en común con su amado ídolo una cierta tendencia a ser monocorde y tabarra, por lo que puede aún ahora escuchar algo que le guste hasta treinta y siete veces seguidas y tan fresca. Siempre encuentra un matiz nuevo, dice ella, y yo la creo) el título de ese tema en concreto me sirvió de inspiración para un relato que le regalé un día de su cumpleaños.

La canción se llamaba "*Knocking on the heaven's door*", es decir "Llamando a las puertas del cielo", pero en mi relato el protagonista donde llamaba era a las puertas del infierno y trataba de lo que podía pasar si te aventurabas a hacerlo. Para empezar quien abría el pesado portón era un diablo, al que a falta de un conocimiento más exacto y fidedigno yo describía como a un ente malvado pero jocoso, y a partir de la entrada en el averno el prota soportaba y sufría toda clase de aventuras, hasta acabar al final en un páramo donde se encontraba nada más y nada menos que con el mismísimo don Dylan, que estaba enfadadísimo y le echaba una buena bronca por haber llamado a las puertas del infierno en lugar de a las del cielo como él le había recomendado.

Como parecía que la infancia de Pippa había estado llena de la misma música que la mía, según me contó en una de sus raras confidencias familiares de lo que había sido su niñez, le leí el relato (porque la verdad es que no recordaba todos los detalles de las penalidades por las que tuvo que pasar mi héroe) se quedó tan encantada que me confesó que a partir de ese día ya nunca jamas podría escuchar esa canción sin ver la imagen del bueno de Bob sentado en el páramo con la armónica apartada de su boca y la guitarra descansando en su espalda, amonestando y dando consejos al otro sobre a qué puerta llamar.

A nivel de arte estar con Pippa era una verdadera delicia porque sabía todo, no sólo de sus favoritos o su preciado amor, don Pedro Pablo, sino de prácticamente todo el resto y lo mismo te hablaba con propiedad de algún pintor de la escuela barroca que de un cubista o surrealista. Era una enciclopedia viviente y cualquier comentario que saliese de sus labios, por muy simple que pudiera parecer llevaba tal carga de información interesante que con frecuencia todos callábamos para oírla sabiendo que esas perlas nos aportarían gran conocimiento.

Ya me hubiese gustado que contara algo más personal, de su propia vida, pero en ese punto daba en cancho, como dicen por mi tierra. Sabía que sus padres habían muerto no mucho tiempo atrás de cuando nos conocimos, que no tenía hermanos ni familia muy allegada y poco más, y ese muro de ignorancia impedía que nuestra relación progresase hacia otros proyectos de algo más serio, aunque mientras tanto disfrutábamos de nuestra mutua compañía.

El resto de los amigos creía que nuestra relación derivaría en algo más serio y estable, pero la realidad es que enamoramiento, tal como yo lo entendía, no había entre nosotros.

Como diría mi abuelo, demos tiempo al tiempo. No había que agobiarse ni precipitar nada.

En el futuro pasaría lo que tuviese que pasar.

~~Capítulo 27~~

Acabábamos de llegar de Sevilla en tren.

Las niñas no habían montado nunca en el AVE y les hacía muchísima ilusión hacerlo, así que convencí a sus padres y me volví a Madrid con ellas.

El viaje con esas pequeñas diablesas fue encantador, lo pasamos de maravilla los tres y, tal y como estaba previsto, llegamos horas antes que el resto del grupo que volvía en coche. Tuvimos tiempo más que de sobra para ir a una cafetería y tomar una merienda los tres mano a mano.

Se portaron como dos auténticas señoritas, sentadas muy formales, utilizando los cubiertos adecuadamente, manteniendo una conversación relatando muchas de las cosas que habíamos hecho en los días de Navidad en el Cortijo ("¿No te acuerdas, padrino, de lo tarde que nos acostamos el domingo?, ¿te acuerdas que abu3 nos hacía todas las mañanas torrijas para desayunar? ¡Y fíjate lo contento que se puso nuestro pony en cuanto nos vio! Si pudieras convencer a mamá para que lo traigan al chalet, porfa, porfa, habla con ella, que a nosotras no nos hace ni caso y el pony estaría muy feliz con el gato, con Pablucho que se está poniendo igual de viejecito que Marcial y con nosotras y podríamos montar todas las tardes en cuanto volviésemos del cole, anda porfa díselo...") porque después del éxito de la reunión en el Pazo el año anterior tanto mi madre como Purita decidieron que sería estupendo si nos volvíamos a juntar todos otra vez en esas fechas, pero que ese año sería una Navidad andaluza.

La verdad es que todo resultó ser un gran acierto: cuando llegamos, la mayoría de las habitaciones de la casa estaban decoradas y engalanadas como si fuesen a hacer uno de esos programas de hogares mejor preparados para las fiestas, y en el salón habían colocado un gran árbol magníficamente adornado y sólo a falta de la estrella que lo rematará. Las abus habían dejado ese último toque para que fuesen las nenas (auxiliadas por el fiel ayudante que no se quería perder detalle) las encargadas de ponerla y aunque todos temblamos un poco al verles subidos en una escalera ya que los tres eran muy frágiles, con nuestra ayuda para evitar un accidente indeseado la labor quedó completa.

El nacimiento también estaba sin terminar adrede y muchas de las figuritas de barro esperaban envueltas en sus papeles de seda a que Mariona y Mariela las fuesen sacando de su descanso anual y las colocarán el el sitio asignado.

Como cada vez que volvía al cortijo, me venían a la memoria escenas de mi infancia. Recordaba hacer esa misma operación acompañada de la pequeña Marifeli, el exquisito cuidado que poníamos para evitar que cualquier pastorcillo o lavandera se nos escapase de las manos y se rompiera, hacíamos exactamente el mismo ceremonial e imagino que nuestras caras serían muy parecidas a las de alegría que veíamos en las gemelas al dar por completado el nacimiento, aunque en esa ocasión a ellas les dejaron hacer algo que mi compañera de juegos y yo teníamos absolutamente prohibido: cada día podían mover un poquito a los reyes Magos e irlos acercando al portal de Belén, algo que hacían con una delicadeza exquisita ante las miradas absortas de los adultos que nos congregábamos alrededor para no perder ni un ápice de la ceremonia.

En esos días vieron y oyeron a los campanilleos, montaron en su pony al que engordaron con todas las manzanas con que le atiborraban, reencontraron a sus amiguitas, recibieron regalos de todos, hasta Marcial les hizo un par de silbatos con unas cañas y creo que disfrutaron más aprendiendo a sacar sonidos de un instrumento tan rústico y primitivo que con los dos flamantes iPad que el Gordix y

Carlota les regalaron... lo pasaron bien en cada momento como luego me contaron en el viaje: "Fíjate Nacho ¡ni un minuto siquiera no hemos aburrido!, todo el tiempo ha sido chupi! ¿Porqué tenemos que volver a Madrid? Seguro que a abu2 y abu3 no les importaría que viviésemos siempre con ellas... Cuando lleguemos nos damos la vuelta y nos volvemos allí otra vez ¿vale? Anda, di que si".

A los mayores nos sucedió igual. Disfrutamos de unos días relajantes y hasta el tiempo nos acompañó. Comimos y bebimos hasta la saciedad, vimos como el aceite salía de la prensa, jugamos grandes partidas de Monopoly y Scrabble, paseamos entre los olivos centenarios y todo el tiempo las cuatro abuelas nos incitaban a salir del recinto y hacer excursiones por los alrededores para así tener ellas la oportunidad de quedarse solas con las niñas y malcriarlas un poco, como decía mi madre.

Cuando Mario y Carmiña, tras largas horas de viaje, llegaron a mi piso a recoger a las nenas les costó lo suyo conseguir llevárselas. Estaban decididas a convencerles a toda costa para que les permitieran dormir en mi casa, algo que me hubiese encantado como cada vez que lo hacían, pero sus padres en esa ocasión fueron inflexibles y a pesar de las súplicas y lloros no se dejaron comer el coco.

Y más me hubiese valido que se hubieran quedado, porque esa noche, *out of the blue* como dirían los angloparlantes, es decir sin venir a cuento y estando mi ánimo totalmente tranquilo y relajado cuando me metí a dormir, vino a atormentarme otra de mis horribles pesadillas.

La escena era igual y era distinta.

Yo yacía en el suelo, empapado en mi propia sangre, cosido a puñaladas y con el inmenso dolor tan agudo y tremendo que tenía por todo el cuerpo parecía que en cualquier momento mi corazón iba a dejar de latir. Mientras tanto, tres damas sin rostro a las que solamente les cubrían unos velos muy transparentes, me rodeaban, se reían con grandes carcajadas y no sólo no me auxiliaban sino que por el contrario hurgaban con unos pequeños puñales en las heridas que ellas mismas habían infringido.

A pesar de no tener apenas fuerzas yo repetía: "¿quienes sois? ¿Porqué me torturáis?, dejadme ved vuestras caras, por favor, sólo os pido eso. Mostradme vuestros rostros", más ante mis plegarias las casi obscenas risotadas subían de tono y esas risas me hacían incluso más daño que los puñales.

Cuando estaba en lo más álgido del dolor y haciendo coro las tres gritaron:

—Ahora no te ríes tanto de nosotras ¿no? Prepárate porque ¡Ahora es nuestro turno!

En ese instante, ya muriéndome, entendí todo: eran las Tres Gracias de Rubens que habían llevado su venganza hasta el límite.

Por suerte no fallecí sino que desperté, otra vez bañado en un sudor frío que me congelaba hasta el alma.

Me levanté, abrí la ventana del dormitorio esperando que el frío invernal me despejase y sosegase mi espíritu y poco a poco fue llegando la calma, pero la calma aparente no era realmente una calma sino sólo una anestesia contra el miedo a pensar.

~~Capítulo 28~~

Un día que me encontraba con una de esas toses perrunas por un catarro fuerte, de ese tipo de tos que no te matan pero te vuelven miserable, Rafa me dio tanto la vara e insistió tanto, que por no oírle fui a su médico de cabecera, amigo de la familia según me comentó, un señor muy dedicado a su profesión y con gran ojo clínico, y menos mal que fui porque la cosa hubiese degenerado en pulmonía en poco tiempo, según me dijo.

Como no soy de tipo hipocondríaco, o quizás porque no me gusta ver sangre y si vas a un hospital o una consulta es muy posible que alguien allí la tenga, mis visitas a galenos son infrecuentes; de hecho ni tenía médico de cabecera con la cantidad de años que llevo viviendo en Madrid. Cuando en el invierno tengo algún catarro o principios de gripe me limito a esperar unos días, tomo leche con coñac y miel como hacía de pequeño, me abrigo un poco más y se acabó. Todos los años que he pasado al aire libre han dejado una buena impronta en mi naturaleza que sumado a una buena constitución genética hacen que sea lo que vulgarmente se llama "una persona muy sana".

Pero en ese caso en particular me alegré de la insistencia de mi amigo porque el médico además de poner remedio a lo que tenía, y a lo que hubiese degenerado en muy corto plazo, me brindó la oportunidad de conocer a un ser entrañable y singular.

Pertenecía a esa nutrida clase de madrileños de provincias que aún habiendo vivido la mayor parte de su existencia en la capital no por ello desdeñaba sus orígenes y oírle relatar anécdotas de su pueblo manchego (el mismo donde habían nacido el Gordix y Lina y donde aún vivían sus padres) era una delicia.

Desde el primer momento congeniamos y establecimos una buena relación.

Para él (seguidor de los episodios de mis novelas de Jimena y Lolo de los que era un auténtico hincha), a poco de conocernos vi que en parte yo había pasado a ocupar el puesto del hijo que no tenía, y en mi caso su figura aunque era más joven, me recordaba a mi abuelo en muchas ocasiones; otras veces le veía como si mirase a mi padre, del que sería coetáneo. Conocerle me aportó no sólo su amistad sino que me rodeó con cariño genuino.

El doctor Ramírez, después de largos años de practicar la medicina, el buen hombre había llegado a tener un inmenso conocimiento del cuerpo humano y sus enfermedades, que unido a su ojo clínico y no importarle pasar el tiempo que hiciese falta con un paciente, hasta que se aseguraba que había entendido todo lo que le había explicado, hacían de él una persona muy querida en nuestro barrio, y cómo cuando no estaba en el Centro de Salud (que se encontraba al lado de mi casa) como también vivía en la zona, algunas veces al caer la tarde me pasaba a decirle hola, solo o con Rafa, y en más de una ocasión compartimos vinos y charlas en un bareto donde él iba con frecuencia.

No era psicólogo ni psiquiatra pero conocía el alma, los problemas y las motivaciones de los humanos como pocos, así que una tarde-noche en la que estábamos compartiendo anécdotas de nuestros pueblos respectivos, le conté lo de mis pesadillas recurrentes e insinué si no sería un mensaje que mi psique intentaba mandarme.

El era muy pragmático y sensato y desdeñaba explicaciones paranormales o que no se ajustasen a algo real, pero aún así me recomendó, como amigo además de médico, que por la noche antes de ir a la cama procurase limpiar mi mente de episodios desagradables, que me abstuviera de ver películas violentas, intentase llenarme de imágenes bonitas, ya fuese un paisaje, un cuadro o el cuerpo de una mujer, recitase mi mantra (sabía porque yo se lo mencioné en alguna ocasión que yo practicaba yoga regularmente y que esas frases eran mi solución en momentos de estrés) y que a todo lo anterior lo acompañase con una taza de tila o de cualquier otra infusión relajante. Si las pesadillas continuaban a pesar de esas medidas, habría llegado el momento de tomar melatonina. Iríamos viendo.

Pero fue más allá del tema que nos ocupaba, las dichosas pesadillas, y sin que yo hubiese dicho nada se dio cuenta que quizás el problema estribaba, en algo más profundo, mi rechazo a la fama, o a la fama entendida como agobio por la pérdida total de una vida digamos normal, fuera de todo lo que conlleva ser famoso.

Si me atengo a la verdad tengo que reconocer que en mi caso hasta el momento no me había tenido que enfrentar a críticas hirientes o comentarios desagradables con relación a mis escritos. Todo lo contrario.

Y aunque los periodistas querían conocer detalles de mi vida privada ese era un campo en el que no permitía inferencias, lo que a menudo redoblaba su interés, aunque yo en las entrevistas procuraba dejar bien claro desde el primer momento que si accedía a ellas era para hablar de mi obra únicamente.

Pero el acoso mediático existía y me agobiaba.

Llegaron las cosas a un punto que con frecuencia tenía que salir de mi piso a través del patio y pasar por la floristería de Lina, porque raro era el día, por no decir ninguno, en el que algún paparazzi se encontraba apostado fuera del portal dispuesto a cazarme.

Seguí su consejo de tilas e infusiones pero las pesadillas no dejaron de martirizarme.

Aunque no me gusta tomar potingues hubo que pasar a la segunda alternativa y me habitué a tragar una pequeña píldora de melatonina con la que dormía y descansaba, aunque las pesadillas continuaron pero con menos frecuencia.

No me gustaba depender de fármacos, pero como dice Mario siempre: "Para eso están, para cuando hacen falta;

ojalá inventasen una pastilla para hacer desaparecer a toda esa canalla que te persigue..."

Yo le oía y pensaba: "si ellos no desaparecen tendré que hacerlo yo".

~~Capítulo 29~~

Si algo tenían en común mis pesadillas eran las puñaladas que recibía, la sangre que había por todos lados, y que tres mujeres (de las que nunca vi el rostro) se ensañaban conmigo, ya fueran entes anónimos, las brujas de Shakespeare o las Gracias de Rubens. Eran mujeres que en las obras homónimas estaban siempre agrupadas.

Sin embargo la última fue algo diferente aunque no por eso menos brutal.

Mi día había sido uno de esos pocos que se podían llamar normal y familiar, los siguientes iban a ser intensos y quizás por eso lo aprecié más. Mi madre y tía Purita estaban en Madrid ya que tenían entradas para el Real.

Las dos eran grandes melómanas y aficionadas al ballet y conseguían sus ansiados boletos con mucha anticipación si veían en los programas algo que les interesaba, que por lo general eran muchas obras.

En contra de su costumbre de ir a casa de Mario y Carmiña, decidieron en esa ocasión pernoctar en mi piso porque desde ahí les sería más fácil acceder al Teatro Real y no tener que hacer el largo trayecto de vuelta una vez terminado el espectáculo.

Lina sugirió preparar una merienda-cena en la terraza que los dos compartíamos y a la que sólo los miembros del grupo tenían acceso, a fin de que se fueran a su diversión con los estómagos saciados y preparados.

Adornó todo con preciosos grupos de flores que en cuanto cruzabas la puerta de la cocina impregnaban con su olor todo el recinto, encargamos comida a Viena Capellanes y nos aprovisionamos de toda clase de refrescos y bebidas más espirituosas y cuándo llegó la hora cenamos pronto y tomamos unas copas todos en buena armonía entre bromas y con un buen ambiente.

A decir verdad no estábamos todos. Faltaba Pippa que, como venía siendo su costumbre en ciertos casos (es decir, cuando las dos señoras mayores iban a estar presente) se excusó elegantemente alegando una cita ineludible anterior.

Su actitud me estaba cabreando un poco, pero lo dejé estar aunque pensé en comentárselo a Mario en cuanto estuviésemos solos.

Cuando se acercaba la hora del evento Rafa se ofreció a llevar a mi madre y mi tía en su coche para así asegurarse que todo estaba bajo control.

El resto continuamos un rato más disfrutando de una velada que ninguno quería terminar.

Mi madre me había hecho prometerle que no les esperaría levantado porque las dos sabían que al día siguiente yo tenía una jornada intensa: Mario y yo nos íbamos a Londres a presentar mi última novela en un acto por la tarde, y esa misma mañana a poco de aterrizar ya estaban concertadas una serie de entrevistas con periodistas y una cita en televisión. Las tareas de promoción suelen ser cansinas y agotadoras pero mi editor las consideraba necesarias y útiles.

"Con el bombardeo mediático a que todos estamos sometidos —opinaba— si no estas presente te olvidan. No estamos en los tiempos en que no era necesario el bombo y platillo y a los autores se les juzgaba solamente por su obra. Ahora hay que dar más, y como tú no estás dispuesto a protagonizar "escándalos" reales o fingidos, mejor que te escuchen hablando de lo que escribes"

Y yo, en contra de mis gustos, le hacía caso siempre porque me había demostrado con creces que sabía de lo que estaba hablando.

El día en Londres se presentaba completito, y por la noche, una vez que hubiese terminado el circo, el programa era coger otro vuelo y saltar a Oslo donde tendríamos más de lo mismo al día siguiente.

Como un pupilo obediente les aseguré que me acostaría pronto.

Además —me explicó Purita con un guiño de ojos— aunque tú nos veas como a dos vejestorios todavía estamos las dos de muy buen ver y vete tú a saber si no pillamos un buen ligue esta noche y aparecemos por aquí a las tantas... En cuanto termine el espectáculo nos plantamos en el Café de Oriente a tomarnos unos irlandeses y con el ojo bien abierto para lo que caiga, que no todos somos tan sosainas como tú...

Iban a ver "El lago de los cisnes".

Seguí su consejo y después de preparar una pequeña maleta para el viaje me metí a dormir.

Lo siguiente que recuerdo, cuando tomé conciencia de quién era, fue ver a las dos en sus camisones, con las caras lavadas de todos los afeites que se habían puesto para la salida, la cabeza de mi madre llena de rulos según una costumbre adquirida décadas antes y que era consustancial con ella, y unas expresiones de preocupación en su semblante.

Mis gritos, o aullidos según dijo mi tía, les habían despertado.

El reloj marcaba las 4:44, en cifras rojas que resaltaban en la oscuridad.

En un primer momento ni siquiera les ubiqué y creí que todavía seguía en mi pesadilla; no fue hasta bastante tiempo después, ya sentado en la mesa de la cocina y con una infusión de hierbas tranquilizantes por delante, cuando conseguí calmarme y que el corazón fuese cogiendo su ritmo normal.

Si los sueños anteriores fueron malos, este había sido terrorífico. Horroroso. Terrible.

El escenario de mi sueño era eso, un escenario que estaba lleno de gente armada con cuchillos afilados, dagas y puñales; en una especie de danza macabra, muy lentamente todos se abalanzaban en círculo y se iban acercando adonde yo estaba tendido en el suelo, con algunos cortes de los que empezaba a salir la sangre, aunque a pesar de eso mi mente parecía que todavía funcionaba. Traté de reconocer a algunos de los que estaban más cerca pero sus caras eran un borrón, no tenían facciones, como ocurre en la televisión cuando quieren ocultar la identidad de alguien; a pesar de esa dificultad añadida y haciendo un gran esfuerzo puesto que estaba muy malherido, logré reconocer a varios de los personajes.

Capitaneados en todo momento por el mago Von Rothbard que portaba una daga brillante y afilada, allí estaban Sigfrido, Odette y Odile y al otro lado del círculo de terror el gran Tchaikovsky, Marius Petiga, Lev Ivanov y un montón de mujeres vestidas todas ellas como cisnes. No veía sus caras pero por sus ropas y ademanes sabía que eran ellos. Me cubrí el rostro con las manos, tratando de apartar sus imágenes y esperando el feroz ataque que no tardó en llegar.

A una señal del mago todos se abalanzaron y me cosieron a puñaladas.

Sólo la que identifiqué como Odette tuvo un poco de misericordia y se limitó a dibujar con su cuchillo un precioso cisne en mi piel.

Mi final estaba llegando, el dolor de las heridas era insoportable, el aliento me faltaba y cuando daba un último suspiro comprendí que la escena que estaba viviendo era una representación del Lago de los Cisnes y en ella no sólo estaban los personajes de la obra sino que además se habían sumado el compositor, Tchaikovsky, y los dos que la habían puesto en escena por primera vez, Petiga e Ivanov.

Pero era el malvado mago Von Rothbard el que, al igual que en el ballet maquinaba y cambiaba a Odette, disfrazando para ello a su hija Odile para lograr el amor y los favores del príncipe Sigfrido, el que en mi pesadilla se erigía como director de todas las acciones que me llevarían a una muerte desangrada.

Mi madre y mi tía me miraban expectantes, deseando que les contase lo que pasaba por mi mente y suponiendo que habría tenido una mala pesadilla, pero yo no tenía ni fuerzas para hablar. Me limite a esperar que las horas venideras me hiciesen olvidar los terrores sufridos y en ese tiempo de impasse decidí que aparcaría por una temporada a Jimena y a Lolo y me concentraría en escribir sobre algo en lo que no apareciese una gota de sangre, por si Mario tuviera razón y las truculencias en las que mis protagonistas se veían envueltos me estuvieran afectando sin yo saberlo.

Capítulo 30

¡Que noche tan agradable hemos pasado!

Este tipo de reuniones son las que hay que valorar y apreciar al máximo y quedarlas en la memoria para cuando vienen días chungos. O pesadillas escalofriantes.

Parecía que todos y cada uno del grupo estaba en su mejor momento y hemos dado por finalizado el encuentro a desgana porque mañana, a pesar de ser domingo, varios tienen que currar y tendrán que madrugar.

Yo me tomare un día de asueto y relax total, bueno esa es la idea; el problema es que luego siempre surgen cosillas y quizás Mario, después de su entrevista con un joven y prometedor autor al que igual empieza a representar, pueda hacer lo mismo que yo, pero Pippa volará a París a primera hora, Lina tiene que decorar la iglesia y los salones de una boda de ringorrango, además de preparar el ramo de la novia, las flores del coche y los distintos bouquets necesarios para los regalitos posteriores, el Estudio de Rafa está inmerso en un proyecto mastodóntico en Lisboa y cómo él es el arquitecto principal tiene que ultimar detalles de todo el conjunto.

¡Ah! Y a mi querida Carlota también le espera una semana complicada: el lunes comienza el juicio del asesinato de los dos pequeños que hizo correr ríos de tinta en los periódicos, supuestamente perpetrados por los padres, pero ella está convencida (y nosotros también por lo que sabemos) que no lo hicieron. La madre de los niños es su cliente y lleva semanas, por no decir meses, metida de lleno en ese caso que le ha absorbido de tal forma que casi no hemos podido verla en plan normal en ese tiempo.

Parece que todos somos unos grandes currantes y aunque los de fuera nos cataloguen cómo yuppies, la realidad es que nuestras vidas no son tan relajadas como si trabajásemos en un banco o fuésemos funcionarios por poner un ejemplo, y no es que me queje gratuitamente. Constato un hecho. Pero somos felices con lo que hacemos y eso es la verdaderamente importante.

Como estaba de los nervios según su expresión con todo el tema de esa boda, en la que se juega mucho, Lina sugirió que dejásemos a un lado todos nuestros quehaceres y ocupaciones por unas horas y nos reuniésemos en mi patio, nuestro patio diría mejor, para cambiar el chip y relajar un poco, algo a lo que accedieron todos de buen grado y a las ocho ahí estábamos, sentados plácidamente alrededor de la mesa blanca de plástico dispuestos a comernos las variedades que nos había traído Carmiña.

Porque esa era una de las gratas sorpresas de la noche, comer sus creaciones y escuchar las últimas novedades que nos traía.

Resulta que mi querida galleguiña se nos ha convertido en empresaria, vamos que ha pasado a engrosar las filas de los trabajadores de nuestro país.

La cosa le ha venido rodada y cuando se ha querido dar cuenta estaba metida en el ajo y echando más horas a su negocio de las que nunca hubiese imaginado.

Creo que ya he comentado y cantado las excelencias de su cocina con anterioridad. Carmiña es una experta cocinera por vocación y desde muy niña ha disfrutado estando entre sartenes y pucheros, no rezando como Santa Teresa, sino experimentando con diversas recetas e ingredientes, modificando algunas tradicionales aquí y allá y logrando con sus mezclas potenciar sabores que de otra forma quedaban oscurecidos.

A instancias de su marido y con un poco de ayuda por mi parte, venciendo su timidez y apuro ya que a ella lo que más le gusta es quedarse siempre en un segundo plano y no figurar, conseguimos que pusiera juntas la mayoría de sus recetas y Mario editó un librito con la condición y promesa formalísima que no saldría a la venta, que sólo sería algo para regalar a familiares y amigos.

Por supuesto todos los del grupo conseguimos nuestro ejemplar, pero creo que ninguno nos hemos atrevido a ensayar cualquiera de los platos, que vistos en el papel parecen apetecibles sobremanera y que en la realidad son aún mejores como sabemos por haberlos catado.

Aunque ella insiste que todas las recetas son muy simples, y puede ser que lo sean si eres un poco cocinillas, a mí, que hasta donde llego en ese campo es a meter una cápsula en la cafetera (si lo hace hasta George Clooney, también puedo yo ¿no?), a preparar un bocata o a hervir arroz o pasta, enfrentarme a un montón de ingredientes y cachivaches me resulta aterrador, y a los otros del grupo, aunque no lo confiesen tan abiertamente creo que les sucede lo mismo.

Es decir, el recetario pasó a engrosar nuestras bibliotecas particulares sin más pena ni gloria.

Pero no sucedió igual con otras personas de su entorno que debieron leerlo y practicar las recetas con mucho interés y poco a poco comenzaron a llamarla para si podía hablar sobre tal o cual guiso en centros de jubilados, si podía hacer unas empanadas para cierto evento, si estaría dispuesta a preparar un "menú gallego" para una reunión de expatriados, y así a base del boca a boca se nos había ido convirtiendo en una experta y una autoridad en su campo.

Lo siguiente fue montar su propia empresa de catering especializándose en menús gallegos y en muy poco tiempo resulta que tiene más pedidos de los que puede abarcar. Ha tenido que contratar a tres chicas que le ayudan, a un contable que lleva todo el papeleo y a dos cocineras que siguen fielmente sus recetas, amén de poner una adición en el chalet donde ha montado una cocina profesional que ya la quisieran muchos restaurantes de lujo, una gran sala de preparación y otra para colocar los pedidos a punto de entregar. Ella supervisa todo y dedica la mayoría de su tiempo a las relaciones públicas, aunque sin olvidar seguir experimentando con nuevas creaciones.

De la noche a la mañana su vida, centrada antes en las gemelas, su marido y la casa ha dado un vuelto espectacular y no le queda ni un minuto libre al día.

—Es que como las niñas se han vuelto tan grandes e independientes, no me hacen ningún caso y ya hasta me parece que ni me necesitan; Mario ya sabes lo cogido de tiempo que está y lo poquísimo que para en casa —se lamentaba un día de confidencias conmigo— así que con esto de los guisotes por lo menos me siento que vuelvo a ser útil.

Hoy nos ha traído varios platos que va a incorporar a sus menús.

—Sois mis conejillos de indias, ya sabéis, si os gusta algo a vosotros seguro que tiene éxito, porque vosotros sois unos exquisitos —nos dijo riéndose— pero quiero opiniones honestas, ¿eh?

Viendo como hemos dejado los platos no creo que le quepan dudas: ni necesitaban fregarse, hemos rebañado hasta la última brizna... y es que el caldo gallego con brócoli y parmesano, los pimientos picantes de Padrón rellenos de angulas y la empanada de sardinas y bogavante estaban de rechupete. Para postre nos ha deleitado con una torta plana de anacardos y miel, al estilo de la tarta de San Marcos pero infinitamente más rica.

Hemos devorado todo el menú como fieras hambrientas, regado los platos con un albariño de una gran cosecha y después de la tarta nos ha ofrecido lo que ahora va a constituir su próximo proyecto: un licor de hierbas aromático y exquisito con el que nos hemos quedado todos maravillados y nuestros cuerpos y espíritus en armonía y fetén.

Rafa, como comentaba antes, está metido en un proyecto bestial, un gran centro comercial en Lisboa, a orillas de Tajo y muy cerquita a la torre de Belem y a Los Jerónimos, donde el cristal y los juegos de luces son los protagonistas especiales. Nos ha contado todo con detalle y oyéndole hablar lo que el grupo quiere es ir allí en cuanto el proyecto esté terminado y, aparte de admirarlo como seguro haremos, chulear un poco diciendo a los que estén alrededor que todo ha sido obra de nuestro amigo; y como parece que ahora está en una fase creativa total ha decidido que nuestro humilde patio se merecía unas mejoras y nos ha traído unos bocetos que ha estado haciendo por la tarde y la verdad es que en todo lo que dice tiene razón. Su propuesta es tirar el tejadillo que hay ahora y poner una pérgola, rodearla con rejas de hierro forjado (conoce a un herrero que haría exactamente lo que ha dibujado), subir un poco el suelo, en fin, cambiar lo que ahora existe por algo infinitamente mejor.

Como yo soy el dueño del edificio, aunque este detalle sólo lo sabe Mario, no habrá ningún tipo de problemas para acometer las obras, aunque yo le he dicho al Gordix que hablaría con el administrador para seguir con el paripé y en cuanto termine con su asunto de Lisboa nos pondremos a ello.

También ha pensado en poner una barrera de cristal para separar el invernadero de Lina, aunque ni a ella ni a mi nos molesta como está ahora, pero sí, también tiene razón en eso y quedará mejor delimitando las dos zonas.

Esa es la ventaja de tener alrededor a gente creativa: ven todas las posibilidades que presenta un espacio y sacan provecho y belleza de lugares que de momento sólo cumplen con una función de utilidad.

Lo alucinante es pensar en la mente de donde vienen todas esas maravillosas ideas, los edificios tan increíbles que llevan su firma y las cosas que construye conociendo como bien conocemos lo desastrado que es para su vida corriente, en lo tocante a su trabajo el tío es un verdadero genio, pero en otros aspectos a Rafa no creo que nadie, ni siquiera su querida Carlota, podrá cambiarle.

Su gato, y en eso todo el grupo está por completo de acuerdo, es exactamente igual que él de desgalichado y tragón; nos hemos reído al verle preparar unos recipientes en plan sigiloso con las viandas que había traído Carmiña y cuando al poco rato hemos visto que Rafa se iba un poco subrepticiamente, su hermana le ha seguido y tal como pensábamos: iba a su piso a ofrecérselo al gordo de Mikifuz. Que pareja más parecida y tan tal para cual. Pobre Carlota tener que lidiar con ellos...

Sin embargo en lo tocante a ideas buenas, bonitas y prácticas mi vecino no tiene parangón y cuando esté terminado todo lo que ha proyectado para el patio podremos disfrutar de un espacio único y no perderemos los aromas ni la belleza de las orquídeas o las gardenias, que son otras de las flores que Lina está cultivando últimamente.

Hablando de Lina, tengo que decir que su negocio, afición y pasión a un mismo tiempo, ha despegado y está en un punto que ni ella en sus mejores sueños podía haber imaginado.

Como en el caso de Carmiña también a ella le ha venido rodado y de una manera bastante casual todo el asunto, porque una clienta habitual le pidió que decorase la iglesia donde se iba a casar su hija, y desde ese mismo día parece que se ha convertido en la favorita de todas las novias. No hay un enlace de postín en el que ella y su equipo no estén presentes y sean quienes llenen de flores el lugar de la ceremonia, el restaurante o los jardines donde se celebre el evento, además de proveer el ramo de la novia, las flores del coche y hasta los detalles florales que lleven tanto novio como testigos. Esta chiquita se está haciendo de oro y como andar entre plantas, flores y bulbos es lo que le gusta hacer, no tiene nunca pereza para saltar a Holanda a revisar los nuevos tulipanes que ha encargado o pasarse horas y horas colocando flores en artísticos jarrones o pinchándolas en bases de tacos de esponja que luego disimula con toda suerte de lo que ella llama monerías.

Sus padres no comentan ni dicen nada, pero seguro que están más que orgullosos de la trayectoria que está llevando.

Y es que, como decía mi abuelo, hay que dejar que cada uno siga con sus inclinaciones, y en este caso a pesar de la oposición paterna inicial esa máxima es totalmente cierta. La niña es feliz con lo que hace y se gana la vida mejor que si hubiese sido médico o mecanógrafa por decir algo.

Eso es la felicidad. Hacer lo que te gusta y que encima te paguen por ello.

Nuestras chicas parece que nos han salido aplicadas y triunfadoras.

De Pippa lo único que podemos decir todos, aparte de ser encantadora y maravillosa, es que en su campo profesional hay pocos que la igualen. Es una enciclopedia de Arte viviente, pero no por sus inmensos conocimientos atosiga; todo lo contrario: es el ser más humilde y con menos pretensiones que puedas encontrar.

Y mira que sabe.

A veces me quedo mirándola y me maravillo con el cambio que experimenta hasta su físico una vez que comienza a hablar de arte. Parece que se transmuta, que crece y hasta sus facciones adquieren una brillantez increíble.

Mañana se va a París para ver trabajar in situ a su amigo Silvestre Santiago, al que conoció cuando no era famoso y ni tan siquiera se llamaba Pejac.

Los dos, después de pasar por diferentes escuelas de Bellas Artes coincidieron en la prestigiosa Brera de Milán y allí forjaron una gran amistad que se mantiene y crece con los años, ya que en aquellos momentos eran los dos únicos españoles en ese centro. Luego sus caminos profesionales les llevarían por muy distintos derroteros y se separarían, pero ambos se admiran y se quieren mucho. Silvestre se decantó por el arte urbano y después de vivir en diferentes sitios hace un tiempo decidió afincarse en su Santander natal donde es feliz, viviendo entre su gente siempre que sus encargos alrededor del mundo se lo permite.

Muchos le consideran el Banski español, pero nuestro grupo (quizás influenciados por Pippa y sabiendo que es su gran amigo), le prefiere con mucho al artista de Bristol al que ella también conoce, a pesar de la aureola de secretismo y misterio que le rodea. De hecho, una de sus mejores amigas es la mujer de Banski.

En la reunión de esta noche Pippa nos contó un montón de anécdotas de ambos artistas urbanos que nos hicieron reír y meditar al mismo tiempo, porque el arte y los artistas, en cualquiera de sus manifestaciones nos da vida y eso es lo importante.

Y como uno de los escritores ingleses que lleva Mario está terminando una "biografía no autorizada" de Blek le Rat, la conversación sobre los grafiteros se alargó y cada uno opinó sobre lo que consideraba Arte o simples pintadas en muros.

Yo debo tener unas tragaderas muy amplias ya que lo mismo disfruto observando y estudiando las Meninas y adentrándome en el mundo que Velázquez nos ofrece en su cuadro, pensando en lo que era la Corte en aquellos tiempos, con sus intrigas, bufones y adláteres varios siempre tratando de coger tajada, que mirando un mural de Pejac en cualquier pared o incluso, si me apuras un poco, viendo las pintadas callejeras o en los alrededores de las estaciones de tren, hechas muchas veces a trompicones porque la Bofia está al acecho y los grafiteros tiene que tener las piernas ágiles llegado el momento.

En lo que a mi respecta de proyectos a corto plazo después de llevar muchos años con Jimena y Lolo, con diez libros publicados de gran éxito sobre sus casos y aventuras por fin he decidido dejarles ahí y ni ahora de momento, ni en un futuro próximo van a protagonizar ningún libro más.

Cuando se lo comenté antes al grupo hubo como en las faenas taurinas, división de opiniones, pero aunque eche de menos a mi Jimena yo sé porque he tomado esa decisión tan drástica y Mario está de acuerdo conmigo.

Mi próxima novela creo que va a ir sobre música y músicos, con sus historias, intrigas, amores y desamores y en ella no habrá ni una gota de sangre, ni siquiera voy a permitir que a cualquiera de los allí reflejados le salga por la nariz. Termino con las truculencias por ahora y aunque sé que en muchos momentos echaré en falta a mi querida detective con su lengua soez y descarada, siempre tendré el consuelo de volver a releer algún capítulo antiguo (que seguro me resulta horriblemente mal escrito como me pasa siempre que vuelvo a cualquiera de mis novelas) y continuar con otra fase de mi vida.

He hecho estas notas porque en algún momento lo más seguro es que idee una novela sobre las vivencias de un grupo de amigos que se reúnen en torno a unas copas de vino, que a lo mejor me decanto por ese tema en lugar de lo de la música, pero ya me voy a dormir. O puede ser que decida tomar una año sabático, me vaya a cualquier país asiático y dedique mis días al dolce far niente. Cualquier cosa es posible.

Esta noche, despúes de una velada tan agradable espero no tener ninguna de mis horribles pesadillas y ni siquiera voy a tomar la melatonina. Buenas noches.

3ª PARTE:
INVESTIGACIÓN

~~1~~

—¡Roberta, Estanislao! ¡A mi despacho ya! —ladró más que gritó con voz estentórea el comisario-jefe mientras se dirigía a grandes zancadas al único habitáculo de la comisaría que podía considerarse una habitación medio decente— necesito hablar con vosotros dos ahora mismo.

Roberta miró a su colega Tanis, sabiendo que les esperaba una sesión intensa. Ella conocía de sobra a su superior y sabía por tanto que cuando llamaba a su compañero por su nombre completo el tema no era de trámite, así que cogió unos cuantos papeles desparramados por su mesa y medio sonriendo le dijo:

—Vamos, capullo, que la fiera parece estar bravía de buena mañana.

Los dos se dirigieron al despacho y efectivamente, el jefe les recibió no sentado como lo hacía habitualmente, sino que se paseaba arriba y abajo por el estrecho pasillo que dejaban los archivadores y otras enseres apilados en el recinto como un león enjaulado. Llevaban más de seis meses de media mudanza: por fin iban a cambiarse a una comisaría nueva, donde tendrían espacio más que suficiente para poder no sólo trabajar cómodamente sino también moverse, pero mientras llegaba ese momento la situación era peor que nunca y encontrar cualquier expediente a veces les costaba lo suyo, puesto que cada semana parecía que el traslado iba a efectuarse ya y luego surgía algo en el nuevo sitio que lo impedía y tenían que seguir posponiéndolo. Bueno, pensó Roberta, algún día será y acabaremos con esta mierda.

—¿Sabéis que día es hoy, lo sabéis seguro? Porque yo puedo recordároslo, si no os habéis enterado todavía, domingo, do-min-go, el primero que iba a estar libre en muchas semanas, pero no señorita y señorito, aquí estoy y todos mis planes para hoy se han ido al garete... Bien tranquilo que está tu padre, Roberta, en la Brigada de Narcóticos, eso seguro, cualquier día pido yo también el traslado y acabamos con esta vida tan irregular, que los años me van pesando. A ver ¿Porqué me habéis llamado? ¿Es que no sabéis de sobra el procedimiento a seguir? Quiero saber todo lo que habéis hecho hasta ahora, no sólo lo que me habéis contado por teléfono, lo quiero todo, que no falte ni una coma...

—Buenos días otra vez, Jefe —le interrumpió Roberta saltándose el escalafón, porque sabía de sobra el parlamento que iba a seguir, y como le conocía ya veía que por el tono menos alto de sus palabras que el cabreo inicial de su superior se estaba diluyendo— perdone que le hayamos jodido su día de asueto, pero como usted siempre dice que las primeras veinticuatro horas son fundamentales para cazar al asesino, he pensado que querría estar al loro de lo que había pasado. Aquí mi colegui (que como usted bien sabe es la leche de cagao), ni ha opinado, bueno lo cierto

es que quería que esperásemos hasta mañana para decírse-
lo, que él se acojona bastante delante de usted, así que la
bronca, si la hay, sólo para mí y no le jodamos la marrana
al chico, que es muy joven y no está baqueteado.

—Roberta, Roberta ¿cuando vas a poder hablar sin sal-
picar tus frases de palabras malsonantes? Me moriré sin
verlo, eso seguro, parece mentira con la educación que te
han dado tus padres, pero bueno, vamos a lo que estamos.

— Eso Jefe, le cuento: nos avisaron de la URI de un
caso en nuestra zona y allí que nos fuimos. Cuando llegamos ya estaba en el piso el médico de cabecera del muerto,
porque bien muerto que estaba, y al momento llegaron el
forense y el secretario judicial. No le especifico el procedimiento porque no quiero alargarme así que resumiendo,
los de la funeraria metieron al tío en una bolsa y se lo llevaron al Instituto Anatómico Forense para que lo acabasen
de cortichear, aunque la causa de la muerte me parece que
estaba bien clara, que no hay que ser un cerebrito de esos
del MIT o de Silicon Valley, pero como hay que seguir las
jodidas normas, pues eso... Tomamos los datos del vecino
(que fue el que avisó) y los nombres de los otros vecinos
de los más cercanos al difunto, le llamamos a usted y nos
vinimos a comisaría a esperar órdenes.

Dicen los que andan cavilando todo el puto día y dándole vueltas a la sesera que todas las cosas pasan por alguna
razón, pero lo que es yo, así de primeras, no veo porqué se
lo han cargado, a menos que quisieran desplumarle de su
pasta, que a un camello se le haya ido la mano o a una
amante la bola, pero según comentó el vecino (que además
parece que era amiguete del fiambre) todo estaba tal cual
debía estar y ni siquiera se llevaron el cacho Rolex que llevaba puesto el occiso que dirían los mejicanos, ¡Ah! Se me
olvidaba repetirle, por si no pilló el nombre cuando le llamé: el muerto es un personaje conocido, Nacho Vergara,

el autor, y me imagino que lo de su muerte será un bombazo.

—Entonces lo primero que tenemos que contener son a los medios de comunicación, que ya sabéis de sobra lo inoportunos que son cuando están por medio y el circo que montan. Ahora mismo voy a llamar al Juez de guardia para que declare el secreto del sumario. Dios nos coja confesados con la que se nos viene encima ¿Recogieron los investigadores de escenarios todas las pruebas posibles? ¿Seguro que no hay indicios de robo? ¿Violencia de género? ¿Crimen pasional? ¿Drogas? ¿Cual es vuestra primera impresión?

—Pues Jefe, yo si quiere que le diga la verdad, todavía estoy en estado de shock, porque a ese fulano le conocí personalmente y parecía un gachó de lo más normalito y corriente —apuntó Roberta— y por lo que sabía por los cotilleos del papel cuché, la prensa del cuore y la teletonta, ni estaba casado ni tenía pareja fija, sólo un círculo de amigos muy reducido, pero vaya usted a saber las interioridades... y aquí el Tanis tampoco sabía mucho del fiambre, pero le han dejado bonito.....

—Si, las fotos que me habéis mandado por WhatsApp dan susto... A partir de ya os quedáis encargados de la investigación. Y nada de tiempo libre, cuando buenamente se pueda os resarciré, si es que procede, que tampoco prometo nada. No os tengo que repetir que lo ideal, cuando nos enfrentamos a una atrocidad de esta categoría, es tener a un sospechoso y poder resolver el caso como repito siempre en las primeras veinticuatro horas, pero lo ideal no es la realidad, así que tenéis tarea por delante. Os relevo de todo en lo que estuvieseis trabajando y os deseo buena suerte, que os va a hacer falta. Voy a hacer unas llamadas a ver por dónde va la cosa y os tendré al tanto —y después de soltar estas palabras el comisario-jefe despidiéndoles con un par de palmadas dio por terminada la reunión.

~~2~~

Mientras su compañero iba al bareto de al lado a por unos bocatas y bebidas, Roberta comenzó a poner en orden las notas y teléfonos que había conseguido un par de horas antes. La verdad es que no sabía por dónde empezar, pero a esa hora tan temprana la comisaría estaba casi vacía y esa circunstancia ayudaba.

Al volver Tanis, cargado de comida y con cafés suficientes como para despertar a una tropa, una vez repuestas fuerzas y ya bastante despejados, la detective, saboreando los últimos tragos de un capuchino, comentó:

—Menos mal que se te ha ocurrido traer unos cafés decentes, capullito de alhelí, que lo que es el de la máquina de aquí es una puta mierda y poco íbamos a discurrir con eso ¿por donde empezamos? Yo he hecho un resumen de lo que hemos visto, si te parece lo lees y me cuentas tus impresiones para que lo incluyamos en el informe.

—Quizás deberíamos llamar al vecino ya —sugirió Tanis— el cuerpo está en el Anatómico y como bien dice el Jefe, es posible que en las primeras horas podamos encontrar algo. Ya he visto la lista que has hecho, pero no está ni el portero ni los otros vecinos, que a lo mejor oyeron algo. Deberíamos incluirlos e interrogarlos a ver que cuentan, si te parece. Lo que pienso es que ha sido un intento de robo que se ha torcido.

—O eso o drogas, que cuando van hasta el culo pierden el norte, porque cuchilladas había un huevo, que tampoco tenían necesidad de tantas, digo yo.

—¿Porqué has dicho "tenían"? ¿Es que crees que han sido varios?

—No, era sólo una puta forma de hablar, cojones, que te estás volviendo muy tiquismiquis... uno o muchos me da igual, la tostada la tenemos nosotros, así que a trabajar capullo. Voy a llamar al vecino y citarle para mañana a primera hora y mientras veré que nos dan los que estaban cogiendo huellas y muestras, pero ya sabes lo gilipollas que son, y siendo domingo lo más seguro es que no muevan el culo hasta mañana, hay que joderse como se escaquean algunos, no como nosotros que somos unos pringaos de mierda

—Tranquila, que en otras peores nos hemos visto...

—Pero ¿tu eres tonto del haba de nacimiento o te lo haces? ¿Peor que esto? Vamos tío, que el caso parece sacado de una novela. ¡Ah! Mira tú, por ahí si que le podemos hincar el diente: voy a repasar los casos de la detective esa, la Jimena de los huevos, que creo recordar utilizaba unas técnicas muy modernas, y ver como lo enfocarían ella y el tal Lolo, que de la lectura se aprende mucho y quizás nos den alguna pista.

~~3~~

Roberta, si se pasaba por alto lo mal hablada que era, tenía una mente brillante y en el relativamente poco tiempo que llevaba en el cuerpo había demostrado con creces su valía.

Su carrera había sido meteórica y si seguía en la misma línea, a pesar de su juventud, era la candidata ideal para ocupar el puesto de Comisaria-Jefe cuando el superior que estaba ahora se jubilase. De casta le venía al galgo porque tanto su abuelo en primer lugar, jubilado a esas alturas, como su padre actualmente, estaban en el mismo ramo y, a diferencia de otras niñas que se entretenían con muñecas y cuentos de hadas, príncipes y princesas, ella creció teniendo por escenario cosas más reales.

Su abuelo por parte de padre, al que siempre había estado muy unida y que aún ahora aquejado de Alzheimer era a su adorada nieta a una de las pocas personas a las que reconocía, cuando era pequeña le contaba casos en los que él y sus compañeros habían intervenido, no ahorrando en sus relatos escenas truculentas a pesar de las protestas de su madre, pero con el visto bueno de su padre. Como su madre era cirujana, con horarios irregulares e intensos y los de su padre al ser policía tampoco le iban a la zaga, era el abuelo (que a esas alturas ya había llegado a lo más alto de su carrera, tenía más tiempo libre y viviendo como lo hacía con el matrimonio y su pequeña hija), el encargado a menudo de arropar a la pequeña y contarle un cuento antes de apagar la luz y desearle buenas noches, sin que ninguna de tales historias le produjesen terrores nocturnos ni pesadillas. Al contrario, se veía como la heroína principal de las historias oídas y pensaba en lo maravilloso que iba a ser cuando llegara el tiempo y pudiera detener a montones de maleantes o criminales.

Cuando fue creciendo su abuelo le enseñó a poner esposas; a veces eran las muñecas que estaban por su cuarto y a las que no hacía ningún caso salvo para usarlas como las presuntas "criminalas" (muñecas que su madre insistía en comprar, en un intento de hacer de ella una niña con juguetes "normales"); otras muchas se apañaba con cualquier pata de una silla o con un tirador de los muebles de cocina, cualquier cosa era buena para practicar y dominar la técnica.

De adolescente llevaba una doble vida por así decirlo: salía con sus amigas, organizaba botellones con chicos de su instituto, iba de compras y se lo pasaba pipa con mil actividades, pero también acompañaba al abuelo y aprendía a ser una tiradora experta, comentaba con él, soto voce, casos interesantes y procuraba pasar muchos ratos en la comisaría, donde todos la trataban como si fuese un juguete.

Allí fue, oyendo como hablaban los maleantes que pasaban por tales dependencias, donde oyó con frecuencia su jerga, que la encandiló, aprendió y adoptó enseguida.

A sus padres les repelía oír tales exabruptos, pero como tampoco estaban demasiado tiempo juntos, era una alumna ejemplar que aprobaba los cursos con las mejores notas posibles y nunca les había dado un problema, fueron tragando y así quedó la cosa.

Entró en la universidad y su elección obvia fue la carrera de Derecho, como base para luego hacerse policía, pero tenía tanta prisa que ir curso por curso le parecía una pérdida de tiempo abominable. Habló con catedráticos, con administrativos y hasta lo hubiese hecho con el sunsumcorda de haber hecho falta y consiguió su propósito: hacer cada curso dos y partir así por la mitad el tiempo de espera para su verdadero objetivo.

A la vez aprendió inglés y alemán. Como su madre era francesa, desde que nació le había hablado en tal lengua, cosa muy útil para ella sobre todo cuando pasaban temporadas en París, donde vivían todos los parientes de la rama materna, y es posible que ese aprendizaje temprano dispusiera su cerebro de tal forma que ayudase a encontrar fácil el conocimiento profundo de otras lenguas.

Terminó su carrera en tiempo récord. Hablaba cuatro idiomas con fluidez. Estaba lista para iniciar los estudios y llegar a ser una policía, pero no una del montón, quería ser la mejor.

~~4~~

Comienzan las primeras entrevistas con los amigos del muerto, Nacho Vergara, en comisaría.

—Buenas tardes señor Cortés. Soy el detective Cayuela y voy a tomarle declaración. ¿Podría decirme si los datos que figuran en su carnet de identidad son correctos?

—Si, buenas tardes. Todo es correcto

—Le voy a formular una serie de preguntas rutinarias y le rogaría que sus respuestas fuesen lo más concisas y ajustadas a los hechos que pueda. Cuando haya terminado su declaración se la pasaré para que la lea y, si está de acuerdo, puede firmarla.

—Vale. Lo intentaré, aunque mi cabeza todavía está hecha un torbellino.

—¿Puede decirme sucintamente los hechos?

—Bien. Tal y como informé a la policía cuando les llamé, ayer por la mañana al salir de mi piso vi que la puerta de mi vecino estaba abierta y como él es siempre muy cuidadoso con esas cosas me alarmé. Ante el temor que alguien hubiese entrado a robar me puse en contacto con sus compañeros.

—Podría decirme su relación con el fallecido y cuándo fue la última vez que le vio vivo?

-155-

—Si. Además de vecinos somos amigos. La noche anterior estuvimos en su patio un grupo de amigos que solemos reunirnos y hacer cosas juntos cenando y tomando unas copas. Todos salimos de su casa alrededor de medianoche, y yo mismo vi como cerraba su puerta después de despedir a todos.

—¿Sería tan amable de facilitarnos nos nombres de las personas que estaban en dicha reunión, así como sus direcciones y teléfonos?

—Por supuesto. Éramos siete: mi hermana, el editor de Nacho con su mujer, mi novia, otra amiga, Nacho y yo. Aquí tiene una lista con todos los datos que me ha pedido.

—¿Notó algo extraño o inusual en el comportamiento del señor Vergara mientras estuvieron juntos

—No, estaba como siempre. Hablamos de todo un poco, de lo que nos traíamos entre manos cada uno con nuestros respectivos trabajos, Nacho habló de la novela que saldrá en unos días y todos comentamos e hicimos planes de un viaje que teníamos proyectado para dentro de unas fechas.

—¿Le comentó en algún momento el señor Vergara si había recibido amenazas de algún tipo?

—No, nunca. Y debo insistir en que Nacho era una persona muy tranquila y normal. Que yo sepa no estaba metido en drogas ni en ningún otro tipo de actividad extraña. ¡Esto es una verdadera tragedia! Lo que ha pasado es terrible,

—¿Cuándo fue la última vez que vio con vida a su vecino?

—Ya le he dicho que serian sobre las doce de la noche, cuando terminamos la reunión. ¡Ah, no! Espere, volví a su casa un poco después, a pedirle un cargador de iPad porque tenía ocupados todos los míos.

—¿Estaba bien el señor Vergara cuando le volvió a ver?

—Si, perfectamente. Me prestó el cargador y nos despedimos hasta el día siguiente.

—¿Le gustaría añadir algo más a su declaración?

—No. Es posible que lo que les he contado le haya parecido poco, pero tiene que comprender que todavía no he asimilado lo que ha pasado. Si me acuerdo de algún detalle que pudiera ser relevante para su investigación se la haré llegar.

—No se preocupe, lo entiendo, nos ha sido de gran ayuda. Firme aquí y cuando lo desee puede marcharse. Si necesitamos volver a ponernos en contacto con usted le llamaremos. Buenos días y le acompaño en el sentimiento por la pérdida de su amigo.

—De acuerdo. ¿Podría pedirles que si tienen novedades sobre el autor del crimen me mantengan informado?

—Lo siento, la investigación está comenzando y no nos es permitido facilitar información.

—Vale. Muchas gracias y buenos días.

~~~~~~~~~~

A ver Roberta ¿que opinas de ese que acaba de salir? —preguntó el detective Tanis en cuanto se cerró la puerta tras Rafael Cortés.

—Pues ¿que quieres que te diga, macho? Pa mi que este es un pardillo que no se entera de la misa la media... ya sabes, de los que se llaman empollones, gordos fonflones de esos que parece que viven en otra galaxia, pero ya sabemos que no se puede uno fiar ni de su padre, vete tú a saber si no tenían sus más y sus menos... Me acabo de enterar que el Nacho era el dueño del edificio entero, vamos un ricachón de coña, pero seguro que ese abobao que ha estado aquí ni siquiera lo sabe; o sea, que a lo mejor ni eran tan amigos como dice ese bodoque...

—Pero este Rafa parece un tío legal ¿no crees?

—Mira titi, yo ni creo ni dejó de creer. Tenemos un fiambre por muerte violenta así que no me fio ni de mi queridísimo progenitor, que cosas más raras se han visto. Dame esa lista que ha dejado, seguro que son todos unos pijos del carajo, pero no nos va a quedar más leches que entrevistarlos a todos; este caso me huele que nos va a costar un huevo y la mitad de otro resolverlo.

—Toma y también el informe del forense: muerte por puñaladas. Te ahorro los tecnicismos.

—Joder, vaya lumbrera el patólogo de los cojones, no te digo... es que si hubiese seguido vivo con los pinchazos que le habían metido p'al cuerpo era para cagarse, porque cuando llegamos y le vi, me faltó esto para ponerme a vomitar, mamma mía, por la Santa madona, como diría mi abuelo ¿cuantas puñaladas dicen que había?

—Léete todo mientras me acerco a por unos cafés, que como no nos despejemos un poco ya verás el día que nos espera.

—Vale titi, voy a ir citando a todos esos de uno en uno. Primero que nos cuenten su película por separado y si vemos que hay demasiadas discrepancias hacemos un careo y que se jodan.

~~~~~~~~~~

—¿Mario?

—Si dime Rafa ¿donde estás?

—Acabó de salir de comisaría de prestar declaración. Les he dado los nombres y teléfonos de todos los que estábamos en casa de Nacho la noche antes de los hechos. Supongo que os llamarán pronto.

—Vale, gracias por avisarme. Voy ahora a recoger a las abus andaluzas y me las llevo al chalet. Los restos de Nacho ya están en la funeraria y pronto procederán a la incineración. No se que hacer, si que la madre y la tía vean el cuerpo o no antes de que le reduzcan a cenizas, porque si ya impresionaba antes de la autopsia te puedes figurar como estará ahora. ¿Que opinas?

—Mejor ahorrarles ese trago, que ya tienen bastante encima.

—Pues si quieres puedes reunirte con nosotros en el tanatorio de la M40, lo digo porque cuantos más estemos allí mejor será, y así no dejamos solas a la madre de Nacho ni a tía Purita que se van a encontrar muy perdidas.... No se todavía que piensan hacer con las cenizas, me imagino que llevárselas al cortijo, también tendremos que estar con ellas en ese trago porque están destrozadas, como todos nosotros.

—Mira, voy al Estudio un momento y luego pasaré a por Carlota y nos vamos al tanatorio. ¿Conseguiste hablar con Pippa?

—Si, acabo de colgar con ella. Cogió un vuelo enseguida, ya está en Madrid y va también. para allá.

—Estupendo, de avisar a Lina para que se acerque al tanatorio me encargo yo.

~~5~~

—Buenos días señora Feijoo. No tiene que estar nerviosa. Voy a tomarle declaración sobre su relación con el fallecido y cuando le vio por última vez.

—Es que detective nunca he pasado por algo así, la muerte violenta de un amigo y entre lo que nos ha caído encima y entrar en una comisaría, hasta las piernas me tiemblan.

—Tranquilícese doña Carmiña, que terminamos en un momento. ¿Sería tan amable de decirme su relación con el señor Vergara y cuando fue la última vez que le vio vivo?

—Claro. Nacho como creo que saben es, era, uno de los escritores que llevaba mi marido pero, por encima de la relación profesional, era nuestro amigo y padrino de mis hijas. Hemos pasado mucho tiempo juntos en los últimos diez años y todavía no puedo hacerme a la idea de lo que le han hecho (llorando).

—¿Cuando fue la última vez que le vio?

—El sábado por la noche estuvimos todo el grupo de amigos en su casa (más lloros)

—¿A qué hora fue eso, si se acuerda?

—Si, empezamos sobre las ocho de la tarde, no estoy muy segura de la hora exacta, pero si, serían las ocho, y a las doce más o menos nos despedimos todos.

—Es decir, a medianoche fue la última vez que le vio...

—Si. No, esperé un momento (sonrojándose), cuando ya estaba en el coche me di cuenta que me había dejado el móvil arriba, así que volví para recogerlo.

—¿El señor Vergara estaba solo cuando usted llegó? ¿Podría decirme que pasó entonces?

—(agobiada) Pues llamé al timbre, le expliqué a Nacho lo que pasaba, salimos juntos al patio y allí estaba mi teléfono, sobre la mesa.

—¿Cuanto tiempo estimaría que le llevó hacer eso?

—Pues no sé. (Muy nerviosa) ¿quizás diez minutos? No se, la verdad. Recogí el móvil, le di un beso de buenas noches y me volví al coche.

—¿Notó algo diferente en el señor Vergara cuando subió y volvió al piso?

—No, me parece que iba a leer un rato antes de irse a la cama. Tenía un libro en las manos cuando me abrió.

—Tiene algo más que contarnos, señora Feijoo?

(Llorando ya como una magdalena): No, eso es todo.

—Pues muchas gracias por haber venido. Si. necesitáse-
mos alguna aclaración nos pondremos de nuevo en contacto con usted.

—Lo que les haga falta. Buenos días.

~~~~~~~~~~

¿Y de esta que opinas, Jefa?

—No se que decirte, tío. La gachí me parece que escon-
de algo ¿no te has fijado en su lenguaje corporal, tronco?
Si te acuerdas de lo que te enseñaron en la academia de
Policías estarás de acuerdo conmigo que hay que fijarse no
sólo en lo que dicen los que están declarando algo, sino
también en cómo lo dicen y toda esa mierda que nos me-
tían en las clases. ¿Porqué no subió el marido a por el jodido móvil? ¡Vamos anda, como que me voy a tragar esa píldora! A lo peor estaba liada con el fiambre y el marido ni
enterarse... Voy a ver si puedo fisgonear algo sobre ella en
las redes sociales, porque de esas con aspecto tan blandengue y como que no han roto nunca un plato no te puedes
fiar ni un pelo, y la gente pone muchas cosas y muchas
tonterías en Facebook o en Instagram, pensando que sólo
lo ven sus amiguitas, pero si sabes leer entre líneas a veces
descubres un huevo.

Y como Roberta no dejaba para más tarde lo que podía
hacer de inmediato, se afanó enseguida a buscar cosas en
su ordenador sobre Carmiña Feijoo, como una primera
medida antes de ir más allá y meterse en su correo.

No es que pudiera o debiera hacerlo sin una orden al
efecto, pero sus métodos, aunque siempre resultaban muy
efectivos a la larga, raramente eran ortodoxos y para ella
todo lo que conllevase peticiones a instancias superiores
estaban más que demás.

Su Jefe y los Jefes de su Jefe ya le habían dado algunos
toques sobre varias de sus irregularidades, y en un par de

ocasiones a pique estuvo de cargarse con algún expediente disciplinario, pero hasta el presente iba escapando.

~~~~~~~~~~

(Madre de Nacho hablando con Carmiña)

—Esto es una pesadilla, hija. ¿Cómo es posible que haya pasado una cosa así?

Todos conocíais a Nacho más que de sobra y sabéis que no estaba metido en nada turbio. El a sus libros, a sus novelas y sin vicios, y no es que yo, por ser su madre, le tenga idealizado, eso sí que no, que cuando he tenido que amonestarle por algo ni de chico ni de mayor me cortaba, y lo sabéis todos. No sé quién estaba comentando algo de drogas y en eso sí que te puedo asegurar que ahí si que no estaba metido, por ahí no paso, no admito ni una insinuación siquiera y se lo digo a quien se me ponga por delante, faltaría más. Vamos, que ni siquiera fumaba cigarrillos de los normales, que cuando veía a Purita con el pitillito colgado siempre en la boca, desde pequeño le daba unos sermones y unas peroratas que mi hermana más de dos veces, aunque sólo fuese por no aguantarle, lo apagaba. Que si se estaba destrozando los pulmones, que si la historia de los fumadores pasivos, bueno toda la cantinela... Yo, como tampoco fumo le entiendo, pero su tía toda la vida ha sido fumadora, dice que es el único vicio que tiene y hay que dejarla... Esto que ha pasado me recuerda a cuando mataron a John, que ya hace cuarenta años, por Dios, como se pasa el tiempo, que ni Nacho ni ninguno de vuestro grupo había nacido por aquellos entonces, mira fue un poco antes de la navidad del año ochenta, fíjate el loco ese de Mark Chapman, que le esperó días y días a la puerta del edificio Dakota para que le firmara una copia del disco "*Double Fantasy*" y allí mismo le descerrajó varios tiros a sangre fría, y delante de la pobre Yoko, que horrible, que no es que ella no tuviese sus cosas, que ya sabemos todos cómo es, pero bueno es que las orientales son distintas y tan herméticas, que nunca sabes lo que están pensando... todos estábamos impresionados porque fue una verdadera atrocidad, es que de los fans no hay que fiarse, y en eso Nacho tenía razón, cuando siempre andaba con la tabarra de lo harto que estaba de la fama y lo que él daría por ser alguien anónimo... (llorando con amargura) mi hijito, mira lo que le han hecho, a mi tenían que haberme matado, que yo ya no pinto nada en este valle de lágrimas, que desconsuelo más grande... Tu marido tenía razón, Carmiña, mejor no haber visto como han dejado a mi pobrecito niño, este dolor me va a llevar a la tumba, en la flor de la vida y con todo lo que podía haber hecho. Es un palo muy fuerte... y yo que hablé con él la tarde antes y estuvimos riéndonos un montón, ya sabes lo cariñoso y entrañable que ha sido siempre, y no es que yo tenga pasión de madre, que reconozco que la tengo, es que encontrar un ser mejor que Nacho no es fácil. Y a ver cómo se lo decimos a sus ahijadas, porque ayer estaban preguntando por él y tu Mario les dijo que tenía gripe y un poco de fiebre, que por eso no les había llamado ni mandado un WhatsApp y ellas no hacían más que mandarle mensajitos para que se mejorara, va a ser difícil contárselo. Tendremos que tratar de suavizar el golpe, con lo que él quería a sus gurriatas, que pena más horrible.... seguro que ha sido un fan el que ha hecho esta barbaridad, segurísimo, que lo que querrá es hacerse famoso aunque para eso haya tenido que hacer algo tan horrendo, tratará de vender su historia a los realities esos... mi pobre hijo, a ver quien me lo devuelve, y yo ya voy teniendo años y no sé cómo seguir viviendo después de esto, que tragedia más tremenda hija.

—Trata de relajar, dentro de poco nos vamos a casa y quiero que te tumbes un rato.

—Vale Carmiña cielo. Lo intentaré.

Primera aparición de Lina en comisaría.

Después de las introducciones, los saludos de rigor y cuando ya Lina estaba sentada enfrente de Tanis que se disponía a escribir en el ordenador lo que ella le fuese contando, Roberta se acomodó cerca de ellos, dispuesta a observar a la declarante y no perderse ni una palabra de lo que dijese. Lina parecía una chiquilla, porque ese día, a su aspecto habitual de niña pequeña y de fragilidad, le sumaba la ropa infantil que se había puesto y parecía que le sobraba medio asiento.

—Lina —comenzó Tanis, dándole un tratamiento informal— usted era amiga del señor Vergara ¿Podría darme algún dato que nos ayude a esclarecer lo que ha pasado?

—¡Uy si! Nacho y yo éramos muy amiguetes ¡Hasta me cedió parte de su patio! Era buenísimo, bueno, tenía sus cositas, como todo el mundo, pero era fenomenal.

—¿Que pasó la noche antes?

—Nada especial. Nos reunimos todo el grupo, tuvimos una cena chachi, hablamos y luego nos fuimos

—Cuando fue la última vez que vio al señor Vergara vivo?

—A las doce de la noche o así. Yo tenía una boda muy importante al día siguiente y los otros también tenían que hacer cosas. Es que tengo una floristería y no es por presumir pero todas las novias ahora quieren que les prepare las flores, porque las mías son las más bonitas de Madrid. ¡Hasta de provincias me encargan! Con eso le digo todo.

—¿Notó algo raro en el comportamiento del difunto? ¿Estaba nervioso, preocupado?

—¡Oh, no! Nacho estaba ideal, como siempre.

—¿Sabe si había recibido amenazas de algún tipo últimamente?

—No lo creo, o por lo menos no me lo contó, y como nos veíamos todos los días me hubiese dicho algo, digo yo.

—Pues muchas gracias por venir, Lina, por si recuerda algo que nos pudiese ayudar, aquí tiene nuestros teléfonos para que se ponga en contacto directamente con vosotros. Buenos días.

—Venga, adiós, me voy corriendo que hoy tengo mucha tarea.

~~~~~~~~~

—Y de esta chiquilla ¿que opinas Ro?

—Una niñata, con eso te la puedo definir, puñetas. No nos ha dicho nada y mira que al ser amiga y vecina yo creía que tendría alguna información más sabrosa, joder. Me parece a mi que de los amigos no vamos a sacar mucho y como los compañeros de la poli le encontraron en domingo ya sabes que ese día todo está más quieto. Paciencia y resignación, que diría mi abuelo. Estamos empezando, así que veremos lo que nos van trayendo los próximos días. Ya sabes lo que quiere el jefe, que en veinticuatro horas esté todo clarito, que movamos el culo, pero con este hueso si sacamos algo que roer en veinticuatro días ya nos podremos dar con un canto en los dientes. Voy a hablar con el forense, a ver que me cuenta, tío, y seguimos.

—Venga. Ya me cuentas.

~~7~~

—Muchas gracias por venir, señorita Ceballos. Siéntese por favor.

—Con mucho gusto, sin problema —respondió Pippa al detective que la había recibido en comisaría tomando asiento.

—Según tengo entendido, usted pertenecía al grupo de amigos íntimos del señor Vergara. ¿Podría decirme cuando fue la última vez que le vio?

—Si, el sábado pasado nos reunimos todo el grupo en su casa. Yo tenía que volar a París a primerísima hora del domingo y el resto también tenía ocupaciones, así que terminamos pronto.

—¿A que hora se despidieron?

—Medianoche.

—¿Como estaba el señor Vergara?

—Fenomenal, como siempre. Pasamos unas horas muy agradables, cenamos, charlamos y Nacho, quiero decir el señor Vergara, nos habló de su nueva novela.

—¿Le comentó alguna vez el señor Vergara de algo o alguien que le hubiese amenazado o si él, por cualquier otro motivo, temía por su vida?

—No, el no estaba involucrado en ningún asunto de los que podríamos considerar "raros" o "turbios" con comillas. Era un chico maravilloso y todos le adorábamos. Aún no me puedo creer que no vaya a verle nunca más.

—Si, supongo que todo esto habrá sido un shock para usted.

—No se lo puede imaginar. Yo estaba en París cuando me dieron la noticia y he vuelto en cuanto conseguí el primer vuelo. Un gran palo para todos...

—¿Tiene algo más que añadir?

—Por desgracia no. Todavía me cuesta hacerme a la idea de lo que ha pasado. Si recuerdo algo que me parezca significativo le llamaré, pero me temo que no voy a ser de gran ayuda. Por favor ¡encuentren al asesino! Un crimen tan horrible...

—Muchas gracias de nuevo por venir y por su información, señorita Ceballos, y le acompaño en el sentimiento.

—Gracias detective. Buenas tardes.

~~~~~~~~~

—Y esa que ha salido ¿que te ha parecido, jefona?

—Pues ni chicha ni limoná... muy fina, muy contenida, para mi que lo que le haría falta sería un buen polvo o varios, que me da a mí que a sus años es más casta y pura que la Virgen María... Para lo que nos ha dicho bien podía haberse quedado en su París... se la ve una pija total ¿te has fijado como iba de los pies a la cabeza? Mamma Mia, si parecía salida de una de esas revistas posh...

—Pues a mi me ha parecido muy guapa y elegante

—Venga Tanis, no me jodas ¡a ver si ahora te vas a enamorar de una de ese tipo! aunque no me extrañaría, que los tíos os pirráis por los envoltorios y las caídas de ojos, mira que sois infantiles, macho... Ya me estoy haciendo yo una idea del grupito ese, de lo que hablaban y cómo se entretenían. Menudo aburrimiento estar una noche con ellos.

—Hasta ahora, de las tres que han pasado por aquí parece la más normal, porque lo que es las otras dos eran un punto filipino.

—Calla, calla, no me las recuerdes, que la una con sus lloriqueos y la otra, la niñata de las flores con sus tonterías eran para vomitar. Bueno capullo, ya sólo nos quedan dos de este grupo y hasta ahora no veo que hayamos sacado nada en claro. Anda, pásame la declaración y la pongo con las otras. A ver si acabamos con esta puta mierda pronto.

—Deseando estoy, jefa.

Cuando Mario llegó a comisaría su aspecto reflejaba todas las horas que llevaba sin dormir. Tenía grandes ojeras debajo de sus ojos, un rictus de pena y amargura en su boca, hombros caídos, barba sin afeitar en las ultimas cuarenta y ocho horas y una apariencia general muy triste dejaban traslucir algo de por lo que estaba pasando.

Después de los saludos por ambas partes, Roberta decidió ser ella quien llevase la voz cantante en las preguntas a lo que Tanis accedió encantado.

—Señor Feijoo, sabemos lo que venir aquí representa para usted ya que según nuestra información su relación con el señor Vergara era muy estrecha.

—Tiene razón, detective Raboli. Todos estamos destrozados y ya sabe que lo mismo las penas que las alegrías son muy subjetivas y cada cual piensa que la suya es la más grande, pero es que Nacho y yo éramos más que amigos. Desde que nos conocimos nuestra relación, al margen de lo profesional, era de hermandad total.

—Basándose en ese conocimiento profundo que había entre ustedes ¿sabe de algo o alguien que estuviese amenazando al señor Vergara?

—No y si

—Por favor explíquese.

—Es que el tema es complejo y es posible que le resulte una tontería.

—Cualquier información puede resultar útil para la investigación, lo que deseamos todos es poder cazar al que lo asesinó, por lo tanto dígame lo que sepa.

—Bien, a ver si sirve para algo. Nacho, es decir el señor Vergara no tenía enemigos comunes, cualquier persona que le conocía caía bajo su encanto porque, al margen de tener un buen físico y gran cultura, simpático, atento y muy generoso, era lo que podíamos llamar un caballero completo. Todavía no me he encontrado con nadie que me haya hablado mal de él o ni siquiera no amablemente, y en nuestra profesión abundan las envidias y los rencores hacia quien sobresale.

Sin embargo tenía, o decía tener, enemigos imaginarios en su mente que se manifestaban en sus sueños. Con bastante frecuencia tenía pesadillas horrorosas.

Como nuestra relación era de las de sin secretos, comenzó a contarme tales malos sueños y, si quiere que le sea sincero, todas esas confesiones me las tome a chacota, no le hice caso aunque él insistía que quizás eran un aviso de algo que le iba a suceder.

A Nacho le agobiaba la fama. Si, esto suena un poco ridículo teniendo en cuenta lo que darían por ser famosos miles y millones de personas, pero es un hecho cierto. También lo es que la temática de muchos de sus libros es bastante truculenta, en ellos siempre hay muertes violentas, sangre a porrillo, en fin, no tengo que hacer un resumen ahora de lo que escribía y me pregunto si aún siendo un género tremendamente popular a ciertos seres muy sensibles no les afectará como estoy convencido que le afectaban a él.

La noche antes de los hechos fue una especialmente tranquila y placentera, pero por desgracia la mañana, o mejor diría la madrugada, no debió serla en su caso y lo que había soñado con frecuencia resultó ser real. Si le digo que me arrepiento de corazón de no haberle hecho más caso quizás pueda entender como me siento, porque tal vez si le hubiese escuchado con más atención ahora tendría alguna pista y ese horrible crimen no habría pasado.

—Pero señor Feijoo, estamos hablando de sueños y de realidades. No creo que ni usted ni nadie hubiese podido evitar el asesinato...

—Puede que tenga razón, pero yo no dejo de torturarme, carallo.

—¿Recuerda alguna cosa más que pueda ayudar a la investigación?

—No en este momento, mi mente está demasiado colapsada, pero en cuanto me despeje un poco intentaré hacer memoria y les comunicaré lo que encuentre, si hay algo, sin duda.

—Se me ocurre que si pudiese recordar alguno de esos sueños y nos los enviase a la mayor brevedad, los estudiaríamos por si nos dan un indicio.

—¡Eso me parece una idea excelente! Los escribiré y se los mando por email.

—Pues muchas gracias por la molestia y por venir. Buenos días

—A ustedes. Espero que esta pesadilla termine pronto y que encuentren al culpable.

—Eso es lo que deseamos todos.

~~~~~~~~~~

—¿Qué me dices de este, Tanis? Habrás observado lo fina y bien hablada que he estado ¿eh? Ni un taco, ni una palabrota, ni nada malsonante joder, dos o tres veces casi que se me escapan pero me he contenido macho.

—Ya te digo. Te estaba escuchando y no sabía si me había colado en el despacho de otra detective, y hasta echaba de menos tus imprecaciones, como que me estaba entrando mono de tacos, buff.

—Menos cachondeo que todavía te sacudo una hostia del carajo, que también lo ha soltado el gallego, venga desembucha que estoy esperando, que no me has dicho que opinas del gachó de los huevos.

—Eso de los sueños sonaba interesante, pero no creo que nos sirva para mucho, vamos a ver si cuando nos especifique algo más podemos deducir algo ¿no te parece?

—Si, todavía nos vemos estudiando al muermo ese del Freud, que aunque ya está bastante anticuado a lo mejor nos da una pista. A ver que nos trae.

—Esperaremos. ¡Hora del café!

—Marchando, a eso te sigo siempre.

~~9~~

—Hola Carlota ¿como estás?

—Imagínatelo Roberta... menudo palo. Estamos todos que no nos llega la camisa al cuerpo.

—Mira, tu novio Rafael Cortés, nos ha dicho que tú también estabas la noche antes del asesinato en casa del difunto. ¿Podrías contarnos algo de lo que hicisteis, cuando fue la última vez que le viste vivo, vamos, todo lo que recuerdes? Ya se que te resultara extraño estar ahora siendo la entrevistada y no la abogada como siempre que vienes por aquí, pero nos ayudaría mucho oír tu versión.

—¡Claro! Sin problemas, aunque lo que os voy a decir no sé si os servirá de mucho, porque todo fue de lo más corriente. Nos reunimos a eso de las ocho en casa de Nacho. Carmiña (la mujer de Mario Feijoo) que ahora tiene una empresa de catering nos había preparado una cena deliciosa, hablamos de esto y de lo otro y a las 12 cada mochuelo se fue a su olivo. Lo siguiente que os puedo decir es que Rafa me llamó pronto por la mañana y cuando llegué a su casa ya hasta habían retirado el cuerpo. Me dijeron que habíais estado vosotros dos por allí, y pensaba darte un toque, Ro, para que comentásemos un poco del tema pero os habéis adelantado.

—Si, estamos tratando de recoger la mayor información posible, pero no te creas que hasta ahora estamos teniendo mucho éxito.

—Nada, vosotros sois unos detectives excelentes y este caso lo vais a resolver volando.

—Pues ojalá que quien tenga mano allá por los cielos nos eche un cable, porque lo que es hasta ahora estamos más perdidos que una cabra en un garaje....

—Oye, dale un poco de tiempo al tiempo. Si vierais en el juicio que yo estoy metida... Una locura total, pero así son estas profesiones nuestras.

—Ya, y que lo digas hija, más nos valía habernos hecho cajeras de supermercado o incluso ministras, que tendríamos menos quebraderos de cabeza... por cierto, y cambiando de tema ¿para cuando es la boda?

—La teníamos prevista para dentro de pocas semanas pero ahora con esto de Nacho no sé si esperaremos un poco más. Ya te avisaré. Oye Tanis, que no se te oye ni respirar, que estás ahí muy calladito ¿que tal todo?

—Es que vosotras dos no dejáis meter baza jaja, mira he anotado todo lo que has dicho. Si puedes me echas una firmita y terminamos con eso.

—Ahora mismo (firmando su declaración). Ya está. ¿Os apetece un café?

—Ojalá pudiésemos salir un rato Carlota, pero estamos hasta el culo con este tema. Otro día.

—Estupendo, lo dejamos pendiente. Me voy corriendo a seguir con lo mío. Os quiero.

—Y nosotros a ti, reina. Ya nos llamamos.

~~~~~~~~~

—Bueno jefa ¡por fin una persona normal! que buena falta nos estaba haciendo. Esta Carlota da gusto estar con ella, tan agradable siempre.

—Hombre, es que a ella no le impresiona venir a comisaría, que para los abogados venir aquí es el pan nuestro de cada día, pero si, tienes razón tío, está chica es de lo mejorcito que puede encontrarse, y no lo digo porque sea amiga mía, que ya sabes que a mi no me gusta mezclar lo de dentro y lo de fuera, sino porque es legal total. Y de eso hay poco hoy día, y encima súper lista y muy trabajadora. Un primor completo. Lo que no me explico es cómo se ha enamorado de ese bodoque....

—Algo tendrá mujer, que no todo es el físico.

—No te me pongas filosófico que te arreo una hostia que te enteras. Venga, vamos a seguir con esta mierda.

~~10~~

¡¡Roberta, Estanislao!! —graznó más que gritó el Jefe de la Unidad de la Brigada de Homicidios— ¡Os quiero en mi despacho en este instante!

—No se altere Jefe, que le sube la tensión y un día nos da un disgusto —se levantó Tanis de su asiento a toda pastilla, dando un traspiés que casi le lleva al suelo.

—Tío, déjate de peloteos y coñas marineras y vamos a ver que puñetas quiere el boss, que parece que está más que bravo —y cogiendo su móvil y una libreta que estaba desperdigada en un rincón del cajón Roberta se levantó también, pero con bastante parsimonia y desperezándose como si estuviese saliendo de su cama en lugar de estar en el trabajo.

—Por los clavos de Cristo ¿Se puede saber que nueva mamarrachada es esta? Entro en el despacho hace un rato y lo primero que me encuentro son todos estos folios llenos de pegatinas de colores y con exclamaciones "¡Urgentísimo!" "¡Máxima prioridad!" "¡Leer enseguida!" Lo único que les falta son unas pocas bolas y ya tendríamos para el árbol de Navidad... seguro que la decoración es una de tus brillantes ideas, Roberta, para mi que ves demasiadas series en la tele aunque siempre te estás quejando de falta de tiempo; en fin por si era importante lo he leído y no entiendo nada, es decir n-a-d-a, y os lo deletreo a ver si así os queda claro. ¿Que demonios está pasando aquí? Hace más de diez días que las cenizas del dichoso escritor ese del caso que lleváis reposan donde Dios le de a entender, que eso ya no es cosa mía; se las entregaron a la familia y las tendrán a buen recaudo, y en ese tiempo vosotros (si, vosotros dos, no pongáis esas caras que me da igual) no habéis hecho ningún avance significativo. Los que están por encima de mi me están presionando y la presión viene ya hasta de los capitostes del Ministerio, de las llamadas del Juez instructor ni os lo menciono, todo cae sobre mí porque los de la prensa rosa, o amarilla o del color que más os guste no hacen más que indagar; están al acecho por los alrededores de su casa y muy extrañados ya que ni los vecinos, ni nadie de su entorno saben nada del tal Nacho, como si se le hubiese tragado la tierra, y perdonad el chiste fácil, pero me ha salido redondo. A ver, explicadme lo de estas declaraciones para empezar, porque lo tengo menos claro todavía que antes de leerlas, y luego seguiremos con el resto.

—Vale Jefe, vaya un parlamento que nos ha soltado joder, desembucharé yo que soy la que los he puesto en su mesa, que aquí el Tanis parece un convidado de piedra, de lo parao y apocao que es el menda... Se habrá percatado usted que hasta he guardado los sobres y les he metido un grapazo con su hoja correspondiente ¿no?, para si se los tiene que pasar al Juez que vaya cada oveja con su pareja; a ver sigo, cuando he llegado hoy tenía estos seis sobres encima de la mesa, "A la atención personal de la detective Roberta Raboli", más claro agua, que esa soy yo; total, y para simplificar un poco, aunque cuando les tomamos declaración fue aquí el capullo del Tanis el que hizo la mayoría de ellas, pero yo no me escaqueé y estaba presente como su superior que soy, por si llegaba el caso de que se le fuera el santo a los huevos e hiciese un churro, las dichosas cartitas no venían a su nombre sino al mío. Eran de los seis amigos que ya pasaron por aquí al día siguiente de los hechos y que en concreto no nos dijeron una mierda; en sus primeras declaraciones todos estaban con mucha pena y mucha impresión por lo que habían hecho al colega.

Así que sin tomarme ni un buche de cafeína las he abierto para ver de qué iba el rollo. Abro el primer sobre y veo que es una carta escrita a mano diciendo que es el asesino del Vergara. Después de los putos días que llevamos quebrándonos los cuernos con el jodido caso se puede usted suponer el subidón. Ganas no me han faltado de llamar ipso facto al Juez y a la Virgen bendita, y por supuesto al remitente para pedirle que viniese a comisaría cagando leches, pero me dio como un pálpito, una inspiración o premonición o como coño queramos llamarlo y decidí abrir las otras cartas antes, por si por un poner tenían más información al respecto, porque aunque eran de diferentes personas igual explicaban algo, así que abrí la segunda y ahí empezó la jodienda porque era más de lo mismo, otra diciendo que no buscásemos más, que ella era la autora del crimen.

Antes de abrir la tercera le pasé esas dos al Tanis, a ver que discurría con esa cabeza de chorlito que tiene, y eso que ya sabemos que por la mañana a primera hora está más bien espeso y discurrir, lo que se dice discurrir, discurre más bien poco el tío, y por el careto que puso en cuanto las leyó vi que se había quedado in albis, vamos que no entendía ni puñetera cosa.

Abrí las otras cuatro y no es que diga que fuesen calcadas, pero ya ve Jefe lo parecidas que son en el contenido. De no tener ningún sospechoso en el horizonte, de repente tenemos seis asesinos confesos. Esto es una jodienda de putísima madre, así que Boss ya nos dirá que hacemos ahora, por donde le metemos el diente a este pollo, o si decide que no estamos lo suficientemente preparados y nos retira del caso de los cojones, porque cada vez la cosa está más rara.

—¡Ay Roberta, Roberta! Y que tenga que aguantar tu lenguaje soez... Chica, es que por mucho que te oigo no me acostumbro a tanta ordinariez y tantos tacos como sueltas, pero vamos a lo que nos ocupa: por descontado seguís los dos con el caso.

Lo de las cartitas, aparte de una tontería, parece una extravagancia total y os aseguro que en casi cuarenta años que llevo de servicio no me he topado nunca con algo semejante. Me recuerda a lo que estudiaba en el bachillerato, si eso de Lope de Vega que decía: "¿Quien mató al Comendador?" Y todo el pueblo contestaba "fuente ovejuna, señor".... porque todos querían deshacerse del tipo, que parece ser les tenía bastante fastidiados; se me ocurre ahora que como al pobre que mataron era escritor, los amigos también estarán en esa onda... Pero yo estas tontunas tan tontas ni siquiera se las paso al Juez... Investigaremos antes un poco, mejor no hacer el ridículo.

Lo primero que vais a hacer, pero ya, es citar a esos seis a que vengan a comisaría a declarar. Tanis, empieza ahora mismo, llámales.

Y los quiero no sólo de uno en uno sino que no tengan posibilidad de coincidir, ni verse, ni hablar entre ellos. Y tú, Roberta, serás quien se encargue de tomarles declaración. Yo estaré cerca y al quite por si os hago falta.

Lo suyo como sabéis y os repito, si nos atenemos a la ley y al procedimiento, sería pasar esas cartas al Juez de instrucción, pero como esto me suena a tomadura de pelo, o a trastorno colectivo (suponiendo que no le hayan dado a la coca, que sería otra posibilidad para explicar esto), primero los vais a entrevistar vosotros y con lo que os digan decidiré si hay o no materia para que lo vea el juez, no le hagamos perder tiempo innecesariamente.

—Okidoki Jefe, a ver si hay suerte y de esta nos quitamos el puto caso de los huevos en un santiamén; en cuanto terminemos yo voy a tomarme unos días de asueto con su venia, que tengo pendientes hasta un montón de días de vacaciones del año pasado, hay que joderse, se cuenta y no se cree, y con la mierda que llevamos los últimos días, sin casi dormir, malcomiendo y no sigo, creo que me merezco un homenaje.

—Ya hablaremos de eso, hija, no queramos hacer el asado antes de tener el cabrito, cada cosa a su tiempo, que si nos quitamos esta papeleta de encima todos vamos a descansar. Tanis, no se que haces ahí parado todavía... ¡Al teléfono!

~~11~~

Empiezan los segundas visitas a comisaría de los amigos del asesinado.

—Buenos días señora Feijoo. Aquí tengo su declaración de cuando pasó por aquí dos días después de los hechos junto con la carta que me ha enviado, donde se declara autora del asesinato. Para su conocimiento le informo, por si todavía no lo sabe, que el perjurio está castigado por la ley, así que ya me dirá como casamos estas dos declaraciones porque en una de ellas miente como una bellaca, y perdone la expresión —comenzó Roberta mientras agitaba los dos papeles ante una Carmiña llorosa y nerviosa.

—Buenos días inspectora. El día que su compañero me tomó declaración estaba todavía bajo los efectos del shock y por eso no dije todo lo que debía. Antes de venir aquí esa vez consulté con mi abogado que me recomendó contestar escuetamente a lo que me preguntasen, hablar lo estrictamente necesario y limitarme a dar los datos que me pidiesen ustedes, pero sin ofrecer más explicaciones que las necesarias.

Sin embargo desde ese día mi inquietud ha ido en aumento y no he podido dormir ni descansar ni un momento. Debe ser mi conciencia que me está llamando (arrecian los lloros). Ayer me decidí a contar la verdad y por eso le escribí esa carta confesando ser la autora del crimen.

—Y ¿a que hora cometió el asesinato?

—No recuerdo la hora exacta, sería un poco más de las 12 de la noche. Como ya les dije volví a subir al piso de Nacho pretextando que me había olvidado el móvil, pero con la idea clara de matarle. Dejé el móvil a propósito, esa es la verdad y aunque mi marido quiso subir a por el, como estaba en doble fila tuve suerte y no se movió del volante.

—¿Podría indicarme que arma utilizó, señora Feijoo?

—Llevaba en mi bolso un cuchillo grande de cocina bien afilado. Cuando Nacho, es decir el señor Vergara, abrió la puerta me acerqué a él para supuestamente darle un abrazo y sin darle tiempo a decir una sola palabra se lo clavé varias veces hasta que dejó de respirar. Cogí mi móvil, salí de allí lo más rápido que pude y me monté en el coche con mi marido que me estaba esperando, como si no hubiese pasado nada.

—Y su marido ¿no notó nada? Quiero decir ¿estaba usted tan tranquila después de lo que había hecho? Vaya sangre fría la suya...

—No, por dentro no estaba nada tranquila, pero disimulé con que tenía sueño, hice como que me dormía y así no tuve que hablar.

—Usted y el señor Vergara eran amigos íntimos ¿Porqué le mató?

—Si, éramos uña y carne y además era el padrino de mis hijas, pero se había enterado de algo y no quería que se lo contase a nadie y si él hacía lo que pensaba hacer, con esto de la globalización que tenemos, la cosa sería del dominio público, algo que no podía consentir de ninguna manera.

—¿Podría indicarnos que era eso tan grave que sabía el señor Vergara? Le recuerdo que todo lo que está declarando lo está haciendo por su propia voluntad, que todo lo que diga puede ser utilizado en su contra, por lo que si quiere parar y llamar a su abogado esperaríamos a que estuviese presente para seguir con la declaración. Piense bien en sus palabras.

—Gracias por su consejo, detective, pero es algo que debo hacer yo sola. Ni siquiera mí marido sabe que estoy aquí ahora (más llantinas). Le cuento: A ver si puedo explicarlo todo bien, porque estoy con un sofoco que parece que me va a dar algo.

No se si saben que yo soy una buena cocinera, una chef de aupa, es lo que dicen todos los que han probado mis platos, que yo no quiero darme pisto, uy, me ha salido un chiste malo... Ahora tengo una empresa de catering, les dejaré unas tarjetas por si necesitan algo para algún evento y verán que rico es todo. ¡Ah! Y les haré un precio especial, no se preocupen... bueno, pues resulta que Nacho, al que no le gustaba nada ni la publicidad ni andar en boca de periodistas y siempre se estaba quejando del agobio de ser famoso, después de muchas charlas con mi marido, de esas de tira y afloja, que si sí y que si no, había accedido a ir y ser parte de programa de televisión en Roma, una cosa parecida al Máster Chef Celebrity de aquí, pero en el que sólo estarían escritores consagrados, hasta premios Nobeles iban a estar allí, con eso le digo todo. Cada uno tenía que preparar un plato, original y de su invención.

Nacho llevaba muy en secreto la especialidad que iba a presentar, ni siquiera nos lo había contado ni a Mario ni a mi que somos íntimos y más que de familia, y hasta es el padrino de mis hijas, ya ve si hay amistad por medio, y en estas estábamos, con la intriga y la curiosidad, cuando mire usted por donde me entero accidentalmente de lo que iba a preparar: un caldo gallego ¡MI caldo gallego!

¿Cómo había conseguido la receta? Eso si que era un misterio, porque hacer ese caldo gallego mío no lo sabemos más que las mujeres de mi familia, y lleva con nosotros catorce generaciones, desde que una tata tatarabuela mía, después de muchos experimentos encontró la fórmula perfecta. Tenemos prohibido por juramento dar esa receta a nadie, vamos, el ingrediente secreto en concreto, como dicen que pasa con la Cocacola y sólo lo hacemos a nuestras hijas al cumplir los dieciocho años, en una ceremonia en la que las mujeres de la familia nos ponemos el gorro de cocineras y les damos la receta en un papiro enmarcado.

Yo andaba devanándome los sesos y casi sin poder pegar ojo durante días cuando se me ocurrió que igual había sobornado a las gemelas para que me espiasen cuando lo preparaba, y mi intuición resultó cierta: como las niñas querían un gatito Nacho les prometió uno si le conseguían el ingrediente secreto, así que ellas entraron en la cocina mientras yo preparaba mi caldo, una con un papel y la otra fijándose en la que echaba en la olla y en pocos minutos habían logrado su objetivo. Menudo disgusto y cuantos lloros me costó eso.

Cuando tuve la certeza que Nacho iba a utilizar mi fórmula no dije nada a nadie de mis planes ni de nada, pero desde luego no iba a permitir que fuese a la televisión italiana y desvelase mi secreto delante de millones de espectadores, no señor, tenía que hacerle desaparecer fuese como fuese, ya saben eso de "muerto el perro se acabó la rabia" y no es que Nacho fuese un perro, que era un señor y un caballero siempre, pero con lo del caldo se había portado fatal y tenía que cargármelo.

Luego me ha dado muchísima pena haberle matado, pero como no puedo volver a meterle la sangre en el cuerpo ni coserle las cuchilladas, me tengo que aguantar.

Sé que tengo que pagar por ese horrible crimen del que me arrepiento por completo, así que aquí me tienen. No busquen más porque ya me han encontrado. Dígame donde tengo que firmar.

—Vayamos por partes, señora Feijoo y no nos aceleremos. Como primera cosa voy a imprimir dos copias para que usted se quede con una. De momento vamos a retenerla en nuestras dependencias y volveremos a tomarle declaración más tarde. Pero no está detenida, aunque le insisto que seria conveniente que se pusiera en contacto con su abogado para que esté presente.

—Muchas gracias por el consejo y su amabilidad, detective Raboli, pero no me hace falta. Ya le he dicho que le maté yo y no se hable más. Buenos días.

Roberta y Tanis, solos ya

—¿Tu te has tragado una puta palabra de lo que ha dicho, tío?

—La verdad es que estoy más que perplejo. Mucho llanto y mucho cuento, pero la cosa no se sostiene, Roberta. Esta mujer o está drogada o vete tú a saber... si te parece le paso la declaración al Jefe a ver que opina.

—Y dice que se le cepilló a las doce y poco... Según el forense el fiambre estaba vivo hasta casi el amanecer, las siete, siete y media, o si afinamos un poco me dijo que lo más probable es que se le cargaran entre las ocho y las nueve de la mañana. El cuerpo estaba todavía caliente cuando llegaron los primeros polis y la sangre del suelo sin coagular. Esta tía me parece que nos está tomando el pelo descaradamente, no te jode. Esa no es capaz de matar ni a una avispa, que te lo digo yo que conozco el percal, y mira tú que insiste que se ha cargado al otro, que era un tío altísimo y cachas, que yo le he tenido frente a frente... o sea, más nos valdría tirar esa declaración a la papelera y mandarla a ella al loquero, porque parece que le falta un tornillo o un hervor a la pobre. A ver si la siguiente nos da más luz porque lo que es esta, puede jurar y perjurar que lo ha hecho pero te repito que nanay del Paraguay. Mira capullín, a la próxima le tomas tú declaración y yo miro, porque con esta me he sentido la más gilipollas del mundo mundial, y he estado en un tris de levantarme y soltarle un par de frescas, que no sé ni como me he contenido, por todos los diablos, cuanto tarao hay suelto por el mundo, de verdad que le hubiese dado un par de buenos zascas a ver si se enteraba de una jodida vez, se olvidaba de esas fantasías y se le aclaraban las ideas, puñetas.

—De acuerdo Jefa, tenemos media hora hasta que llegue la remitente siguiente. Si te parece me acerco a por unos bocadillos mientras terminas el informe.

—Ahí has dicho algo sensato, tronco. Anda ve, que tengo el estómago pidiendo algo sólido después de tanta tontuna. Hasta me da vergüenza pasar esta declaración al jefe. Iremos pensando como se lo contamos. Vete.

~~12~~

— Buenas tardes, señorita Cortés, la hemos citado porque aquí tengo una carta suya en la que nos comunica que usted mató a don Ignacio Vergara y se declara por tanto la única culpable del asesinato. Si quiere llamar a su abogado puedo esperar hasta que venga para tomarle declaración.

—Hola detective, me alegro volver a verle, uy! Si hace pocos días estaba aquí y ahora vuelvo otra vez. Que emocionante, como en las pelis de la tele..., pues no, no me hace falta ningún abogado. Lo que puse en la carta es cierto y por tanto contestaré a sus preguntas sin problemas.

—Ya nos indicó en su primera declaración que el señor Vergara y usted eran amigos y tenían una buena relación. Puede contarme todo, o si lo prefiere yo le haré unas preguntas para facilitar sus respuestas. En cualquier caso le rogaría que piense detenidamente lo que tiene que decir ya que del contenido de su carta, si es cierto, se infiere que ha cometido un delito muy grave y por lo tanto penado por la ley.

—De acuerdo. Hágame las preguntas que desee que yo le contestaré a todo.

—¿Podría describir a que hora y cómo (entiéndame, siempre según lo que ha escrito) cometió el asesinato?

—Pues la hora exacta no la se, porque nunca llevo reloj, pero debían ser las 12:30 ó 12:40 porque a las doce nos despedimos y nos fuimos todos del piso. Yo pasé a mi floristería a través del patio común que compartimos Nacho y yo. El tiempo de llegar allí, coger un cuchillo, unas tijeras de podar y volver.

Cuando estaba llegando al invernadero me pareció oír hablar a Nacho con alguien, así que esperé unos minutos hasta que me cercioré que estaba solo. Si, calculo que serían las doce y media aproximadamente cuando volví a entrar al piso de Nacho. Tenía preparada la excusa de ayudar a colocar todo pero ni me hizo falta.

Cuando llegué él estaba sentado en la mesa de la cocina, tomándose una infusión, me acerqué por detrás y le clavé el cuchillo en el cuello. No le dio tiempo ni a verme. Se quedó tieso como un pajarito.

Aunque sabía que la puñalada había sido mortal, seguí clavándole el cuchillo en diferentes partes de su cuerpo para asegurarme que quedaba bien rematado. Ni me hizo falta utilizar las tijeras de podar.

—¿Podría describir la ropa que llevaba puesta el señor Vergara si es tan amable?

—¡Uy si! Nacho iba siempre ideal, con unos conjuntos preciosos. Esa noche tenía unos pantalones de pinzas color caqui y un polo verde manzana que le quedaba monísimo. ¡Ah! Y unos mocasines que habíamos comprado dos o tres días antes. Me acuerdo que le acompañe a la zapatería; yo también me probé unos cuantos pares pero al final no me decidí por ninguno, pero él en cuanto se los puso dijo que le encantaban y que se sentía como ir en zapatillas, de lo cómodos que eran.

—Señorita Cortés, ¿podría decirme que le llevó a tal grado de violencia? De sus palabras anteriores deduzco que su relación era muy buena y que incluso compartían un patio, aunque tendrá que ser el Juez quien dictamine y no debería opinar. ¿Cómo pudo cometer un acto semejante si eran amigos?

—Éramos. Usted lo ha dicho detective. Nacho era súper desprendido, muy generoso y hasta me dejó que usase su patio, cosa que me vino muy bien para poner allí mi invernadero porque lo que tenía antes era un cuchitril completo y ahora que estoy cultivando también gardenias me viene de cine, pero sé de buena tinta que se reía de las costumbres de Rafa, a ver, no es que a mí me guste tampoco que esté todo el día comistreando chucherías, pero es mi único hermano y tengo que defenderle.

—¿Estuvo por tanto en la reunión con el resto de amigos?

—Si, claro que estuve. Y lo pasamos fenomenal como siempre.

—¿Y cuándo y porqué tomó la decisión de matar al señor Vergara?

—Pues fue un poco una cosa de un impulso, si quiere que le diga la verdad. Lo decidí cuando estábamos cenando y ya puesta en el tema pensé que lo mejor era no esperar, que la ocasión y las circunstancias parecían las propicias. ¿Porqué lo hice? A lo mejor le parece una tontería de motivo, pero fue por algo muy simple y sencillo por lo que le maté: Nacho se reía mucho de mi hermano Rafa, continuamente, hasta le había puesto un mote, que yo me enteré un día que lo soltó delante de mí sin darse cuenta, y también de su gato, decía que eran tal para cual, con la monada que es Mikifuz, que el gato de mi hermano no es porqué yo lo diga pero es una preciosidad, gordo y lustroso que da gusto y además ni se mueve en todo el día, con tener un surtido de chuches el pobre gatito tan contento, pero Nacho se reía de los dos ya le digo, y la verdad es que no me he enterado nunca porqué lo hacía, ya que lo mismo Rafa que yo le apreciábamos muchísimo, pero ya sabe como son estas cosas.

—Lina, si me permite que le llame por su nombre, usted es muy joven y muy pequeña de tamaño y el señor Vergara según tengo entendido media más de 1,90 de estatura, practicaba deporte habitualmente y estaba en forma, no parece muy factible que en un altercado usted tuviese muchas posibilidades....

—¡Pero es que no hubo ningún altercado! Ya le he dicho que le pillé sentado y de espaldas. Y claro que Nacho era un tío cachas... Utilicé el elemento sorpresa ya que sabía que de no ser así no podría hacerlo.

—Y después ¿no ha sentido pena o arrepentimiento por lo que hizo?

—Bueno señor Cayuela, como dicen en mi pueblo "a lo hecho pecho". A lo mejor no debía haberle matado por una cosa tan tonta, pero ya no tiene solución. Eso si, mandé una corona de flores preciosa al tanatorio...

~~~~~~~~~~

A una señal disimulada de Roberta, Tanis dio por finalizada la declaración de Lina, cortándola lo más educadamente que pudo y ante la pregunta de la supuesta asesina de si la llevarían a un calabozo y la pondrían grilletes, optó por llamar a uno de los agentes de guardia para que la condujesen a otra dependencia a la espera de hablar con su jefe y que él decidiese el próximo movimiento, y en cuanto se vieron solos los dos detectives sin mediar palabra prorrumpieron en unas carcajadas que hicieron retumbar las paredes del despacho.

—Tanis de mi alma y mis entretelas ¿has oído en tu vida algo semejante? Si la llorona estaba ida, de esta ya no sé ni que pensar... madre del amor hermoso, la piba esta, que no levanta tres pies del suelo y es muy escuchimizadita la pobre, que no pesa tres cuartos de kilo... ¿pero es que se habrá creído que somos gilipollas o qué leches? Otra vez ganas no me han faltado de levantarme y arrearle un par de hostias bien dadas a ver si con eso le hacía entrar en razón. ¿Será mamona? Mira que hacernos perder el tiempo y el dinero de los contribuyentes... me cago en toditos sus muertos, la madre que la parió se quedó descansando, valiente hijaputa, si de mi dependiera la encerraba para los restos, para que no hiciese más tonterías... anda capullo, vamos a dar carpetazo por hoy que mañana será otro día. Te invito a un copazo a ver si con eso nos despejamos un poco, porque esto no hay quien lo aguante. Esperemos que alguno de los cuatro que faltan sea el asesino de verdad porque lo que es hoy nos hemos lucido. ¿Te acuerdas que te decía que estar una noche con ese grupo debía ser un aburrimiento? Pues como los que faltan sean como estas dos individuas a lo mejor me he equivocado y estar con ellos es un puro cachondeo

—Si jefa. Mañana tenemos a esa especialista de arte y luego al vecino, dejaremos al editor y a nuestra amiga la abogada para lo último....

—Venga tronco, que las copas nos esperan. Arreando que es gerundio. Mañana será mañana.

Pippa entra en la comisaría.

Señorita Ceballos, hola de nuevo. Según nos dijo cuando vino la primera vez, usted estaba en París cuando ocurrieron los hechos. Podría explicarnos a qué viene entonces la carta que ha mandado a mi compañera en la que se declara como única autora y por tanto culpable del asesinato del señor Vergara —comenzó Tanis una vez que todos hubieran tomado asiento— me gustaría oír lo que tiene que decir.

—Bueno, a decir verdad es un poco complicado, pero intentaré ser lo más breve y concisa que pueda. Como ya les dije tuvimos una reunión el sábado por la tarde-noche y aproximadamente a medianoche nos fuimos todos del piso. Hasta ahí todo correcto e igual a lo que les conté.

Mi avión salía a las 6 de la mañana y como tenía que preparar una bolsa para el viaje y estar en el aeropuerto una hora antes, pensé que no merecía la pena irme a dormir y además me di cuenta que era la ocasión idónea para hacer algo que llevaba pensando desde hacía bastante tiempo, así que sobre las 4 de la madrugada cogí un taxi y antes de ir a Barajas le dije que me llevase al domicilio de Nacho, quiero decir del señor Vergara, dispuesta a acabar con él.

—¿Tenía llave para acceder al portal o al piso?

—No, aunque en realidad me hubiese sido muy fácil conseguir una, como creo que tenían otros miembros del grupo, pero nunca me preocupó tenerla. Cuando me dejó el taxi allí, llamé por el telefonillo. A esa hora como puede comprender no hay portero y además era sábado que es uno de sus días libres siempre.

—¿Quien le abrió?

—Tuve que estar llamando un buen rato y no me abría nadie. Cuando estaba a punto de marcharme y dejar lo de matarle para otro día, llegaron unos vecinos de otro piso a los que conocía y ellos me dieron acceso al portal.

—¿Puede decirme que hizo entonces?

—Llamé unas cuantas veces al timbre del piso y por fin Nacho me abrió. Le sorprendió verme allí a esas horas. La verdad es que parecía bastante adormilado. Le dije que tenía que decirle algo muy importante y en cuanto se dio la vuelta aproveché para clavarle el cuchillo que llevaba preparado en el bolso.

—Continúe, por favor, si es tan amable.

—A partir de ese momento, como le había cogido por sorpresa, todo fue muy rápido y fácil. Le volví a clavar el cuchillo varias veces hasta que me aseguré que estaba bien muerto. No quería que por una de esas malas suertes que pasan a veces se recuperase de las cuchilladas.

—Pero él ¿no se resistió al ataque en ningún momento? Me resulta difícil de entender.

—No, porque con la primera puñalada ya le quedé fuera de combate. Tuve suerte con eso.

—¿Podría decir el motivo de su acción? ¿Porqué cree que tenía que asesinar al señor Vergara?

—Esa cuestión no es fácil de contestar, pero en síntesis le diré que lo que hice fue por justicia.

—¿Justicia? —saltó Roberta sin poderse contener— ¿y quien se cree usted que es, Pippa? Ni usted ni nadie puede tomarse la justicia por su mano, que no estamos en la jungla ni en los albores de la humanidad, por Dios bendito. A ver, explíquese.

—Bien. Todos creen que el señor Vergara era maravilloso y yo también pensaba lo mismo hasta que descubrí que bajo esa capa aparente de bondad se escondía un asesino en serie.

—¿Cómo dice? — saltaron al unísono los dos detectives — ¿Que esta insinuando?

—No lo estoy insinuando, se lo digo bien alto y claro a ustedes dos y lo seguiré afirmando ante el Juez o ante quien se tercie: era un asesino. ¿No conocen sus novelas? Supongo que no, aunque son altamente populares. Me explico: en todos los casos de la serie de Jimena y Lolo (dos detectives como ustedes) él, el mismísimo Nacho Vergara mataba a una o más personas, y no sólo eso ya que en su primera novela, que no tenía nada que ver ni con crímenes ni asesinatos puesto que eran unas pseudo memorias infantiles, también mató al encargado, o capataz o lo que fuese, de la finca de su abuelo, menuda maldad, y no se contentó con ese asesinato sino que a la pobre esposa del encargado también se la cargó alegando un ataque al corazón. Como verán más maldad no se puede concebir.

—¡Un momento, un momento, señorita Ceballos, usted está mezclando la realidad con la ficción!

—Bueno pero para el caso ¿no es eso lo mismo? Yo sabía que Nacho tenía que morir si no quería que siguiese matando a otros. Por eso lo hice y no me arrepiento, pero eso no impide pensar que no me gustaría que algún inocente cargara con un crimen que no ha cometido. Ahora ustedes hagan conmigo lo que tengan que hacer y se acabó. Mi conciencia se queda tranquila.

—Y dice que cometió el asesinato un poco pasadas las cuatro de la madrugada?

—Si, serían las cuatro y veinte... recogí el cuchillo y lo lavé, porque estaba fatal, todo lleno de sangre hasta la empuñadura, cogí mi bolsa de viaje y mi bolso, me fui del piso lo más pronto que pude, tiré el susodicho cuchillo en un contenedor de basuras, llamé a otro taxi para que me llevase al aeropuerto y ahí se acaba la historia.

—Muy bien, Pippa, la retendremos en comisaría hasta que comuniquemos al Juez de instrucción todo lo que nos ha dicho, buenos días.

—Encantada de haberles sido útil, buenos días.

~~~~~~~~~

Estoy que me voy a tirar por la ventana, Tanis tronco, contenme porque esto ya es más que de tebeo... pero ¿puedes creer algo semejante? Y mira que cuando vino esta tía la otra vez nos pareció tan sosaina y simplona... a ver tío, que me he perdido, o sea que le mató a las cuatro pero el individuo seguía vivo a las siete, eso es algo grande... maravilla de los tiempos modernos; efectivamente ella tomó un vuelo de Air France a las 6 de la mañana, que tengo la lista de pasajeros y de embarque delante de mis narices, tío, mi pregunta del cojón es la siguiente ¿porqué no se dedicarán estas individuas a hornear bizcochos o a hacer calceta en vez de vez de hacernos perder tiempo? Lo mejor sería encerrarles a todas ellas a ver si aprenden de una puta vez... menudo ganao... como estas "declaraciones" sigan por el mismo cariz te juro por la gloria de mi bisabuelo que me hago el harakiri como los nipones esos... joder, joder, esto es inaguantable. Si las otras dos no pudieron hacerlo, está todavía menos, te juro que me va a dar algo...

—Venga, Jefa tranki que ya sólo nos quedan unos pocos.

—Pues como los que tengan que venir todavía sean del mismo estilo, apaga y vámonos. El boss se va a coger un cabreo y un berrenchin de mil pares de cojones, y en esta ocasión hasta le voy a comprender. Me voy fuera a dar unas caladitas a ver si me calmo.

—¡Pero si tú no fumas!

—Ahora mismo me fumaría hasta un puro de esos que dan en las bodas, macho. ¿A que hora viene el siguiente?

—Tenemos una horita todavía, Ravioli.

—Encima de cachondeito ¿eh? Te voy a soltar un hostión y te voy a dejar la jeta que no te va a conocer ni tu padre, ¿y como le gustaría aquí al nene si yo le llamase Tachuela? Seguro que te encantaba ¿no? Que yo también puedo usar nombrecitos, gilipuertas, que el que una tenga educación no quita para que pueda poner motes, no te jode.

—Vale, vale, que era una broma para quitar hierro y te olvidases un poco de esa Pippa. Perdona, vete fuera un rato a despejarte que yo cubro el fuerte por si vienen los Comanches.

~~14~~

Llega Mario a comisaría y se dispone a declarar.

—Señor Feijoo: tengo aquí su carta autógrafa en la que se declara culpable del asesinato de don Nacho Vergara. Como imagino que todo este asunto está siendo especialmente doloroso para usted ya que según su declaración anterior ustedes eran como hermanos, quiero pensar que envió esa nota en un momento de enajenación mental y que lo que declara en ella no es cierto. De todos modos le hemos llamado para que nos aclare ciertos puntos.

—No, no, todo lo que puse ahí es cierto: yo maté al señor Vergara.

—Pero ¿cómo, cuando y porqué? No le pregunté dónde porque ya sabemos en el lugar que apareció el cuerpo, a menos que quiera decirme que lo hizo en otro sitio y trasladó el cadáver al piso del difunto.

—Noto en su comentario un cierto tono de ironía o retintín, detective, si me permite el inciso.

—No, de ninguna manera, simplemente me resulta curioso el hecho de lo que declara en su carta. Continué y responda a lo que le he preguntado. Don Mario, no tengo que advertirle que si necesita que su abogado esté presente mientras presta declaración puede llamarle antes que comencemos. Todo lo que declare se lo pasaremos al Juez de instrucción encargado del caso, pero antes, una vez que hayamos terminado le leeré todo lo declarado para que lo ratifique y firme. ¿Ah? ¿No quiere a su abogado presente? Procedamos entonces, pues.

—Como ya saben ni nombre es Mario Feijoo y lo primero que quiero que conste en mi declaración es que todo este asunto es sumamente doloroso para mi, puesto que Nacho ha sido siempre el hermano que no tuve, desde el primer día, y llegar al punto que tuve que llegar fue muy difícil.

¿Cómo le mate? Ya vieron el cadáver: estaba cosido a puñaladas y aunque yo no soy de naturaleza violenta, una vez que comencé a pincharlo algo se apoderó de mí y me fue imposible parar. Pero me estoy adelantando. Comenzaré por el principio.

Nacho y yo teníamos una relación que traspasaba lo que se denomina amistad. Veíamos todo del mismo modo y nuestra unión era perfecta; más que eso, podría calificarla de idílica.

Por eso cuando me casé queríamos mi entonces novia y yo que fuese nuestro padrino de bodas, pero no pudo ser de ese modo ya que había que seguir con las tradiciones familiares y que la persona que acompañase a la novia al altar fuese su padre, pero en cuanto nacieron mis hijas fue el elegido para apadrinarlas sin ningún género de dudas.

A las gemelas las adoraba. Tanto es así que las instituyó herederas universales para el día que él faltase. Esto lo he sabido hace muy poco tiempo, apenas dos semanas antes de su fallecimiento, y yo no es que sea una persona apegada al dinero o avariciosa pero créame, estamos hablando de una cantidad de dinero muy importante, mejor diría impresionante.

Nacho tenía muchas amigas y muchísimas admiradoras, pero enamorarse de verdad no lo había hecho nunca. Era de los pocos duros que quedaban, y mire que tanto mi mujer como yo le hemos presentado a chicas de lo más aparente, pero nada, seguía siendo un "soltero de oro" como les llaman por ahí.

Sin embargo, hace unos meses conoció a una chica y con ella cayó más fulminado que un colegial, cosa que no me extraña porque ella era preciosa. Un poco distinta, pero guapísima e inteligente por si lo otro fuese poco. Cuando vi que por primera vez la cosa iba en serio, me alegré mucho por él, pero al enterarme del testamento supuse que si se casaba y formaba su propia familia mis hijas perderían todos esos caudales. Cosa lógica y comprensible, y le repito que yo no soy interesado.

Pero la cosa no iba por ahí, según descubrí enseguida por casualidad. Nacho tenía intención de hacer un nuevo testamento en el que pensaba dejar todo lo que tenía (incluyendo sus derechos de autor que no eran cosa baladí) a un gato, sí, como lo oye, y en concreto al gato de Rafa, el gordo Mikifuz. Algo insólito y que escapaba a mi comprensión, porque según mis conocimientos él no es que fuese muy amante de los mininos, y nunca le había visto apegado con Mikifuz en particular, pero esas cosas pasan.

En ese momento como puede comprender se me obnubiló la mente. Tenía que hacer algo pronto para impedir ese escenario tan terrible, y se me ocurrió que la mejor manera para solucionarlo sería si Nacho moría y por consiguiente dejaba de existir. No le daría tiempo a cambiar el testamento ni a hacer una tontería semejante; de esa forma me parecía que evitaba una paparruchada, porque Mikifuz emplearía todo el dinero en chucherías y se pondría todavía más gordo de lo que ya está, si eso es posible, y todo quedaba solucionado.

Sin embargo no contaba con que después de cometido el asesinato mi conciencia se rebelaría hasta el punto de no dejarme vivir, ni poder trabajar, ni llevar una existencia, si no exenta de remordimientos puntuales, sí pasable por lo menos. Con esto creo que le he expuesto los motivos de porqué lo hice. Ahora le diré cuando.

Como ya le dije en mi visita anterior, celebramos una reunión de amigos en el patio de Nacho el sábado de los hechos. Yo ya había decidido hacerlo ese día así que cuando nos despedimos a eso de la medianoche cogí a Nacho en un aparte y le dije:

"No te vayas a dormir. Llevó a Carmiña al chalet y vuelvo. Espérame levantado que tengo que comentarte ciertas cosas y como voy a tener una semana más que complicada prefiero resolverlo hoy mismo"

El me dijo que no me preocupase, que me esperaría despierto sin problema.

Llevé a mi mujer a casa y para justificar mi vuelta a Madrid (vivimos en la sierra) le dije que como tenía una entrevista a primera hora del domingo con un autor novel que me parecía muy interesante, mejor hacía si me iba a dormir al despacho. Como es algo que hago cada vez que tengo que viajar o trabajo muy temprano por la mañana a ella no le chocó. Volví a Madrid y me fui directamente al piso de Nacho qué tal y como habíamos quedado me estaba esperando.

—¿A que hora estima que llegó al piso?

—Aproximadamente a las dos de la madrugada, minuto arriba o abajo.

—¿Le abrió la puerta el señor Vergara? ¿Estaba sólo en esos momentos?

—Claro, ya le he dicho que me estaba esperando. Se fue a la cocina a por hielo para prepararme un whisky y cuando estaba sacando los cubitos del congelador me abalancé sobre él y le di la primera puñalada, a la que siguieron varias hasta que le rematé.

—¿Recuerda la hora de eso?

—Si porque casualmente al levantar la vista miré el reloj que estaba en la pared y vi que eran las dos y quince. Todo fue muy rápido. Recogí mi cuchillo y salí del piso lo más rápido que pude. Ni siquiera recuerdo si cerré la puerta cuando me fui. Lo más probable es que la dejase abierta. Debe entender que era la primera vez que hacía algo así y estaba muy nervioso.

Traté de tranquilizarme un poco y decidí volver a mi casa. Cuando mi mujer me oyó aparecer se asustó un poco hasta que hablamos y le metí un cuento de que me habían cancelado la cita y preferí volver a casa y estar con ella que sólo en en despacho.

—Es decir, usted afirma que esa noche volvió a Madrid solo, apuñaló al señor Vergara a sangre fría hasta que le dejó sin vida y regresó a su vivienda como si no hubiese pasado nada.

—Efectivamente, así fue.

—Señor Feijoo, mientras comprobamos ciertos puntos de su declaración le retendremos en nuestras dependencias. ¡Ah! ¿Podría decirme que hizo con el arma?

—La dejé esa noche en el coche y a la mañana siguiente a tiré a un pequeño arroyo que fluye cerca de mi propiedad.

—Muchas gracias por venir, don Mario, el agente le acompañará y se hará cargo de usted ahora.

—Muy amable. Que pase un buen día.

~~~~~~~~~

¡Joder, joder y requetepuñetas! Luego me decís que hablo mal y me vais poniendo esa fama por ahí, pero ¿tú has oído semejante sarta de tonterías en tu vida, macho? ¿Pero en que coño estaba pensando ese tío? Esto es para cagarse, la madre puta, menudo jubileo tuvo el Nacho de los cojones toda esa noche. Ya van cuatro los que se le han cargado... esto es de mear y no echar gota, esto es el copón y la leche en polvo juntos, me cago en todos sus allegados, Estanislao de mis entretelas, pero ¿es que están todos fumaos o qué? Que no lo entiendo, tío, que la que voy a acabar en un loquero voy a ser yo como no dejen de venir a decir paridas. Y todos tan compuestitos... desde luego estos sí que son asesinos de guante blanco... y parece que todos los que han venido hasta ahora dominan el cuchillo de putísima madre, porque vamos, a la primera puñalada ya tenían al otro muerto o casi cadáver, aquí si que viene a cuento lo que nos decía el gitano ese con el que nos reímos tanto "malas puñalás le den en mitá del arma"... así que si no llevo mal el cuenteo la gallega le mató a las doce y poco, la de las flores a las doce y media o un ratillo más tarde, este gachó a las dos y cuarto y la última, de momento, a las cuatro de la madrugada. Lo que te digo, menudo bailemonos que tuvo que tener el finado con tanta visita nocturna. Mucho no habría podido dormir si estas tonterías hubiesen sido ciertas, porque ya sabemos que a las siete todavía estaba bien vivito y coleando. Jo tío, que te digo que me tienen tarumba.

—Venga jefa, tengo ahí fuera la moto, nos ponemos los cascos y a despejarnos un rato. Te invito a un cubata, o a los que caigan si nos da por ahí, que nos lo hemos ganado hoy, a ver si se nos organizan las neuronas con el alcohol. Por cierto ¿sabes quién es la próxima? Carlota Chinchilla, la abogada criminalista y amigueta tuya. A esa la conocemos bien, que cada dos por tres está por aquí con algún cliente y seguro que aunque haya escrito esa carta nos dice que fue una cosa del momento.

—Y después de Carlota sólo nos queda su novio, que fue quien se encontró al muerto, o casi, vamos el que llamó a la bofia. Vale, a la mierda con todo esto. ¡Vámonos!

~~15~~

Carlota llega a comisaría a la hora que estaba citada. Esta vez no va a auxiliar a alguno de sus clientes. Va a declarar ella misma.

—Hola Ro, hola Tanis ¿como estáis?

—Pues si quieres que te diga la verdad Carlotita, los dos estamos un poco fuera de banda con la carta de que has mandado. ¿Se puede saber a coño de qué viene esto? Que tú conoces el Código Penal de carrerilla, vamos de pe a pa, y esto no es propio de ti.

—Roberta, que nos conocemos ya desde hace unos añitos y sabes de sobra como soy. Estuve dudando si dirigir la carta al Juez que lleva el caso, a tu jefe, o mandártela a ti, pero como sabía que sois vosotros los que lleváis el asunto de Nacho de momento, al final me decidí por ti y que tú decidieses cuando se la enseñabas a tu superior o superiores.

—Tu has venido a esta comisaría un montón de veces acompañando a tus clientes, por tanto sabes más que de sobra el procedimiento a seguir, señora letrada, así que basándome en eso y otras cosas, te comento que si quieres nos olvidamos de la misiva, te largas y aquí no ha pasado nada. Y te lo digo por ser tú quien eres, que sabes que nos apreciamos, quiero pensar que todo ha sido una broma por tu parte, pesada y de muy mal gusto, pero broma al fin —y cogiendo la carta que estaba encima de su mesa y abanicándose con ella Roberta se la ofreció a Carlota quien la rechazó al instante diciendo:

—Mira, he venido a prestar declaración y a aclarar los puntos que creáis necesarios, ya que en la carta lo único que hice fue confesar que era la autora del crimen, así que cuando queráis empezamos. Tanis, es decir señor Cayuela, estoy lista.

—Perfecto. Si lo prefieres así, eso haremos.

Tanis que hasta ese momento y mientras las dos mujeres hablaban había permanecido de pie, se sentó frente a su ordenador dispuesto a tomar buena nota de todo lo que la presunta asesina tuviese que decir.

—Doña Carlota Chinchilla ¿Podría describir lo que sucedió la noche anterior al descubrimiento del cadáver del señor Vergara por la policía?

—Si, tuvimos una reunión un grupo de amigos en casa del finado. Estuvimos allí unas cuantas horas y creo que eran sobre las doce de la noche cuando todos nos despedimos. Mi novio, Rafael Cortés, vive en el piso de enfrente y muchas veces me quedo a pernoctar en su casa, pero ese día yo tenía un propósito claro en mente, y con la excusa que debía terminar de preparar un juicio importante para el lunes siguiente, preferí irme a dormir a mi casa.

—¿Y dice que todos se fueron a la misma hora?

—Afirmativo. Sobre la medianoche salimos todos.

—¿Notó algo raro o fuera de lo común tanto en el comportamiento del señor Vergara como en cualquiera del resto del grupo?

—No, aparentemente todos estaban bien. Hablamos de nuestras cosas, cenamos y pasamos unas horas muy agradables.

__¿Cuando fue la última vez que vio a don Nacho Vergara vivo, a las doce de la noche?

__No, en realidad le volví a ver más tarde, a las tres de la madrugada.

—¿Como explica eso? ¿No acaba de declarar que se fueron todos a medianoche?

—Eso es correcto también, pero cuando nos íbamos oí que Mario, es decir el señor Feijoo, le decía a Nacho que le esperase levantado ya qué volvería lo más pronto posible porque le quería comentar algo. Como conozco a Nacho, me refiero a que le conocía bien antes de morir, sabía que no se irían de juerga y que la reunión sería cosa de poco rato, y calculando el tiempo que el señor Feijoo tardaría en ir y volver a la sierra estimé que para las tres de la madrugada Nacho volvería a estar sólo de nuevo y podría llevar a cabo mi propósito.

—¿Quiere decir que usted volvió con el ánimo de matarle?

—Correcto. Era la ocasión perfecta y a lo mejor no volvía a presentarse otra similar en mucho tiempo.

—Pero ¿porqué tenía que hacerlo? Según nos dijo en su declaración anterior ustedes eran muy amigos. Hay algo que no comprendo.

—Es una historia muy larga que viene de tiempo atrás. Se lo voy a contar, no para que sirva de atenuante o eximente, soy consciente de lo que he hecho y sé que debo pagar por ello.

—¿Sabe su padre o cualquiera de sus compañeros de despacho que está aquí y lo que ha venido a declarar?

—¡No! (riéndose) Ya sabe como son los abogados, que lo lían todo siempre... Tiempo habrá para que intervengan si lo estiman necesario. Por el momento he preferido no decir nada a nadie y venir sola.

—Pues cuando quiera puede empezar con esa historia larga. Soy todo oídos.

—La cosa se remonta a varios años atrás. Como ya les dije en mi primera declaración conocí al señor Vergara en la clase de yoga. Éramos un grupo muy compacto y pequeño y él y yo hicimos click desde el primer momento, cosa fácil con Nacho porque él es, era, un chico encantador.

Por lo general después de la clase solíamos tomar un café juntos, comentábamos de todo un poco, de nuestras respectivas profesiones, de música, de política, en fin de la vida en general y un día, en una de esas charlas salió el tema de los venenos. A mi es algo que me ha apasionado desde que siendo adolescente leí una historia sobre Lucrecia Borgia y su familia de envenenadores; quizás eso también influyó en mi deseo de ser abogada criminalista para así poder desenmascararles.

A partir de ese libro he leído sobre cualquier tipo de venenos y de las personas que los han usado a lo largo de la Historia todo lo que ha caído en mis manos, y a Nacho también le interesaba muchísimo el tema, siempre pensando más que nada en almacenar documentación para alguna de sus novelas, así que pasamos un buen rato compartiendo nuestros respectivos conocimientos.

Yo le hablé en extenso sobre la célebre envenenadora italiana Giulia Toffana, que "ayudó" a cargarse a más de seiscientos maridos abusivos. De esa señora por el momento prefiero reservarme mi opinión.

A esta buena mujer le venía la afición y el conocimiento de los venenos de su madre, Thofania d'Adamo, a la cual ejecutaron en Palermo allá por el año 1633 de una forma bastante espantosa puesto que fue torturada, ahorcada, descuartizada y sus restos fueron arrojados a las bestias mientras el pueblo que asistía a todo el espectáculo disfrutaba encantado mirando esas barbaridades.

Después de esos sucesos, la hijita de Thofania, Giulia Toffana, se trasladó a Roma y allí siguió ejercitando el oficio de la mamma, perfeccionando el método, creando un perfume al que denominó *"Acqua Toffana"* y aumentando mucho la clientela con esa colonia. Vendía muchísimo su elixir.

A día de hoy todavía no se conoce con exactitud cuáles eran los ingredientes de dicha acqua, que efectivamente tenía la misma apariencia del agua ya que era incolora e inodora, pero de un efecto letal brutal ya que con sólo un par de gotas ocasionaba la muerte de quien lo ingería.

Según los estudios más recientes es posible que el Acqua Toffana fuese un compuesto a base de arsénico, plomo y belladona, aunque otros estudiosos citan además del arsénico (que en ese componente todos coinciden) ciertas hierbas de las familias de las combalarias y cantáridas.

Ese día que digo, como yo no tenía que asistir a ningún juicio ni tampoco tenía clientes citados en el despacho y no era una de esas mañanas locas y apremiantes de trabajo, nuestro café habitual se prolongó durante mucho rato porque el tema nos parecía fascinante a ambos.

Giulia comercializaba su veneno como si se tratase de un perfume y preparaba la poción letal en unos pequeños pomos de cristal que los hacían sumamente atractivos. Más de un hombre compró dicho "perfume" sin sospechar siquiera que él mismo sería el destinatario final, que iría a parar a su ensalada o su buena pieza de asado de buey.

A la señora Toffana, como le había pasado con anterioridad a su madre y luego le sucedería a su hija (que además de su ayudante en la cuestión de los venenos era una buena astróloga) no le movía la codicia; lo que deseaba era poder ayudar a muchas mujeres que estaban inmersas en matrimonios desgraciados, que por lo general habían apañado los progenitores de ambos, y de los que la mujer difícilmente podía liberarse. Ya sabéis eso de "hasta que la muerte nos separe"; la muerte un poco acelerada en muchos casos fue la solución.

Cómo acabó Giulia no viene al asunto ahora, pero si quiero hacer constar que todavía por desgracia, y estamos hablando de mas de cuatro siglos más tarde, muchas mujeres se encuentran en la misma situación que las coetáneas de la señora Toffana. A nuestro despacho acuden muchas esposas que sufren maltratos y vejaciones cada día, y aquí, en vuestra comisaría supongo que tendréis denuncias por malos tratos físicos o verbales con frecuencia. Que tales denuncias sirvan para algo o no ya no estoy tan segura...

Bien, volviendo a lo que nos ocupa, la muerte de Nacho.

En una ocasión en la que en contra de mis costumbres me había pasado con el alcohol le conté al señor Vergara que yo misma había "ayudado" a liquidar a un par de maridos molestos facilitando a las mujeres algo similar al *Acqua Toffana* que yo misma fabriqué basándome en las fórmulas antiguas, pero que era un gran secreto y como tal no debía mencionarlo o contárselo nunca a nadie.

Como no tenía los ingredientes que supuestamente había usado la Giulia, lo que hice fue un hervido con cosas que encontré en mi frigo, vamos zanahorias, un nabo, remolachas y un poquito de perejil. ¡Estaba con una pinta como para comérselo! Filtré toda la poción y se lo pasé a mis clientes para que ellas hicieran el uso adecuado para lo que necesitaban.

En realidad no sé qué pasó con esos maridos tan malvados porque a ellas no las volví a ver, pero asumí que sus problemas se habrían solucionado gracias a mi intervención.

¿Me sentía culpable? Pues la verdad es que un poco si, vamos no era algo en lo que pensase a menudo, pero que estaba en algún rinconcito de mi mente lo prueba el que estando un poco piripi lo solté.

Durante años pareció que Nacho se había olvidado de mi confesión. Jamás hizo mención de ella, pero hace poco, en una ocasión que estábamos juntos todo el grupo y salió en la conversación el tema de los venenos, me miró varias veces de una forma que no admitía dudas que recordaba todo, y para mayor abundamiento hizo un par de comentarios con los que vi claramente que no sólo no se había olvidado de lo que le dije, sino que casi sin darse cuenta, no digo que por maldad sino por descuido, lo podía soltar en cualquier momento.

Entonces lo tuve claro: Nacho tenía que desaparecer y no envenenado con cualquier pócima, que eso hubiese sido muy simplón, sino matado de una forma más agresiva, y con mucha sangre, como les pasaba a algunos de los protagonistas de sus novelas.

Esperé a que llegase el momento oportuno y la ocasión se presentó una semana después: nos reuniríamos todos en su patio para cenar y charlar; sabía que después de que nos despidiésemos todos volverían a sus casas y entonces yo volvería y le mataría, como así lo hice.

—Muy interesante su exposición sobre los venenos, Carlota, pero ¿a que hora y cómo llevó a cabo su propósito?

—Como no quería volver a casa, lo que hice para pasar el tiempo fue meterme en una cafetería cerca de la Plaza España y allí esperé hasta estar segura que Mario se había ido. Volví al edificio dando un paseo, observando bien todo por sí, a pesar de ser muy tarde, me cruzaba con alguien conocido y cuando llegué al portal lo abrí y subí andando el par de tramos de escaleras que me separaba de la primera planta.

—Es decir ¿Usted tenía llave del portal?

—¡Claro! Recuerde que mi prometido vive en el mismo edificio.

—Continúe, por favor ¿que hizo después?

—Llamé al timbre y Nacho me abrió. Se sorprendió cuando me vio allí a esas horas y como es tan buena gente lo primero que pensó es que le pasaba algo a Rafa y yo había ido a pedirle ayuda. Le tranquilicé y le solté un cuento del juicio que comenzaba el lunes, por si él podía darme algún consejo y cosas así.

Nos sentamos a hablar en su salón y yo, pretextando que tenía que pasar por el baño me levanté, me dirigí a la cocina, cogí el cuchillo más largo y afilado que encontré y cuando volví y observé que estaba totalmente descuidado se lo clavé en la yugular.

No le dio tiempo a reaccionar, se quedó patitieso allí mismo, pero le volví a clavar el cuchillo unas cuantas veces más para asegurarme que estaba bien requetemuerto.

—¿A que hora calcula que le dio todas esas puñaladas?

—Teniendo en cuenta que llegue a su piso sobre las tres y diez creo que serían cerca de las tres y media cuando terminé de acuchillarle.

—¿Que hizo entonces?

—Limpie bien el cuchillo en el fregadero y le puse en el mismo cajón en la cocina de donde lo había sacado. Tuve suerte porque había muchísima sangre en el salón pero afortunadamente no me salpicó ni una gota. Cogí mi bolso y salí.

—¿Desearía añadir algo más?

—No, eso es todo.

—Bien, voy a pasar su declaración a nuestro superior y mientras él decide tendrá que permanecer en nuestras dependencias.

—De acuerdo. Gracias

~~~~~~~~~~

¿Qué me dices de nuestra "Carlotita" jefa? Menuda pieza si fuese cierto algo de lo que ha dicho....

—Te juro Tachuela, que después de estas declaraciones voy a escribir una novela que te vas a cagar. Ahora que el susodicho Nacho de los cojones ya no puede inventar ninguna más estando fiambre, te aseguro que con lo que nos están contando todos estos muermos tengo material para un buen tocho y de esta me hago famosa, titi ¡pero que imaginación se gasta esta gente, puñetas! Esto es mejor que los culebrones de la tele.

—¿Pero crees que esta pudo hacerlo? Dime que si, que tenemos algo sólido para variar.

—Calla y no seas payaso, por Carlota pongo yo la mano en el fuego, que es una tía de lo más legal que existe. No, si como sigamos así al final va a resultar que le hemos matado tú o yo... así que está le defuncionó a las tres y media... desde luego vaya amigos, no me extraña que hubiese tanta sangre si empezaron a matarlo a las doce y poco y le siguieron matando hasta las tantonas... anda, termina con el informe de los huevos y nos vamos a dar un garbeo, que ya sólo falta uno de los amiguetes. A ver si tenemos suerte con ese y es el asesino de verdad.

—¡Siempre a sus órdenes, mi generala!

—Menos coñas y más eficiencia. Acaba de una jodida vez.

A pesar del lugar hacia donde se dirigía, la comisaría del distrito, no por eso Rafa dejaba sus costumbres habituales: en una mano llevaba una bolsa de ganchitos de queso y con la otra mordía una gran chocolatina. Su aspecto general era muy desarrapado: la camisa estaba fuera del pantalón en algunos sitios y aunque llevaba una corbata, esta estaba tan descolocada y fuera de sitio que mejor hubiese sido si hubiera prescindido de ella. Haciendo equilibrios con el maletín que portaba bajo el brazo y procurando que no se le cayeran otras cuantas bolsas de chucherías que asomaban por los bolsillos de su cazadora (que lo más seguro terminarían en su panza en poco tiempo) entró a prestar declaración.

Era el último de los seis amigos de Nacho Vergara, el célebre autor de novelas policíacas, que iba a declarar y según la carta que había enviado a la detective Raboli, el autor de su muerte.

A esas alturas los que le iban a tomar declaración ya estaban más que mosqueados puesto que de las cinco supuestas confesiones anteriores lo único que habían sacado en claro fue dolor de cabeza, escepticismo e incredulidad, pero tenían que oír todo lo que este último tuviese que contar, esperando encontrar un poco de luz a todo el embrollo.

—Buenos días señor Cortés —le saludo Tanis cuando Rafa, haciendo equilibrios con todo lo que llevaba en sus manos, se sentó enfrente de él— podemos comenzar cuando lo deseé.

—Hola detective. Yo estoy listo.

—Antes de escuchar lo que tenga que decir debo advertirle que si le hemos llamado ha sido debido a esta carta que usted envió a mi compañera, la detective Raboli, en la que se confiesa como único autor de la muerte del señor Vergara, su vecino. ¿Ha pensado en el alcance de sus palabras? ¿Desearía no haber escrito esa carta?

—¡Oh, no! De ninguna manera. La escribí sabiendo lo que ponía y estoy aquí para ratificar y me imagino si le hace falta, ampliar y aclarar los puntos que les parezcan confusos.

—Bien, entonces comenzamos. Según nos indicó en su primera visita usted se despidió del señor Vergara al mismo tiempo que el resto de sus amigos. Luego le vio más tarde cuando fue a pedirle un cargador para su teléfono o iPad. ¿Es todo eso correcto?

—Efectivamente, así fueron los hechos. Lo que no conté entonces fue que cuando le volví a ver le maté.

—Por favor explíquese.

—El motivo por lo que lo hice a lo mejor le resulta pueril, y visto así en frío no le niego que quizás lo fuese, pero me gustaría que se pusiera en mi lugar por un momento. ¿A usted le gustan los gatos?

—Pues ¿que quiere que le diga? No especialmente. Soy más de perros, pero no creo que esto venga al caso... continúe por favor

—Si que viene al tema, si me permite contradecirle. Verá, a mi me gustan muchísimo los gatos, todos y cada uno de ellos y siempre he tenido uno viviendo conmigo, hasta cuando era estudiante. Al último mío lo conseguí recién nacido y ya entonces era una preciosidad, una bolita de pelo dorado, con ojos verdes y muy cariñoso.

Los dos vivíamos tan felices en mi piso hasta que un día desapareció. ¡Imagínese mi disgusto! Le busqué por todas partes, puse carteles por el barrio, ofrecí una buena recompensa, hasta colgué en YouTube un vídeo de Mikifuz, que era como se llamaba; estaba preocupadísimo, ni tenía ganas de trabajar ni de comer chucherías, estaba fatal de triste, pero a pesar de todos mis intentos mi pobre gato no aparecía y seguía perdido. Una verdadera desgracia.

En estas estaba, sufriendo muchísimo, cuando nuestro amigo Mario nos invitó al resto del grupo de amigos a una comida en su chalet de la sierra. Yo ni quería ir de lo triste que estaba, pero mi novia me convenció y al final me presenté ¿Y que cree que me encuentro al llegar allí? ¡Pues a las gemelas jugando con su nuevo gatito, que no era otro que mi Mikifuz!

Me explicaron que se lo había regalado su padrino, Nacho, que era un gato buenísimo aunque estaba un poco demasiado gordo y que se pasaba casi todo el día medio dormitando y sin moverse, pero que ellas le iban a enseñar a hacer gimnasia y que se iba a poner en forma enseguida, con un tipo estupendo.

Yo no salía de mi estupor. ¡Allí estaba mi precioso Mikifuz! Vivo y sano. Y el panorama que le esperaba en el futuro no podía ser más terrible: levantar pesas, hacer flexiones, bueno, todas esas paparruchas que hace la gente para ser musculitos.

Mi minino me reconoció al instante y ya no se quiso separar de mi en todo el tiempo que estuve allí, lo que les extrañó bastante a todos porque según decía Carmiña (la mujer de Mario) era un gato bastante indolente y antipático.

Yo vi la jugada al momento: Nacho había secuestrado a mi gato y se lo había regalado a las niñas sin decir su procedencia, así que le cogí en un aparte y le pregunté que porqué había hecho algo semejante. ¿Cree que tuvo algo parecido a arrepentimiento? No señor, se echó a reír y me dijo que Mikifuz estaba con las niñas muchísimo mejor que conmigo, que la dieta que comía en mi casa no era nada sana, figúrese, cuando yo le daba de todo: cortezas, chocolatinas, panchitos, bueno las mejores chuches que hubiese en el mercado eran para mi gato y por eso estaba tan gordo y tan orondo; además él era exactamente igual que yo, le había acostumbrado a mi imagen y semejanza y a ninguno de los dos nos gustaba pasear o hacer ejercicio, cuando más disfrutábamos era estando tumbados viendo la tele, comiendo chucherías o chupando un caramelo o un bombón.

Me puse un poco furioso por dentro porque ya no podía recuperar a mi precioso gatito sin que las nenas se llevasen un disgusto, y entonces decidí cargarme a Nacho.

—Parece una reacción bastante extrema, pero en fin, por menos que eso han empezado hasta guerras. ¿Y como llevó a cabo su propósito?

—Fue bastante fácil, porque Nacho no lo esperaba.

Después de la reunión, una vez que todos se habían ido volví a su piso con la excusa de que necesitaba un cargador. Había esperado un buen rato porque sabía las costumbres de mi vecino. A él no le gusta tener cosas por medio y su piso es uno de esos de los que mi madre dice que "se puede comer en el suelo" imagínese que tontería, ni mi gato siquiera comía en el suelo, bueno pues cuando calculé que todo estaría ya colocado y ordenado crucé el rellano, llamé a su puerta y entré en el piso.

Mientras Nacho iba a por el cargador saqué un cuchillo que llevaba en el bolsillo del pantalón, en cuanto vi que estaba de espaldas, me abalancé sobre él y empecé a pincharle por todas partes hasta que cayó al suelo muerto.

—¿A que hora ocurrió todo eso?

—Sobre la una, sí era la una, porque todo el grupo nos fuimos de su piso a medianoche, y entre el rato que esperé y eso ya había pasado una hora.

—Pero usted llamó a la policía a las 9 y media de la mañana siguiente. ¿Porqué no llamó enseguida?

—Es que me pringué un montón con la sangre y tenía que cambiarme y ducharme. Cuando terminé de todo eso me entró mucho sueño y me fui a la cama. De todos modos estaba bien muerto y unas horitas más o menos iban a dar igual.

—¿Tiene algo más que declarar?

—No, bueno ya que ha pasado este incidente me gustaría que mi gato volviese a casa, pero ahora no puedo pedírselo a las niñas porque ellas querían mucho a Nacho (y yo también, esa es la verdad, pero lo que hizo fue una cosa muy fea, si señor) y le echan de menos, así que si encima se quedan sin mi Mikifuz se van a poner peor, esperaré una temporadita y cuando todo esté más calmado les diré que es mi gato y le recuperaré.

—Señor Cortés, un agente le acompañará ahora mientras nuestro superior decide que se hace con usted. Buenos días.

—A su disposición, señor Cayuela.

~~~~~~~~~

Roberta ¿crees que podemos enseñar esto al jefe?

—¡Me troncho y me meo de risa, tío! ¡Esta es la mejor de todas, macho! ¿Te acuerdas lo que te decía de escribir una novela? Pues ya se me ha ocurrido el título: "El amante del gato Mikifuz", joder, que bombazo. ¿Pero de que planeta se han escapado todos estos? Mira la de horas que llevamos escuchando chorradas y hasta ahora cero patatero... a ver, capullín, vamos a poner las seis bobadas juntas y si el boss tiene un poco de sentido de humor se va a pasar un rato de putísima madre. Ahora, que a ver quien de los dos es el guapo que le lleva el reportaje... Con todo lo que tenemos que hacer y que nos hagan perder el tiempo así, con tanta pamplina. ¿A que hora ha dicho este gordo que le puso cadáver? ¿A la una? Es que no se han acercado a la hora de la muerte ni por casualidad, señor que cruz... y te habrás fijado que todo este ganao es de esos que llaman yuppies, que se supone tienen una educación y una profesión, pero pa mi que le dan a la coca, o esnifan pegamento o yo qué puñetas sé... si de esta no me da una apoplejía seguro que no me da con nada. ¡Ah! Se te ha olvidado preguntarle si cerró la puerta al salir... Venga, acabemos y nos vamos al despacho del jefe como dos siameses, que la bronca va a ser de cojones.

~~17~~

Aquí tenemos las "declaraciones", Jefe. ¿Está usted preparado a reírse? Porque lo que tenemos en estos folios es para "jartarse", como dicen los andaluces.

—Roberta, que este es un tema muy serio, tenemos por medio un asesinato y el criminal todavía está suelto. No creo que sea algo de guasa. Que aunque tengamos ya la piel igual de espesa como los elefantes no por ello debemos dejar que el rigor profesional se nos vaya. A ver que tenemos aquí. Lo leeré detenidamente y veré si hay material para pasarlo al Juez.

—Eso, eso, usted lea y luego veremos si no nos da la razón, que esto no es de chiste sino lo siguiente...

—Pues mientras lo hago ir pensando los próximos pasos a seguir y en un rato volved aquí y comentamos.

—Abur, boss ¿le traigo un café?

—Gracias, pero acabo de tomar uno.

(Roberta y Tanis salen del despacho, anticipando con risas la reacción de su jefe cuando lea las declaraciones).

~~~~~~~~~~

—¿Podemos pasar, boss?

—Adelante, adelante ¡Pero que respetuosos nos hemos vuelto últimamente! Debe ser que después de las "declaraciones" que os han hecho esa pandilla de bobos habéis decidido civilizaros...

—Jefe ¡que yo siempre le he tratado con respeto! —empezó a pelotear Tanis.

—Si, ya sé hijo, aunque te he metido en el saco sabes que no me refería a ti, que sueles ser muy paciente y educado. Lo que me extraña es que después de dos años con tu compañera todavía sigas virgen de toda la morralla que nos suelta la señorita Raboli y el aguante que tenemos todos con ella.

—A ver, jefon de mis asaduras —terció Roberta— si estamos en plan de discutir o perorar como hablo o dejo de hablar mejor me largo y vuelvo en una década, hay que joderse aquí con los dos mindunguis, que yo creía que íbamos a comentar sobre lo que nos han soltado esos pringaos de la reputísima y me encuentro con un sermón. O nos comportamos todos o se rompe la baraja, que cojones.

—Haya paz entre nosotros, Roberta, que sólo era un comentario, que te ofendes mucho y vayamos al grano. Os podéis sentar.

Efectivamente y como bien has apuntado en tus notas, lo de esos seis no tiene nombre, es decir si que lo tiene, pero mejor me lo reservo. Lo único que se me ocurre para intentar comprender toda esta sarta de auto culpabilidades e idioteces que os han dicho es que están tan afectados por la muerte tan violenta del amigo que sufren de un trastorno mental transitorio, y que cuando pasen algunas semanas y hayamos encontrado al verdadero culpable las aguas volverán a su cauce. Lo que sí os digo es que bien pueden dar gracias al cielo que sus declaraciones ni siquiera van a llegar a manos del Juez que instruye el caso, porque en ese escenario se les iba a caer el pelo, aún con la evidencia clara que no pudieron cometer el crimen, vamos que se la cargaban, eso seguro.

Porque ya sabéis lo que dice el Código Penal al respecto, tanto para los falsos testimonios, como para obstaculizar a la justicia, que les pueden caer bastante prisión, y las penas son bastante severas ya que van de seis meses a dos años más la multa, amén de inhabilitación para el ejercicio de la profesión, empleo o cargo público por un periodo de tres años. Por fortuna para ellos no estaban declarando nada en un juicio y la cosa no va a salir de aquí, porque hasta me daría vergüenza enseñar estos papeles, pero si que me gustaría hablar con todos y todas, como dicen los cargantes ahora, y advertirles que lo que han hecho, hasta con su mejor intención, les podría haber costado muy caro. Hoy estoy benevolente, pero eso no quita que les eche un buen rapapolvo. Traedlos de uno en uno y terminemos con esta farsa. A vosotros os quiero cerca, nada de salidas, ni para café ni para nada.

—¡Hágase su voluntad, amado superior!

Cuando Roberta y Tanis se van a buscar a los retenidos, con risas contenidas pensando en la bronca que les va a echar el Jefe de la Brigada de Homicidios, una realidad se impone: saben que están en un punto muerto, que la investigación no ha progresado y que tendrán todavía mucha tarea por delante, pero no se dejan abatir por el desánimo. Ya han resuelto muchos otros casos feos y dentro de poco este será uno más para el recuerdo.

¡Roberta bonita, Tanis! ¡A mi despacho otra vez!

—Y ahora ¿que coños querrá este tío? Es peor que una mosca cojonera... como nos intente echar otra bronca te juro por todos mis antepasados que le suelto la placa y la pistola y que les vayan dando a todos los delincuentes y sus muertos. Estoy hasta el coño de este caso y todas las tonterías que nos han dicho.

¿Te has parado a pensar en las horas y días, por no decir semanas, que llevamos en punto muerto? Bah, no sé porqué te pregunto, sabiendo más que de sobra que tú no piensas, vaya un carajo de compañero que me ha tocado en suerte...

—Chicos ¡que os estoy esperando!

—Vale Jefe, ya mismito estamos ahí, que aquí la miss Raboli estaba en el teléfono.

—¡Buenas noticias por fin, hijos! ¿A que no sabéis quién es el autor del asesinato de Vergara? Vamos, se admiten apuestas —esto lo dijo el súper jefe de Roberta y Tanis, con una gran sonrisa en su cara en cuanto los dos traspasaron el umbral de la puerta del despacho.

—Pues ¿que quiere que le diga? Me imagino que habrá sido el gato de la señora de la limpieza de las escaleras, o la hija de la novia del portero, o el suegro del repartidor de pizzas, o la madre del bodoque que lo parió, vaya usted a saber, después de lo que hemos escuchado hasta ahora todo es posible en Granada, como dice la canción —contestó Roberta, dando una patada a la puerta al entrar y tumbándose en una de las sillas enfrente a su superior, mientras su compañero demostrando un poco más de tacto y saber estar permanecía de pie esperando que el jefe le indicara que tomase asiento.

—Pues no, por fin parece que hemos terminado con tanto falso culpable y vamos a poder dar carpetazo a este asunto que ya me estaba dando más dolores de cabeza que los habituales... Ahora la galleta se la tendrá que comer el Juez, y nosotros nos podremos dedicar a otros asuntos.

—Desembuche ya jefe, que nos tiene bastante en ascuas y es temprano para tantas emociones —le interrumpió Roberta, haciendo caso omiso a las caras que ponían los otros dos— que si su merced está hasta los mismísimos huevos, se puede imaginar fácilmente como estamos nosotros, un sin vivir y una sin razón. El fiambre podía haber escrito una de sus novelas con el culebrón que nos han montado.

—Tranquilidad hijos, que os cuento todo ahora mismo, y espero que os pongáis tan contento como lo he hecho yo. Empiezo.

¿Os acordáis de la banda del Camarón que ha dado tanta guerra al departamento? Pues bien, de las andanzas y correrías de los cuatro miembros que la componen no me tengo que explayar mucho porque aunque no estabais involucrados directamente en sus tejemanejes sabéis por vuestros compañeros todas sus hazañas. Al que por todos los indicios creemos que era el más simplón y menos malo de los cuatro, al que llaman el Pirulo porque siempre anda chupando un pirulí, le trincaron el otro día desvalijando un coche. Parece ser que a este individuo le tienen y han tenido siempre para trabajos menores, y su participación en los atracos más espectaculares se limitaba a conducir el coche para que se diesen todos a la fuga; tampoco creo que le encargaban nada relativo a drogas o prostitución o cualquiera de las mil y una fechorías que han venido cometiendo la dichosa banda en los últimos años; es decir, la opinión general es que es un poquito corto, por lo que los trabajitos del Pirulo han sido siempre sólo para cosas de coches y similares ya que según tengo entendido el hombre sabe muchísimo de mecánica. De hecho casi toda su vida ha trabajado en un taller mecánico y dicen que es un manitas, hasta me lo recomendaron en esa época en que mi bólido estaba día sí y día también en un taller, pero me estoy desviando del tema... como os decía, a esos cuatro aunque se conocen todas las comisarías mejor que los que trabajamos en ellas, y las estancias en la cárcel han sido más que frecuentes, de una u otra forma siempre han ido escapando después de una temporada entre rejas, porque no eran delitos de sangre y acababan fuera pronto para nuestro gran pesar y dolor.

Vale, cogen al Pirulo y le traen aquí; a pesar de que le habían pillado con las manos en la masa, o para ser más exacto con las manos afanando del coche todo lo que podía, se resistió a confesar diciendo que él no había hecho nada, que la bofia le tenía manía, que él estaba limpio, el repertorio habitual de estos angelitos... pero en vez de estar sumiso como en otras ocasiones, empezó a ponerse violento, dando puñetazos en la mesa y dispuesto a soltar algún que otro mandoble al oficial que le estaba tomando declaración, por lo que este llamó a un par de compañeros para que le echasen una mano y le metieran un poco en cintura, pero el tal Pirulo, en vez de amilanarse se puso peor, era como una fiera corrupia, dando patadas a todo lo que se le ponía por delante, profiriendo juramentos y ¿qué más os puedo contar? Rebelde total. Estaba muy furioso y de repente le dice al agente: "Tú mucho ojo y mucho cuidadito por donde te mueves y lo que haces, que desde ahora te la tengo jurada, que tengo amigos que te pueden dar un buen susto y a lo peor acabas como el escritor ese, mira tú que pena" y se echó a reír.

Pérez, que era el que le estaba interrogando, abrió un ojo porque esa afirmación en un momento de cabreo (una de tus palabras, Roberta, que yo también puedo soltar un taco aquí y allá) le llevaba a otro terreno más importante que el robo de un coche, así que cambió de táctica y trató de sonsacar lo más que pudo, pero el Pirulo dio marcha atrás y no hubo forma de que soltara nada más, por lo que Pérez, con buen juicio y sabiendo que en ese preciso momento ninguno de vosotros dos estabais en comisaría, me avisó a mí para ver cómo procedía.

Dio la casualidad que uno de nuestros informantes nos había dado un buen soplo: otros dos de la banda, el Pamplinas y el Morrongo, andaban por Lavapiés con uno de sus chanchullos de drogas, pero esta vez en plan gran operación. Ya sabéis que el Camarón (el jefe de los cuatro) es gallego y tiene excelentes conexiones con los capos gordos de la droga de la región, y aunque hace tan sólo unos días la policía incautó y confiscó un buen alijo, lo que hay en esa zona igual que en las costas de Cádiz o de Canarias es para verlo y no han pasado ni dos horas desde que requisan fardos para que otros cargamentos lleguen y allí están esperando todos estos desalmados para cogerla y distribuirla más tarde, unos a gran escala y otros en plan choriceo, como nuestros amiguitos.

El Camarón, que es el más listo de todos ellos y por eso se erigió como jefe, ahora parece que va en plan señorito, muy bien vestido (a su estilo cutre, pero no con las indumentarias de cueros y pinchos como solía), llevando su pelo aceitoso recogido en una coleta, con varios anillos de oro en sus manos, en fin que aunque no le vendría mal emplear algo del dinero de sus robos en un asesor de imagen, lo cierto es que ha mejorado mucho en los últimos tiempos y casi podría pasar por un chico normal de los muchos que te encuentras por ahí en el metro, y ese cambio de imagen va acompañado de cambio de actitud: ahora, en la mayoría de los trapicheos de la banda él dirige pero no actúa; como los otros tres aunque se creen muy listillos son bastante lerdos, debido a esa circunstancia les estamos pillando con más frecuencia.

Cogemos al Morrongo y al Pamplinas en su trabajo de esquineros, los traen a comisaría y empiezan a interrogarles. Ahí tenéis las primeras declaraciones. Si nos atenemos a lo que dijeron los dos son unos angelitos bajados del cielo ¡hasta nos contaron que habían ayudado a una ancianita a cruzar la calle! La desfachatez de estos individuos no tiene límite, pero a lo que voy, como las cosas no iban demasiado bien últimamente para la pandilla a nivel ingresos, el cerebro, o sea míster Camarón, concibió la feliz idea de desvalijar pisos en los que en esos momentos sus ocupantes no estuvieran. Se convirtió en una especie de relaciones públicas de la banda por así decirlo y durante el día se dedicaba a buscar objetivos fáciles. Como Madrid es grande, aunque en otras zonas como La Finca, Puerta de Hierro, Somosaguas, Aravaca, Pozuelo o cualquier otra de las urbanizaciones de los alrededores iban a encontrarse con mejores botines pero más problemas de vigilancia y seguridad, centró su búsqueda en el barrio de Arguelles, al que tenían fácil acceso y donde viven gente acomodada.

Paseaba por sus calles, entablaba conversación cuando podía con los porteros, adoptaba diferentes roles y de esa forma conseguía mucha información. No me canso de repetir que la gente debería ser más cuidadosa y no dar tantos datos que los absolutamente necesarios, pero ya sabéis que eso es así y ni yo ni nadie lo va a cambiar.

Llegamos al día de los hechos. Camarón, gracias a sus buenos oficios y pesquisas se enteró que en el edificio que vivía Vergara, justo en el piso encima del suyo, moraba un matrimonio de posibles y que ese sábado no estarían en casa. Era el momento perfecto para perpetrar el robo: una casa tranquila sin portero a esas horas, que no les daría problemas y con el botín estarían apañados para una larga temporada. Los ocupantes de dicha vivienda eran personas de mediana edad de provincias que habían alquilado dicho piso para pasar temporadas. La señora (o como la llamó el Morrongo la señorona), era de esas de las que van cargaditas de joyas: pendientes, pulseras, collares... nada de bisutería, que para eso el Camarón tiene mucho ojo, y para mejor suerte para el grupo las que tenía la señorona eran muchas, con gran variedad de diseño y mucha calidad, así que decidió que esas pobres gentes serían sus próximas víctimas.

Dejó la operación en manos de sus secuaces porque esa noche él tenía una gran fiesta con los que llama "sus colegas", gente normal que no sólo no sabían a lo que se dedicaba sino que pensaban que era un ejecutivo de una empresa argentina, una de cuyas funciones era contactar con españoles que estaban en el mismo tipo de business.

Mal hecho por su parte, porque a esas alturas ya debía saber que sus compañeros eran un poco mantas, pero ya os he comentado que Camarón estaba lavando su imagen y no tuvo en cuenta esos detalles.

Casi al rayar el alba El Pirulo, con su buena destreza para abrir cualquier puerta y ayudado por sus ganzúas, abre el portal, suben los tres sigilosamente al piso segundo, les da acceso a la vivienda y se vuelve a largar a la calle a vigilar mientras pasea despistando.

Morrongo y Pamplinas no pueden creer su suerte porque además de joyas hay un montón de cosas valiosas que pueden "colocar" fácilmente en el mercado: dos iPhones de última generación, iPads, una buena cámara fotográfica, relojes de oro, la biblia en pasta, según su expresión, y se disponen a trincar todo y meterlo en unas bolsas de Mercadona que llevaban para tal fin.

Pero con las ansias y las prisas el Pamplinas se choca con una mesita auxiliar y un jarrón de cristal de Murano que estaba encima se estrella contra el suelo rompiéndose en mil pedazos y haciendo un escándalo de mil demonios.

Y parece ser que ahí es cuando entra en escena el vecino de abajo: alertado por el ruido y sabiendo que el piso de encima no hay nadie, se levanta, sale al descansillo para ver que está pasando dispuesto a subir. Ni siquiera se para a ponerse encima una bata o algo de ropa. Se limita a salir llevando encima sólo sus bóxers y las chancletas.

Los otros dos, después de dar un portazo y dejar cerrado el piso, bajaban apresurados por las escaleras cuando le ven, y es en ese momento cuando el Morrongo (que es muy hábil con cualquier objeto punzante) saca su navaja y le da el primer pinchazo, no mortal pero suficiente para que Vergara se quede un poco pasmado, según su propia expresión, y ante el temor que pueda denunciarles o reconocerles llegado el caso, deciden rematarle. Le arrastran dentro del piso y hacen la carnicería.

Como ya ha pasado más tiempo del previsto, una vez terminada la carnicería salen corriendo, se juntan con el Pirulo y se largan del barrio.

La cosa parecía que les había salido bien.

Más tarde se reúnen los cuatro, se reparten amigablemente el botín y cada cual se dedica a "colocarlo" en sus sitios habituales.

Encontramos al muerto y ya sabéis todo lo que ha pasado desde ese momento pero, y ahora viene lo bueno, vuelven los vecinos del segundo de su viaje y cuando entran en su piso se encuentran el desaguisado. Sin tocar nada avisan a la policía.

Ni hecho aposta podrían haber dejado más huellas en el piso, parecía que se habían dedicado a toquetear todo porque aquello parecía el paraíso para cualquier investigador.

Y como están más que fichados rápidamente se ve que dichas huellas corresponden a nuestros estimados pájaros.

Pero imitando a los reales, como otros de su especie estos habían volado. Los han buscado por todos los lugares donde suelen operar y nada. Ni rastro de ninguno de los dos y os insisto que se han puesto muchos más medios que los habituales, porque yo tenía una corazonada: aún sin ninguna base real que me apoyase me parecía que el robo y el asesinato estaban conectados de alguna manera; pedí el informe que hicieron los de huellas cuando encontraron el cadáver y efectivamente, había un par de ellas que hasta el momento no se sabía a quién pertenecían, pero que cuando las cotejé con las del robo eran más que claras del Morrongo ¿Como habían llegado al cuerpo del difunto? Eso si que era un misterio, pero estar estaban.

Para mi frustración todos los de la banda seguían sin dar señales de vida. Evaporados. Durante días y días no hubo forma de ver a ninguno de ellos.

Gracias al informante pillaron por fin a esos granujas y los trajeron aquí. Se les habría acabado la pasta y tendrían que conseguir nueva.

Podéis suponer que no ha sido fácil obtener una confesión, aún con las evidencias palmarias con que contábamos, se han resistido a todo tipo de presiones y, aunque sabéis que no me gusta emplear métodos violentos, en este caso hemos tenido que hacer una excepción y soltar algún que otro mamporro.

Para haceros la historia un poco menos larga os diré que al final el Pamplinas, acorralado y viendo lo que le iba a caer encima, cantó de plano y confesó lo que había hecho su amiguito, y ahí no termina la cosa. Roberta ¿te acuerdas del caso del viajante pendiente aún de resolver? Tu te has desgañitado diciendo que era obra del Morrongo, sabiendo lo hábil que es con las navajas y los cuchillos y su modus operandi, pero yo te insistía que no teníamos pruebas y así ha ido pasando el tiempo. Otro de nuestros famosos temas no resueltos fue el de la anciana que vivía sola en Cara-banchel, a la que robaron, desvalijaron y cosieron a nava-jazos y nunca hemos podido encontrar quien o quienes fueron los autores de tamaña salvajada.

Pues mira, ahora de golpe tenemos tres por uno: fue el Morrongo el que los hizo, de esta no va a escaparse fácilmente por muy buen abogado que pille. Le esperan muchos años de estar en chirona, a ver que nuevas mañas aprende allí, bueno, para cuando salga yo ya estaré jubilado o muerto así que ese es el menor de mis problemas.

—Jefe ¿lo que nos ha contado es cierto o estamos de cachondeito mañanero?

—Hija, mas verdad que las enseñanzas del Corán, que dicho sea de paso me lo estoy leyendo a ver si le encuentro el punto. Como por aquí pasan tantos seguidores de Mahoma he decidido que hay que estar al corriente y me lo estoy tragando..., en serio, todo lo que os he dicho es lo que ha ocurrido. Pamplinas firmó su declaración y el Morrongo ya ha pasado a disposición judicial. Nos hemos quitado un buen peso de encima y ahora ya podremos hasta dar una nota a los medios diciendo que el famoso autor ha sido asesinado, seguro que su cotización sube más todavía, pero no os recomiendo que veáis la teletonta los próximos días porque será un circo completo.

—Pues lo que es a mi nadie me va a quitar la idea de mi novela, puñetas, que bien que me he mamao este puto caso, con el gato de los huevos dichoso, aguantar a todos los gilipollas de los amiguitos, las horas y días que me ha tenido de cabeza desde que apareció el fiambre, que eso no se paga con dinero. Por cierto jefecito ¿se acuerda de su promesa de dejarme libre unos días cuando terminásemos? Pues ahora mismo me estoy largando cagando leches, no pienso aparecer en dos semanas. Ni teléfono, ni mierdas, ni pollas en vinagres. Desaparecida voy a estar. *Missing* total y ni se le ocurra mandar al Tanis ni a nadie a por mí porque como les vea de la hostia que les voy a soltar se les van a quitar las ganas de volver a hacerlo.

—Me pregunto, querida Roberta ¿Acaso vas a ir a una escuela de señoritas a que te pulan un poco? Si es así te dejaría libre no dos semanas sino un mes entero. O quizás quieres sorprenderme y cuando vuelvas tendrás el pelo verde manzana, que a lo mejor te quedaría bien.

—Menos coñas, que ya me estoy cabreando un poquitín. A ver Tanis, despídete de tu superior, pide permiso para que nos retiremos y te invito a un par de birras.

—¡Ay Roberta, Roberta! ¿Que habré hecho yo en la vida para tenerte de castigo?

—Adiosito boss, hasta pronto. Ya sabe que aunque usted sea un coñazo total y más molesto que un grano en el culo nosotros le queremos.

—Andad con Dios y alegrémonos que esta historia haya acabado.

4ª PARTE: OCHO AÑOS MÁS TARDE

—Cariño ¿estás listo?

—Dame cinco minutos y termino —contestó Nacho desde el dormitorio de la suite que estaban ocupando— Estoy atándome los cordones. Como siga a este paso de lentitud tendré que comprarme zapatillas de deporte con velcro, como los viejunos...

—Lo que tienes que hacer es un poco más de ejercicio, volver a tus ejercicios de yoga, olvidarte de pasar tantas horas sentado salvo cuando sea absolutamente necesario, subir escaleras y caminar unos cuantos kilómetros cada día, así no perderás flexibilidad, porque peso no te sobra, pero no quiero que te acartones.

—Ya, ya... Ahora me darás el sermón de la montaña, seguro. Es que no todos podemos llevar el ritmo tuyo, que con el tipo de trabajo que tú haces no necesitas ejercicio.

—Eso y también las horas que me chupo cada semana en el gimnasio, que si pesas, que si boxeo, la cinta para correr, bueno no me queda otra si quiero mantenerme en forma, y ya sabes lo que me costó recuperarme después del parto de Jasmine, con todos los kilos que me había echado encima en el embarazo, la tripa que se quedó blanducha, yo que siempre he sido una tabla, las estrías, vamos, que por un hijo una hace lo que sea, pero es una gran putada ver cómo años de ejercicios se van al garete por tantos meses de inactividad, te pones como un globo y fea a reventar.

—Anda, no digas tonterías, que estabas preciosa, no he visto nunca a una embarazada más guapa. Como con el próximo estés la mitad de adorable que con la niña me doy por contento.

—¿El próximo? Venga, que a mí no me pillas en otra, que ya voy teniendo años y ya sabes lo que ha dicho mi ginecóloga, el riesgo que supondría otro parto, con la niña tengo de sobra, que no hay que ser tan avariciosos. Por cierto, se ha ido con las cuatro abus hace ya un rato y los demás estarán de camino; esas abuelas la fagocitan y en cuanto la ven ya sabes que te has quedado sin hija, y cuando ya no están juntas, la tabarra que tengo que escuchar es de alucine, que si abu3 me ha dicho esto, que si las abus gallegas me han comprado los legos que quería, y abu2 me va a llevar a la playa..., Espabila favila, que a este paso nos vamos a perder la ceremonia.

—Ya estoy ¿tienes las llaves, el móvil, los regalos, mi chaqueta?

—Tengo todo, lo único que me falta es que te pongas de pie de una vez y salgamos.

--¡Voooooy!

La ceremonia de esa mañana es muy importante para todo el grupo y en especial para Mariela y Mariona, las gemelas, que se gradúan en el Milton High School de Atlanta, el instituto de secundaria donde han estudiado los dos últimos cursos. Casi no me puedo creer que en tan corto espacio de tiempo, un momento podría decir, se nos hayan convertido en adultas y que en pocos meses empezarán la universidad; el tiempo, sobre todo los últimos ocho años, está pasando demasiado deprisa y anoche, después de la cena, cuando ellas dos se fueron con sus amigos y novietes a una última fiesta de despedida, de las muchas que han tenido en el último mes con el cuento que vuelven a España y no saben cuándo volverán a verse (a lo que tengo que reírme porque esta gente joven cogen un avión con la misma facilidad que los de mi generación tomábamos el metro, y seguro que en un par de semanas ya hay alguno, o varios, de los amigos revoloteando por el chalet de sus padres), con todos los peques dormidos y a buen recaudo en el hotel, no sé si por efecto de los gin tónics que estábamos bebiendo, o porque nos vamos haciendo mayores, nos dio por recordar todo lo que pasó cuando el asesinato.

Vaya diítas que nos chupamos, si tomo prestada una expresión de la detective del caso, pero al final la cosa salió como estaba planeada, o casi todo porque en esos planes iniciales no había entrado que me volviese loco por mi mujer, que me casase con ella y que seamos más que felices juntos.

Una tarde que Carlota y yo estábamos esperando a que el Gordix terminase con un cliente, para hacer tiempo y quitarnos de en medio nos metimos en un bareto a tomar algo y hacer más leve la espera.

Fui un momento al servicio a lavarme las manos y cuando volví a la barra, esperando encontrarme ya mi cañita y los pinchos de tortilla que habíamos pedido junto a una ración de calamares, vi que mi amiga estaba enfrascada en una animada conversación con una chica con el pelo igual de azul que el de los pitufos de mi infancia, o como el que también llevaba Lucía Bosé, aunque mucho más corto. En cuanto me la presentó y la miré recordé un día, en una de esas interminables firmas de libros, que se había acercado a la mesa donde yo estaba medio oculto bajo la pila de novelas que la librería había preparado, y me pidió que le firmase su ejemplar. Obviando el pelo tan estrambótico que llevaba, era la chica más preciosa y con un cuerpo de tumbarte de espaldas que había visto en toda mi vida, y hablando un poco con ella me contó que era detective de homicidios.

Que era guapa y me había impresionado da fe el qué, en contra de mi estilo y costumbres, hasta le comenté sobre su belleza a Mario y él, haciendo guasitas sobre un tema tan difícil para mi, me dijo que igual era otro de mis sueños (o pesadillas) porque no había visto a nadie por allí con el pelo azul, y eso era algo tan chocante que lo hubiese notado.

Ahí se quedó la cosa.

Pero que era una persona real lo atestiguaba no sólo que estaba delante de mis narices, sino hablando y riendo con Carlota.

Ellas dos se conocían profesionalmente, siendo mi amiga abogada criminalista y la del pelo azul policía, y habían coincidido en numerosas ocasiones con motivo de casos que les atañían y con el transcurso de los años se habían hecho amigas.

Me integré en la conversación encantado y Roberta, que así se llamaba la chica del pelo loco, nos deleitó con anécdotas e historietas salpicadas de tacos. ¡En mi vida había oído a nadie decir tal cantidad de palabrotas por minuto! Ni siquiera los arrieros de mi tierra hablaban así de mal, pero cosa curiosa, saliendo de su boca ni resultaban soeces, estaban tan engarzados con el resto de las palabras que la Jimena de mis novelas a su lado parecía una parvulita, y eso que con gran esfuerzo, puesto que no soy de soltar tacos ni palabras malsonantes, me había cuidado muy mucho para que mi heroína hablase francamente mal, que cosas.

Cómo Rafa llamó para decir que todavía le quedaban un par de horas, cómo no teníamos nada mejor que hacer y cómo la detective esa había acabado su turno, decidimos ir a otro sitio donde pudiésemos seguir hablando cómodamente y cenar algo de paso.

Encontramos un restaurante a pocos metros, del que Roberta era cliente habitual y donde según nos dijo textualmente "preparaban una pasta de puta madre y unos postres de cagarse y de paso podíamos remojarnos el gaznate con un Lambrusco de mearse entera, no de los que te venden por ahí, quita allá, el de este sitio es de verdad, el genuino, macho, que mi familia es italiana y sabemos distinguir la mierda de la paja"

Yo estaba un poco atónito y agobiado por lo que tenía que escuchar Carlota, una persona tan fina, educada y elegante siempre, pero a mi amiga parecía no importarle y se notaba que estaba disfrutando a lo grande con esa sarta de burradas, así que me relajé y me dispuse a pasarlo bien yo también con esa compañía tan extraña e inesperada.

Roberta tenía razón: la comida era fantástica, el ambiente tranquilo, las luces las justas y poco rato después los tres nos quitábamos no sólo el pan sino las palabras de la boca.

Conocía mi obra mejor que yo, conocía a Jimena como si fuera su siamesa y dada su profesión, aún respetando el secreto que debía guardar, me dio detalles interesantes que podría utilizar en obras futuras.

El problema era que yo, a esas alturas de mi vida, no estaba muy seguro de querer seguir escribiendo mas sobre crímenes, misterios e investigaciones variadas; tampoco sabía si dar un giro radical y escribir sobre otros temas, o pegar el carpetazo y no escribir en absoluto.

La fama, esa quimera que muchos persiguen y pocos consiguen, se me estaba haciendo bastante cuesta arriba: era difícil encontrar un día, o a veces hasta unas horas en las que pudiese ser yo mismo. Siempre había compromisos, viajes, entrevistas, comidas de negocios, charlas en tal sitio o en el otro... a veces me era casi imposible sentarme delante del ordenador y escribir diez líneas seguidas.

Era un agobio total. Desde hacía tiempo el tema me sobrepasaba y angustiaba.

Y luego estaban las pesadillas, de las que sólo había hablado con Mario y con el doctor Ramírez, y que el resto del grupo desconocía, que me torturaban y chupaban energía durante las horas siguientes a tenerlas y a veces eran días los que pasaban hasta que me sentía "normal".

Pero esa noche, ya fuese por estar por fin libre y haciendo lo que realmente me apetecía, por el ambiente cálido que nos rodeaba, por la compañía de dos mujeres fantásticas (cada una en su estilo, y aunque Carlota era muy mona yo no dejaba de mirar a Roberta maravillándome que pudiese existir una belleza semejante) o sencillamente porque había llegado el momento, cuando nos trajeron unas porciones gigantes de tiramisú, lo solté todo.

Les conté varios de mis malos sueños y me explayé con el agobio y terror mediático al que estaba sometido.

Mi amiga se quedó pensativa y preocupada.

La pitufa me dijo simplemente: "¡Muérete!"

De momento creí que no la había oído bien y bastante asombrado le dije:

—¿Que has dicho? Perdona pero creo que no te he entendido.

—Es muy simple —me contestó enseguida— te mueres y se acabó, joder, que pareces un niño de teta al que hay que explicar todo, puñetas, parece mentira que con los libros tan buenos que escribes seas tan gilipollas.

Yo seguía sin salir de mi estupor. Empecé a pensar que había dicho algo que le había molestado y me estaba mandando a hacer gárgaras, o peor aún, deseándome que me perdiera, pero cuando mire a Carlota vi que ella estaba asintiendo y diciendo: "Es una idea brillante, Ro, es fantástica, sería una gran solución"

—Perdonadme —les dije— pero hoy debo estar bastante espeso porque no me entero de nada. ¿Podríais explicarme un poco de que va el asunto? A lo mejor así lo cazo y ya somos tres los que estamos con la juerga.

—Tío, tronco, que no es que te mueras de verdad, joder, es que simules que te mueres. Haces como que estas muerto, te entierran y tú, cuando ya estés en la categoría de fiambre puedes hacer lo que te salga de las bolas, que más claro no te lo puedo decir, so memo.

Mientras Roberta me soltaba esa parrafada Carlota había sacado un cuaderno y un boli y ya estaba escribiendo algo, pero yo, entre la idea de la muerte ficticia que había apuntado nuestra nueva amiga, una vez desembrozada de las palabrotas con las que la había adornado, y cómo se podría llevar a efecto algo así, estaba fuera de base, por lo que, levantando mi copa y dando unos pequeños golpecitos en el cristal para centrar su atención, les dije:

—Vale, me muero. Ahora vosotras me decís cómo, cuando y dónde lo organizamos.

Roberta-pitufa me dijo:

—Tronco, la decisión es tuya, piénsate si estabas hablando en serio con las peplas esas de que estás harto de la jodida fama y las demás coñas y pollas en vinagre, lo que te digo es la fórmula, tío; no va a ser fácil, joder, pero podemos hacerlo si estamos coordinados y tenemos un buen plan, cojones. Te lo piensas y seguimos hablando.

En un primer momento yo no sabía que decir y menos todavía que pensar. Aún siendo creador de novelas de misterio, con muchos crímenes incorporados en ellas, y estaba más que acostumbrado a manejarme en el papel con todo tipo de situaciones, la realidad me parecía otra cosa, pero la verdad es que el plan sugerido por la detective, aunque un poco loco, me atraía sobremanera, era algo insólito pero intoxicante.

Nos pusimos a trabajar el tema sobre la marcha, la pitufa y yo intercambiamos nuestros teléfonos, y cuando por fin llegó Rafa de su reunión los tres teníamos ya un esbozo de lo que queríamos hacer.

Como todo era bastante descabellado y soltárselo de golpe al Gordix me parecía prematuro, tácitamente en cuanto le vimos aparecer cambiamos de tema, tomamos una última copa y nos despedimos de esa persona tan singular y maravillosa que era Roberta.

A Gordix tampoco le pasó por alto ni su belleza ni su simpatía, ni la cantidad de exabruptos que soltaba por minuto; cuando los tres llegamos a la calle Quintana sin haber parado de hablar de ella todo el trayecto, nuestro humor era de lo más fantástico.

Esa noche no dormí, pero no porque me despertase con alguna de mis horribles pesadillas, más bien porque estaba dando vueltas y más vueltas al asunto, y cuanto más lo meditaba más claro lo veía como un buen sistema, una gran forma de "desaparecer" que resolvería de una vez por todas la situación incómoda en la que me encontraba.

Decidí que lo mejor era tener una reunión con todo el grupo, incluyendo por supuesto en la misma a la del pelo azul ya que ella era la creadora de la idea, para de esa forma tratar de hacer todos juntos lo que los americanos llaman "a brainstorm", una tormenta de ideas, y entre muchos cerebritos al unísono ver que pasaba, si estaban de acuerdo con el plan, estudiar como enfocábamos el asunto, qué pasos serían los siguientes, qué haría cada uno, etcétera, así que en cuanto se hizo de día llamé a Mario, diciéndole que tenía algo muy importante que comunicar a todos, que avisase con tiempo al resto, para con el pretexto de una barbacoa en su casa pudiésemos hablar tranquilos, insistiéndole que quitase de en medio a las niñas durante esas horas.

Mi editor y amigo, aunque un poco extrañado por eso último, conociendo la pasión que yo tenía con las gurriatas y lo que disfrutaba con ellas, me dijo que lo organizaría para el sábado siguiente sin problemas. Creo que se pensó que de lo que iba a hablar sería de mi compromiso con Pippa, algo que les hubiese encantado a todos, pero no actuó como un gallego típico y no me preguntó más detalles.

A Roberta, de la que Mario no conocía su existencia, me encargué de avisarla yo.

Los días que faltaban para la cita pasaron en un vuelo. Rellené hojas y más hojas con posibles escenarios en los pocos ratos libres que me dejaban mis obligaciones, y cuando llegó la mediodía del sábado recogí a la pitufa en su casa (resultó que vivíamos a un tiro de piedra) y me sorprendió ver que llevaba un cartapacio con incluso más notas que las mías.

¿Mi impresión al verla de nuevo?

Todavía mejor incluso que las dos veces anteriores. Con unos vaqueros medió rotos y muy ajustados, botas altas de caña con flecos, una camiseta con una calavera y dos tibias y una chaquetilla de piel que, bajo mi humilde opinión había visto mejores días, era la pura imagen de la belleza y ni siquiera ese atuendo tan peculiar robaba un ápice a su hermosura, más bien la acentuaba.

Era un día precioso, con cielos azules intensos en los que de vez en cuando surcaba una nube que parecía hecha de algodón formando figuras, y me sentía feliz de ir conduciendo con ella a mi lado. En un par de ocasiones que inadvertidamente me miré en el espejo retrovisor vi que estaba sonriendo sin ningún motivo concreto, sólo por pura felicidad de estar vivo, bien y con tan buena compañía.

En el trayecto comentamos y contrastamos nuestros pensamientos sobre la futura muerte y fue curioso porque, salvo algunos puntos sin mayor importancia, nuestras conclusiones eran muy parecidas.

Carlota, el único miembro del grupo que estaba en el ajo, también había hecho los deberes y en un aparte me contó básicamente lo que había pensado.

Mientras tomábamos un aperitivo estuvimos hablando de otras cosas; a los tres que conocíamos el plan nos parecía mejor explicarlo cuando todos estuviesen atentos, sin dejar que interferencias tontas nos apartasen del tema.

La cosa estaba en marcha.

Roberta les cayó bien a los que todavía no la conocían. Extremadamente bien.

Y eso que el choque de encontrarse ante un ser tan peculiar como ella era fuerte.

En un primer momento Pippa y Carmiña la miraban con caras un poco atónitas al oír sus expresiones, con ese lenguaje tan cutre y barriobajero que usaba, más propio de un carretero que de alguien normal, vamos de las personas con las que habitualmente se relacionaban, pero fue Lina, tan espontánea y deliciosa como una niña chica, que nunca se callaba nada de lo que pasaba por su cabecita, la que en definitiva rompió el hielo al exclamar:

—¿Seguro que no eres la Jimena de las novelas de Nacho? Cuando te oigo me parece que la estoy escuchando a ella... o te copia o la copias, porque sois calcadas ¿donde has dejado a Lolo? Si tu compañero es un trasunto del personaje que ha inventado mi vecino de patio seria divino conocerle. Ya puestos, incluso con suerte hasta podría ligármele esta tarde... o cualquier otra, que tampoco tengo que agobiarle, vamos... a lo que la pitufa, ya dueña de la situación y con gran soltura le preguntó a Carmiña si le importaría que llamase a su compañero para que viniese a tomar café, puesto que también tendría que ser parte del complot que les íbamos a explicar enseguida si lo llevábamos a cabo, y que por tanto sería una buena cosa que todos le conociéramos; aclaró que su colega no se llamaba Lolo sino Tanis, que el gachó en cuestión estaba más bueno que el pan, que ella no se le beneficiaba porque tenía bien presente un dicho que le enseñó su primer jefe ("donde tienes la olla no metas la polla") pero que más de dos veces le hubiese gustado darse un buen revolcón con él y que, por supuesto, como Lina no era del gremio ni trabajaba con él podría hacerlo si se le ponía a tiro, que seguro que el otro le dejaba bien apañada para una buena temporada, porque por lo que ella podía colegir a través del pantalón, el Tanis tenía un gran y hermoso pollón.

Y soltó todas esas palabras que a cualquiera le hubiesen sacado los colores sin inmutarse siquiera, o como diría mi madre "sin que se le cayeran los anillos".

Lo del complot les dejó pensativos.

Para dar más intriga al tema ella continuó hablando de sus actuaciones policiales mientras nos sentábamos a comer, acompañando y aderezando sus historias con tacos que no transcribo porque la lista se haría interminable.

A partir de ahí todos aceptaron a esa chica loca y, para nosotros algo exótica y, cuando después de hartarnos de comida les pedí un momento de atención, me costó lo suyo que me hiciesen caso: las cinco mujeres cotorreaban a sus anchas mientras Mario, el Gordix y yo no podíamos dejar de mirarlas como bobos, especialmente a Ro que era la gran novedad y atracción.

Por fin se hizo el silencio y yo, ayudado en todo momento por la del pelo azul y por Carlota, expuse el plan.

Decir que se quedaron boquiabiertos no refleja lo que estaba pasando, pero en cuanto salieron de su estupor, Carmiña fue la primera en decir "¿Y porqué no?, me parece un juego divertidísimo", a lo que el resto asintió vivamente y todos se apuntaron.

O sea, lo íbamos a hacer, me iba a morir.

O mejor dicho, me iban a matar.

Bueno, teníamos por delante una tarea ingente, si queríamos que todo fuese bien, o en palabras de Roberta "que no fuese una puta caca de la vaca", pero una vez aceptada la premisa todos nos pusimos al ataque.

Llegó Tanis, el detective compañero y sombra de Roberta, y estuvo totalmente de acuerdo con la idea; para nosotros era una pieza clave en toda la trama y lo fundamental era que entendiese que aunque desde esa tarde iba a ser "cómplice" de todo lo que pasara, a nosotros no nos conocía, y como de mí lo único que sabía era alguna referencia vaga oída de pasada en la tele, ya que periódicos él tenía por costumbre ojearlos muy poco, si acaso las páginas de deportes de tarde en tarde; de la sección cultural o reseñas de libros se notaba que procuraba estar lo más alejado posible

Los días siguientes yo hice una especie de borrador, asignando a cada uno su papel: serían ellos mismos en cada momento, no tenían que fingir nada y de ese modo no habría contradicciones. Era muy importante que sintieran horror y pena por lo que había pasado, la terrible muerte violenta de un amigo querido, y debían estar preparados para que les cuestionara la policía (que esperábamos fuesen Roberta y Tanis si teníamos suerte) e incluso qué les hicieran preguntas incómodas.

Todos debían tener un motivo para matarme, eso era fundamental, y cada uno se aplicó a buscar el suyo y trabajárselo para cuando llegase el tiempo actuar en consecuencia.

Para mi, aún siendo el protagonista principal, toda la preparación era como escribir una novela más de la serie de Jimena y Lolo, por lo que procuré tratar el asunto poniendo la distancia necesaria. No quería que en esas épocas e influenciado por el asunto me sobreviniese una de mis fatídicas pesadillas

Después de unas cuantas reuniones más, a veces con todo el grupo y otras con dos o tres de los componentes, la cosa iba estando bastante perfilada, pero como los personajes iniciales no estarían solos sino que intervendrían otros sujetos ajenos todavía a nuestro plan, tendríamos que lograr poco a poco la adhesión de esos miembros.

Mario y yo recordamos a un chico que conocimos cuando se filmó la película en Turgalium. Era un especialista en efectos especiales, un tío francamente bueno, que había aprendido la técnica en Hollywood, y al que no sólo se disputaban los directores de nuestra patria sino que continuamente viajaba a muchas ciudades europeas y del resto del planeta para ayudar o asesorar a otros. Como era un tío muy abierto, simpático y para más inri gallego de pura cepa, que desde el minuto uno a los dos nos cayó fenomenal, pero con el que Mario se encontró el plus añadido de ser paisanos y durante el tiempo que convivimos ellos dos habían disfrutado hablando largo y tendido en su lengua, mi amigo le llamó y concertó una cita con él para hablar del asunto.

La cuestión importante era que yo tenía que aparecer como muerto y debía haber mucha sangre en la escena.

Pepiño se mostró encantado de colaborar y para nuestra gran suerte en esa época estaría libre de compromisos internacionales. Su trabajo para los seis meses siguientes iba a desarrollarse en Madrid, en una ambiciosa producción en la que su arte era indispensable para la película.

Aún antes de encontrarnos en persona y a través de mensajes y vídeo llamadas se enfrascó en el proyecto, nos insinuó los diversos posibles escenarios donde encontrarían al cadáver y entre ellos elegimos uno que nos pareció simple y eficaz: sería en mi dormitorio, tumbado encima de la cama llevando únicamente unos bóxer y con ese primer punto resuelto Pepiño se ofreció a preparar todo él mismo sin ninguna ayuda por parte de su equipo. Cuanto menos testigos mejor, fue su explicación, algo con lo que estábamos totalmente de acuerdo.

Lo más importante era mi maquillaje, ya que yo tendría que estar y aparecer como un muerto durante varias horas y, a diferencia de lo que ocurría en las películas, nadie podría retocarme si el color pugnaba por salir de mi rostro, pero sabíamos que él era un gran profesional y lo conseguiría sin problemas.

Era tan concienzudo en su trabajo que incluso me pidió el grupo sanguíneo "ese tipo de detalles son los que suelen fastidiar a la larga si nos toca un policía concienzudo" — nos dijo— e insistió en familiarizarse con la escena del crimen antes de la noche fatídica, cosa que no era tan sencilla porque tengo un portero de lo más cotilla que más que eso parece un miembro de la gestapo y escudriña a todos los que intentan entrar en el edificio. Lo único que le falta es pedir el carnet a los visitantes, aunque también tengo que decir en su descargo que el hombre es un buen fisonomista y una vez que se ha hecho con una cara suele pasar olímpicamente y deja de dar la lata, y si por un poner a alguien a quien ha dado su plácet llevase una bomba seguro que podríamos salir todos volando por los aires y él ni se habría enterado, ya que no habría tenido problemas para dejarle pasar.

Lo resolvimos fácilmente: como a Mario mi cancerbero le conocía más que de sobra la primera vez el bueno de Pepiño vino con él. Haciendo honor a la verdad yo no le hubiese reconocido de haber venido solo: con el pelo engominado, un traje gris cruzado, camisa blanca de seda, corbata discreta y unas gafas Ray-ban, podría haber pasado por un próspero ejecutivo en lugar del especialista gamberro al que estábamos acostumbrados.

A medida que avanzábamos en el proyecto Mario y yo (que éramos los directores de escena porque alguien se tenía que encargar de coordinar; lo que menos falta nos hacía era meternos es discusiones bizantinas que no nos llevasen a ninguna parte) nos dimos cuenta que surgían más y más complicaciones si queríamos que todo saliese bien ya que cada vez que resolvíamos una traba al momento ahí estaba la siguiente.

¿Cómo, por ejemplo, conseguiríamos que mi cuerpo estuviese inmóvil por el tiempo necesario desde que se descubriese el cadáver hasta su traslado al depósito donde se efectuaría la supuesta autopsia? ¿Que médico podría dar el certificado de defunción necesario? ¿Encontraríamos a un forense dispuesto a implicarse en el juego? ¿Como manejaríamos a mi madre y a tía Purita? ¿Y a las abus gallegas? ¿Donde me escondería yo los primeros días?

Todo eran problemas y tentado estuve en algunos momentos de abortar el plan, aunque enseguida lo veía como algo grande que me permitiría volver al anonimato y llevar la vida que me diese la gana.

Yo no iba a fingir mi muerte por ningún hecho delictivo, ni para evadir impuestos o cobrar un seguro. No había matado ni herido a nadie (salvo en mis novelas) y llegado el caso, si el edificio que estábamos edificando se desmoronaba y el plan se iba al garete, siempre podríamos colocar todo el tinglado a una estratagema con fines publicitarios, pero aún así eran tantos y tantos los detalles a coordinar que desde la primera reunión en el chalet de mi editor el tema de nuestras conversaciones, las de todos, pasó a ser "el proyecto" que fue como decidimos denominarlo, en caso que alguien ajeno nos oyese hablar, aunque teníamos especial cuidado de no mencionar nada en sitios públicos.

Mario, Rafa y yo, sin que por eso se nos pudiese tildar de machistas, a veces teníamos que poner un poco de orden, porque las cinco mujeres se entendían tan de maravilla que con frecuencia, cuando estábamos hablando de un punto importante del proyecto interrumpían con algún comentario sobre lo mono que era el pantalón de una, o la ganga que había visto otra en tal o cual tienda, o la dieta tan maravillosa con la que podían perder tantos kilos en pocas horas, pero nunca se ofendieron si les reconducíamos a nuestro *business* porque nuestras chicas, cada cual con sus peculiaridades específicas, eran todas maravillosas.

Hablando del elemento femenino de nuestro grupo, mi querida amiga Pippa y yo hacía algún tiempo que por fin ya habíamos aclarado todos los "misterios" que a mi entender la rodeaban.

A mi me extrañaba mucho que aunque teníamos una relación inmejorable, incluso con nuestros escarceos amorosos y sexuales si se terciaba, y participaba gustosa en cosas que hacíamos como grupo, cuando por la circunstancia que fuese mi madre y mi tía iban a estar presentes desaparecía, o mejor diría, no aparecía.

Al principio no me di cuenta; en la mayoría de esas ocasiones (cumpleaños de las nenas, comunión, celebraciones, cosas así) había tanta gente y tanto lío alrededor que cuando ella me llamaba a ultimísima hora diciendo que le había surgido tal o cual problema, que por favor la disculpásemos, que le daba mucha pena no estar con todos, y el resto de las frases que se dicen cuando uno quiere estar en un sitio y las circunstancias no lo permiten, lo tomaba tal cuál, sin mayores alharacas, y pensando de buena fe en el fastidio que le suponía la renuncia, pero el trabajo es el trabajo y lo entendía.

Empecé a sospechar cuando tampoco pudo estar en el Pazo aquellos días navideños, porque habíamos hablado antes sobre lo que íbamos a hacer durante esas fechas y, salvo la cena del día veinticuatro con miembros de su familia porque ya lo tenía comprometido, hasta después de Reyes iba a tomarse un respiro y olvidarse de charlas, exposiciones y conferencias. De hecho hasta barajamos hacer un viajecito juntos a Lisboa, ciudad que a los dos nos encantaba.

Nuestra relación era una no-relación: estábamos bien juntos, hablábamos durante horas, lo pasábamos estupendamente, había una comunicación muy fluida y entretenida pero pronto los dos nos dimos cuenta que hasta ahí llegaba la cosa; amor, enamoramiento, ilusión o locura no existía entre nosotros y hablarlo tranquilamente me parece que fue un descanso para ambos, porque podíamos ser grandes y perfectos amigos el resto de nuestras vidas pero estar abiertos para cuando al fin llegasen las personas idóneas y adecuadas para ambos.

Pero el grupillo nos tomaba como pareja; nosotros ni afirmábamos ni negábamos.

Cuando aquellas Navidades Mario invitó a todos a subir a Galicia, comentando que estarían las cuatro abuelas allí, y Pippa adujo compromisos ineludibles me sonó raro y a falso, aunque me abstuve de decir nada en alto, ni siquiera le dije nada a mi editor. La echamos de menos esos días, por supuesto, y es posible que yo más que ninguno, pero estábamos tan llenos de actividades, sin parar ni un momento cada minuto, tan contentos por el compromiso de

Carlota y el Gordix que lo tomamos como lo que nos había dicho: compromisos ineludibles, y cuando llamó a desearnos a todos una feliz salida y entrada de año, noté en su voz la pena que tenía por no estar con nosotros.

Se pasó esa ocasión y a la siguiente, cuando las abus andaluzas iban a estar presentes por no me acuerdo que celebración con las gurriatas, tampoco apareció; cuando las siguientes navidades mi madre invitó a todos y cada uno sin excepción para que las pasásemos en el Cortijo, recordando lo bien que habíamos estado juntos en el Pazo, habló con ella que le dijo que iría encantada, todo estaba organizado y en el último momento cuando Pippa nos dejó colgados ya vi que eso no era normal, por lo que busqué una ocasión en la que estuviésemos los dos solos y pudiéramos hablar del tema con libertad.

Justo cuando pasaron esas fiestas y habíamos vuelto a la normalidad la llamé para quedar a comer y después pasar la tarde juntos en mi piso. A esas alturas de nuestra relación todavía no sabía prácticamente nada de su familia ni de su vida anterior, y como ella parecía muy reservada ante ciertos temas yo (el eterno fabulador e inventor de historias) comencé a imaginar que su vida había estado llena de episodios extraños, que había adoptado otra identidad por algo incontable de su otra vida, en fin, durante un par de días imagine todos los escenarios posibles y cada vez lo tenía menos claro.

Tal y como había previsto, después de comer y en plan muy relajado subimos a mi piso a tomar café, charlar y supongo que Pippa pensaría que tendríamos un poco de romance, algo que no estaba en mi ánimo esa tarde, ya que lo que verdaderamente quería era aclarar de una vez por todas lo que estaba pasando, y aunque por su apariencia física, su modo de ser y todo el ambiente que la rodeaba no parecía posible que hubiese sido una asesina en serie, una ladrona de bancos o cualquier otra cosa truculenta, sintiéndome como un gran caballero magnánimo, estaba dispuesto a "perdonar" todas las atrocidades que hubiese hecho y por supuesto mantener el secreto, pero el desconocimiento de los hechos era lo que me estaba matando...

Puse como música de fondo a Bob Dylan, que sabía le gustaba tanto como a mi y una vez sentados en plan cómodo, con nuestras copas de licor acompañando al café le pregunté sin más:

—¿Tienes algo contra mi madre?

Ella se echó a reír, se levantó, vino hasta donde yo estaba y sentándose a horcajadas sobre mis muslos, retirando el pelo que caía sobre mi frente mientras me acariciaba la cara, me dijo ya seria:

—¿Pero como se te ocurre pensar algo semejante? ¡Si no la he visto desde hace montones de años y mis recuerdos de ella son fabulosos! Desde luego Nacho, tu imaginación no para... ¿De verdad que no sabes quién soy?

—Pues claro que lo sé —contesté quizás un poco más rápido de lo que hubiera querido— eres Pippa, mi amiga, una maravillosa mujer que tiene todos los ingredientes que hasta el más exigente podría exigir y que, encima, huele siempre tan bien...

Porque una de las cosas que me fascinaban de Pippa era su olor, una mezcla dulce de esencia de coco con otras especias, que anunciaba su presencia cuando llegaba a un sitio y que perduraba cuando lo abandonaba. Es difícil describir olores aunque nos acompañen en todo momento, pero cuando pensaba en ella no sólo imaginaba su cara o su cuerpo sino que esa imagen venía perfumada con su aroma.

—No, no, no me refiero a eso. Me parece que ha llegado el momento de contarte algunas cosas porque veo que de verdad no sabes quién soy, ahora que estamos solos (y esperemos que no aparezcan por aquí ni Lina ni Rafa) te explico todo.

—Si, falta me hace, porque cada vez estoy más perdido; los últimos días hasta estaba elucubrando sobre tu vida pasada y cuando hace un momento has dicho que no habías visto a mi madre en años imagino que es una forma de hablar porque, que yo sepa, eres la única del grupo que no la conoce. De ahí mi pregunta. Da un poco la sensación que no quieres estar cuando ella está y eso es lo que me ha chocado.

—¿Sabes lo que es tener miedo? Pues eso es lo que yo tengo.

—¿De mi madre? ¡Por Dios, Pippa! Pero si es el ser más inofensivo y amable que te puedes encontrar... ¿O es que crees que va a pensar que quieres pescar a "su niño" y por eso no le vas a gustar? ¿Que vas detrás de las joyas de la Corona? —le solté riendo ya abiertamente.

—Hay que ver, desde luego Nacho, con lo listo y perspicaz que eres para todo, conmigo es que no das una; vale te explico y aclaramos el entuerto, y después de lo que hablemos hoy estaré más que encantada de poder volver a saludar y estar no solo con tu madre sino también con tía Purita. Te voy a dar unas pistas a ver si tú magnífica memoria te dice algo.

Yo no me enteraba de nada, a decir verdad. ¿Qué era todo eso de "saludar" a mi madre y a Purita? Pero ¿de que estaba hablado? Lo decía como si esas dos señoras fuesen antiguas conocidas a las que no hubiese visto en siglos, así que la urgí para que se explicase y ella me contó lo siguiente:

—Para empezar mi nombre no es Pippa, ese es un diminutivo que me puso un profesor italiano cuando estaba en Bellas Artes. Me gustó porque era simple, práctico, iba con mi fisionomía como decía él, y lo adopté enseguida.

Tampoco soy vasca, aunque oyéndome hablar nadie lo diría. Fueron muchos años los que viví en esa tierra tan maravillosa a la que llegué muy joven, y enseguida cogí no sólo el acento sino que, como sabes, puedo hablar euskera como una que no haya salido en su vida de un caserío. He tenido la gran suerte siempre de aprender otros idiomas con mucha facilidad, lo cual me ha sido muy útil para mis estudios primero y luego para el trabajo, que me lleva a países diferentes en los que no hablan el castellano.

Igual que te sucede a ti, yo tampoco tengo hermanos, y gran pena que me da, pero es lo que hay, y ahora ni siquiera padres, los dos se me han ido casi sin que me diese cuenta. Se podría decir por tanto que estoy solita en el mundo, aunque no exactamente porque por suerte tengo muchos amigos; sé que tengo algunos primos y parientes desperdigados por ahí, pero la relación con ellos es prácticamente inexistente, por no decir nula, ni siquiera lo típico de felicitarnos en navidades o cumpleaños, por eso tú y el resto del grupo sois tan importantes para mí, de hecho os considero mi auténtica familia.

¿Todavía no sabes quién soy? Ya veo que no, sigues perdido, así que continuo:

Cuando te vi la primera vez en televisión me hizo muchísima ilusión. Estabas igual que te recordaba, bueno, más mayor y con rasgos de adulto pero las facciones y las expresiones que ponías eran las mismas. A partir de ese día busqué tus novelas, me las tragué enteras y aunque todas me gustaron mucho fue la primera la que más me llegó al corazón: describías de una forma tan encantadora tu infancia, contabas tus recuerdos de tal modo que no te lo querrás creer, pero lo cierto es que la leí y releí tantas veces que podría decirte capítulos enteros de memoria.

Y cuando te vi en el Museo del Prado esa mañana no pude contenerme y por eso te invité a que te sumases a mi grupo, creyendo que me reconocerías, pero no, estabas en Babia y después de tanto tiempo me parece que aún sigues estando en la ignorancia, y mira que hemos estado juntos mil veces, con ropa o hasta sin ella, tal y como vinimos al mundo ¿sigues en la inopia?

Yo cada vez estaba más aturdido y deseando que terminase y me contara quien era, pero parece que ella le había cogido el gustillo a lo de la intriga y siguió hablando más y más, diciendo cosas que ya no sabía si es que me estaba recitando párrafos de mi novela o qué. La levante con suavidad y la senté en el sofá porque con tanto prolegómeno necesitaba otra copa; volví a acomodarme una vez que rellené mi vaso y esperé pacientemente porque ya intuía que esa tarde me enteraría de todo.

—¿Te acuerdas cuando viste a aquel bracero que le pilló un rayo delante de tus narices? ¿Estabas sólo o te acompañaba una niña? Porque lo que ponías en tu novela me parece que no era exactamente lo que pasó, haz un poco de memoria...

De golpe y porrazo lo vi claro: ¡Pippa era mi pequeña amiga MariFeli! ¿Pero cómo podía no haberla reconocido? Se necesitaba ser tonto y estúpido a un tiempo. Me levanté con un brinco, la cogí por los hombros y empezamos a reírnos a carcajadas.

Las horas siguientes se nos fueron volando recordando anécdotas de entonces que íbamos mezclando con episodios de su adolescencia y otros más recientes de pocos años antes. ¡Que gozada haber recuperado a mi compañera de juegos! Lo único que sentía era no haberlo sabido antes, pero que tonto y que burro puede llegar a ser uno...

—¿Entiendes ahora cuando te comentaba que tenía miedo de ver a tu madre? —me dijo Pippa un rato después, cuando ya nos habíamos calmado un poco— estoy segura que ella me habría reconocido a la primera ojeada, porque si te fijas un poco ahora que lo sabes verás que tampoco he cambiado tanto; vale, ahora voy mejor vestida que en aquellos tiempos y soy un poco más alta, tampoco mucho más, no exageremos, y hablo más correctamente pero la esencia es la misma ¿no crees? Y la idea de que tu madre o tu tía pudiesen recordarme o reconocerme antes que tú lo hicieras era algo que no me gustaba demasiado. Viendo que tú seguías sin enterarte, mucho antes de que surgiera lo del "proyecto" ya estaba decidida a abrirte los ojos. Por suerte hemos tenido esta charlita hoy y así vas a "morirte" tranquilo sabiendo quién soy. Vete tú a saber lo que habrás maquinado...

Claro que era la misma, mi amiga querida con la que había pasado tantos y tantos buenos ratos... la misma y distinta, tan heraclitiano todo el asunto... lo importante es que la había recuperado.

Hablamos sin parar durante horas, de sus padres, del abuelo, del Cortijo y cuando bien entrada la madrugada la dejé en su casa porque rehusó quedarse a dormir en la mía alegando una cita temprana con otros especialistas, los dos sabíamos que nunca volveríamos a ser amantes, pero siempre seríamos amigos.

Y después de este inciso que me parecía necesario sigo con el "proyecto".

Al tener la puesta en escena planificada con Pepiño y a falta sólo de unos leves detalles, Mario y yo comenzamos a estudiar la forma de que me quedase inmóvil durante unas horas. No era asunto baladí.

La pequeña Lina, además de su enorme conocimiento de plantas, flores y semillas, y de los poetas que escribían o escribieron sobre las mismas, tenía una gran afición que se relacionaba también con su tema: estudiaba a fondo las fórmulas de los abonos que les echaba, ayudada siempre por un íntimo amigo suyo que era químico, por lo que todos decidimos que fuese la encargada de, sin decir nuestro propósito, conducir las conversaciones que mantenía con él hacia el tema que nos interesaba. Como era muy avispada, cuando su amigo le contaba propiedades, efectos secundarios y todo lo concerniente a un producto o veneno contra pulgones o cualquier otro bicho indeseado en cuestión, en cuanto se separaba de él y para doble chequeo, ayudada por todo lo que encontraba en internet, hacia unos buenos resúmenes y nos los pasaba.

Estudiamos las diferentes sustancias que podrían servirnos y a medida que conocíamos más y más tuvimos que descartar varias opciones por el peligro posterior que suponían. El cianuro de potasio nos pareció algo muy interesante, al poder poner la píldora de reactivación en el diente del usuario, pero implicaba mucho riesgo puesto que con todo el barullo que presumiblemente se formaría al encontrar el "cadáver" la persona encargada de hacerlo igual no tenía esa posibilidad.

Las semillas de junco agrupado no estábamos seguros si harían la función deseada.

Inducir una catalepsia y tener proteína kinasa como catalizador, o usar alanzapina, tampoco nos acababan de convencer y así nos sucedió con otras muchas hasta que llegamos a una conclusión: si a Julieta le había funcionado la Atropa belladona ¿porqué no usarla también en mi caso? Cuando se la administró fray Lorenzo le dijo: "Y en esta simulación de muerte permanecerás cuarenta y dos horas y luego despertarás como de un sueño placido".

Claro que desde que Shakespeare había escrito su Romeo y Julieta habían pasado varios siglos, se habían inventado nuevos métodos y tampoco sabíamos si ese sistema había funcionado de verdad o todo fue una licencia poética del escritor, pero precisamente por lo que ya se sabía en nuestro tiempo, un doctor al que se le comunicase la sustancia ingerida sabría que hacer en caso que algo fallase. No necesitábamos esperar cuarenta y dos horas, sólo las necesarias para que un médico certificase la defunción y trasladar el cadáver al depósito y eso, en el peor de los casos, podría resolverse en pocas horas.

Todo iba tomando forma.

¿Que médico certificaría el óbito? Ahí tuvimos suerte.

Rafa y Lina contaban con un médico de cabecera, originario de su mismo pueblo y muy amigo de sus padres, un doctor ya mayor de ese tipo a la antigua usanza, de los que no le importaban perder un poco de tiempo con sus pacientes, al que yo había consultado en varias ocasiones por pequeños problemas y al cual desde la primera visita convertí también en mi médico. En ocasiones, si el paciente no podía acudir a su consulta, sabíamos por su propia boca que iba al domicilio para intentar aliviarle o prescribirle las medicinas adecuadas. Era, en suma, a diferencia de otros muchos a los que el calificativo de "matasanos" no les viene mal o digamos que les está bien aplicado, un galeno de los que amaban de verdad su profesión y continuaba fiel al juramento hipocrático.

Tenía la gran ventaja de, además de conocerme y ser un lector apasionado de mis novelas, vivir muy cerca y sabíamos que acudiría sin problemas en cuanto le avisaran.

Quedaba la cuestión de si contarle o no el plan ideado, el proyecto, y en ese particular tardamos en ponernos de acuerdo ya que por una parte, si lo conocía iba a facilitar que todo se desarrollara más suavemente, pero por otra, debido precisamente al tipo de persona que era, a lo peor se negaba en rotundo a participar en la trama y entonces la cosa se nos pondría fea, porque no era muy factible encontrar a alguien desconocido que llevase a cabo lo que planeábamos. Al final optamos por contárselo y fuimos Gordix y yo los encargados de la gestión ya que éramos sus pacientes habituales.

Para hacer la cosa como más natural y menos oficial, aprovechando que los padres de Rafa le habían mandado un paquete con productos de su tierra común (cosa que hacían periódicamente), una tarde cuando sabíamos que estaba a pique de terminar en su consulta, una vez que le entregamos las prebendas le invitamos a una caña y él aceptó encantado, entre otras cosas porque quería comentar conmigo sobre mi último libro, y entre birras y tapas le expusimos el plan.

Para nuestra gran sorpresa no sólo no se negó en rotundo sino que estuvo encantado de colaborar. Le parecía, nos dijo, que era una idea brillante y siendo como era un lector de novelas de misterio ser uno de los protagonistas le hacía incluso ilusión. Respiramos tranquilos. Otro escollo salvado porque aunque él posiblemente no fuese el encargado de certificar la supuesta muerte, sino que sería el médico forense quien lo hiciera, para todos pero en especial para mi suponía una gran tranquilidad que estuviese cerca y monitorizase el asunto en caso que las cosas se torcieran.

Al llegar la próxima junta general, celebrada de nuevo en el chalet de Mario, los participantes habían aumentado considerablemente: a nuestro grupo original de amigos se habían sumado la pitufa, Tanis, Pepiño y el doctor Ramírez, ya éramos once personas, cada cual con su cometido, pero todavía nos quedaban muchos flecos por solucionar y quizás el más importante era encontrar a un forense, encontrar el lugar donde y cómo pasaría las primeras horas y días mientras tenían lugar las honras fúnebres y el tema de las abus también estaba en el aire, pero para eso sabíamos que encontraríamos una solución. Lo más urgente era agenciarnos un forense.

Mario, basándose en los guiones que yo había escrito, dio a cada uno un dossier completo en el que explicaba no sólo el plan general de lo que llevábamos ideado hasta la fecha, sino unos diálogos para las declaraciones a la policía, como base para que luego ellos lo pusieran con sus palabras y peculiaridades y esa misma reunión repasamos los papeles de cada uno. Contar con Roberta y Tanis para hacerlo fue un acierto, ya que los "interrogatorios" eran similares a como luego serían y les daba la oportunidad de corregir sus relatos.

Cuanto más tiempo estaba con la del pelo azul más me gustaba. Casi sin darme cuenta me estaba enamorando de ella por días. Era un ser singular, malhablada y pendenciera como no había conocido a ninguna antes, pero una vez que atravesabas esa barrera se veía a la legua la buena cuna que tenía.

¡Y cada vez me parecía más guapa!

Tenía una belleza tan inmensa que a pesar de sus intentos (y yo ya no sabía si buscados a propósito o no) de mostrarse como una auténtica birria, su físico destacaba por encima de todo y de todos. Y encima era muy culta e inteligente. Una joyita, por no decir un diamante aunque fuese un poco en bruto.

Roberta conocía bastante a un par de forenses con los que había tenido relación en algunos de los casos que le habían asignado, pero todos convinimos que no sería adecuado el abordaje; podría complicar en el futuro las carreras de ambos y aunque a regañadientes, después de soltar una de sus ristras de tacos, aceptó. A esas alturas de la película ella estaba bastante integrada con nosotros. Incluso nos parecía que la íbamos civilizando de sus hablas macarras; así somos de ilusos los tíos ante una cara bonita y un cuerpo escultural, aunque la realidad era que casi sin darnos cuenta todos (y en ese todos incluyo a las chicas del grupo) habíamos comenzado a usar naturalmente muchas palabras que antes estaban off limits de nuestros vocabularios.

Como abordaríamos a las abus andaluzas era un tema peliagudo, en especial a mi madre, porque Purita era una artista y por esa razón entendería todo el proyecto más fácilmente.

Después de estudiar varias posibilidades, decidimos que sería Carmiña, tan dulce, pausada y educada, la que debía llevar a cabo el difícil cometido.

Aprovechando que mi madre y mi tía venían a Madrid para otros menesteres y como a pesar de tener el piso del Paseo de Rosales a punto siempre y listo para usar, habían cogido la costumbre últimamente de quedarse a vivir en el chalet de mi editor, alegando que de esa forma no se perdían la posibilidad de estar con las nenas cuando ellas estuviesen libres del colegio y que no les importaba si los desplazamientos al centro eran más largos, teniéndolas en su terreno Carmiña pilló a mi tía aparte y no se aún cómo lo hizo pero abu3 estuvo totalmente de acuerdo con el proyecto.

Mi tía era una señora muy expresiva que cuando hablaba acompañaba a sus palabras con multitud de gestos para enfatizar lo que estaba diciendo; tenía por norma mirar siempre de frente y a los ojos de su interlocutor y parecía que asentía a lo que estuviese oyendo aunque no fuese el caso. Era una de esas pocas almas que podía pasar de la risa al llanto en cuestión de segundos sin parecer hipócrita o afectada (nunca he sabido si tanto las lágrimas como las carcajadas eran auténticas o ficticias) y hubiese sido una gran actriz cómica o dramática si se lo hubiese propuesto, y dado que a ninguna de las dos, madre o tía, tendría que interrogarles la policía porque estarían a varios cientos de kilómetros aposentadas en el cortijo el día del suceso, lo único que necesitaban era fingir pena, dolor y estar lo más calladas posible.

Con mucho tacto y un poco agobiadas temiendo la reacción de mi madre, Carmiña y Purita una tarde que estaban merendando las tres solas en el jardín, en un ambiente muy bucólico y relajado, fueron llevando la conversación hacía lo estresado que estaba yo con la fama, lo mal que llevaba las continuas interrupciones en mi trabajo, el acoso constante de los medios y la murga de los lectores que no me dejaban hacer lo que yo quería, es decir escribir, y mi tía, como cosa de su cosecha, sugirió si no sería interesante que desapareciese una temporada.

Ella lo había hecho: después de su primera y única exposición se negó a meterse en el circo de la fama, aunque entonces eran otros tiempos cuando los paparazzi no estaban tan bravos.

Mi madre comentó:

—Pues pensándolo un poco ¿sabéis que no estaría mal que entre todos le ayudásemos y como por arte de magia le hiciésemos desaparecer? Nacho me tiene muy preocupada últimamente, aunque no le quiero ni preguntar y prefiero hablar con él de cosas insustanciales, pero ya sabéis de sobra lo sensible que es y como le afecta todo... lo que pasa es que no creo que sea un tema sencillo y que pudiera "volatilizarse" así como así, pero hacer algo como fingir una muerte... a lo mejor si se lo proponemos él mismo podría idear un medio e inventar algo como si fuese alguna de sus novelas, pero a ver quién es el guapo que se lleva el gato al agua. Yo voy a ir pensando la forma y vosotras dos haced lo mismo y luego se lo planteamos, eso si, con mucha suavidad. Quizás deberías comentárselo a Mario, hija, porque parece que estamos conspirando, pero lo cierto es que todos queremos lo mejor para él porque en el plan que está cualquier día nos da un disgusto.

Carmiña y mi tía se miraron disimuladamente: ya la tenían en el bote y ¡encima todo era como si fuese una idea suya!

Ahora faltaba "decirme" ese plan a mi y que estuviese de acuerdo.

Mi amiga me mando un WhatsApp de inmediato contándome el éxito de la gestión y esa noche, cuando nos reunimos a cenar los mayores, dejamos que fuese mi pobre y cándida madre la que llevase la voz cantante.

Las conversaciones giraban alrededor de temas comunes, las niñas, el Pazo, la finca de Andalucía, gente que conocíamos y cosas así cuando mi madre se levantó de su silla y, con una voz entre solemne y nerviosa ya que no estaba acostumbrada a hablar en público (aunque ese público fuésemos nosotros), nos dijo:

—Llevo muchas horas dándole vueltas a un tema y me gustaría compartirlo con todos vosotros, a ver que os parece. Como sabemos de sobra, hay personas a las que les gusta estar en el "candelabro" como decía aquella chica hortera que la pobre ni siquiera sabría lo que es estar en el candelero, pero a otros no, como a mi hijo, sí Nacho no me pongas caras, que estoy diciendo la verdad, que a ti lo que te gusta es escribir, pero a tu aire y siendo alguien anónimo. El peso de la fama dicen que es inaguantable y la presión a la que se exponen los que la consiguen debe ser horrible. Acordaros de la pobre Lady Di, que no os niego que tuviera sus cosas, Dios me libre, pero que la acosaron de una forma espantosa y ya veis cómo acabó la pobrecita; en fin, lo que os quería comentar y sin irme ya más por las ramas es que entre todos podríamos ayudar a que Nacho desapareciera, idear una muerte fingida, buscar donde esconderle, hacer un numerito, vamos, un simulacro de muerte y ya está. Si todos los presentes estáis de acuerdo ya idearíamos la forma, a ver Nacho hijo, y tú Mario ¿Que os parece el plan? ¿Una locura? ¿Una buena idea? Haremos como en el Congreso de los Diputados y que cada cual dé su opinión, eso si, con orden y sin insultarnos como hacen esos con frecuencia. Los que estén a favor de mi sugerencia que lo digan y si alguno cree que es una patochada que no se calle tampoco. A lo mejor tenemos suerte y quizás podríamos sacar algo en claro. Y me siento, os cedo la palabra —comentó riéndose.

Como la comedia iba mucho mejor que lo que hubiésemos soñado en nuestras más locas imaginaciones, todos expusimos los pros y contras que se nos ocurrieron y al final quedó decidido: me "moriría" de una muerte violenta, como algunos personajes de mis novelas, pero antes ataríamos bien todos los cabos sueltos.

Mi madre se quedó encantada.

La idea había partido de ella, una buena señora de provincias que casi nunca era el foco de atención ni protagonista de nada y se entregó a su papel con toda su energía.

Nos daba tranquilidad saber que tía Purita estaría siempre a su lado, porque aunque de momento todo le parecía bien no sabíamos que ocurriría más adelante.

Otro escollo salvado. Solamente nos faltaba un forense.

Carlota, mi querida compañera de yoga de tantos años, tenía muchas relaciones en el ámbito de la abogacía; su padre más aún y no sólo entre jueces y fiscales.

Con una buena inspiración que le vino mientras pensaba en el proyecto recordó que el intimo de siempre de su progenitor, compañeros desde parvulitos y amigos toda la vida aunque de profesiones diferentes, era el forense Bollo Rebollo, al que ella conocía desde niña. Los apellidos de ese señor se prestaban a broma y cuchufletas y él era el primero que las hacía a la menor ocasión, pero eran reales.

Este buen hombre, a pesar de tener una profesión tan sangrienta, o quizás precisamente por eso, era un tío simpático, muy hablador y dicharachero que salpicaba sus conversaciones con anécdotas no sólo de vísceras, órganos y descuartizamientos variados sino con historias de Madrid, ciudad en la que aunque no había nacido conocía más a fondo que los llamados "gatos".

Cuando casualmente un día mi amiga me le presentó y tomamos un algo juntos, pasé con él un rato verdaderamente agradable porque su conversación era de lo más entretenida y amena. Esa vez nos contó montones de chascarrillos tanto del lugar donde nos encontrábamos, una terraza del Paseo de Recoletos, como de los edificios de alrededor, de su historia, quien los había construido, los que fueron sus moradores en el pasado, añadiendo a los datos mil anécdotas. Era historia viviente y como le comenté e insistí en otras ocasiones que tuve el placer de su compañía, me parecía evidente que debía poner por escrito todos sus conocimientos para que tal caudal de información no se perdiera cuando él ya no estuviese, aunque a lo más que llegué en ese aspecto fue a ayudarle a que hiciese un blog donde, cuando sus obligaciones profesionales se lo permitían y bajo otro nombre, contaba las magníficas historias que sabía de Madrid.

Ya teníamos forense en el horizonte.

Nos faltaba que accediese a participar en el proyecto.

Con el cuento que yo quería regalarle mi último libro, Carlota y yo le invitamos a cenar. Tuvimos que pensar con cuidado el lugar donde iríamos porque aunque los dos sabíamos que tenía varios favoritos donde la comida le encantaba, para nuestro propósito no eran los más adecuados; por una parte no nos interesaba que nos viesen juntos y por otra en dichos restaurantes siempre había demasiadas personas que me reconocerían y nos impedirían hablar sosegadamente.

Decidimos ir a un asador argentino de Móstoles, donde la comida era muy buena y los parroquianos gente de la zona, por lo que esperábamos no tener muchas interrupciones y tuvimos suerte: esa noche el restaurante estaba prácticamente vacío, quienquiera que fuese nos estaba ayudando.

Carlota eligió el momento justo para exponer el plan y aunque al principio el señor Bollo Rebollo se echó a reír como un descosido pensando que le estábamos tomando el pelo, no tardó en darse cuenta que íbamos en serio y que necesitábamos su colaboración.

Le contamos todos los pasos que ya habíamos dado, la organización de los participantes, el papel de cada uno en la trama y poco a poco su interés fue creciendo, inicialmente con reticencias y más adelante integrado. Nos contó de un caso que había ocurrido hacia un par de siglos, en el que una mujer también simuló su muerte y para cuando llegamos a los postres ya estaba también en el bote.

Teníamos todos los elementos y las personas necesarias para hacer el crimen perfecto, aunque sin crimen o criminal. Había llegado el momento de ejecutarlo.

Tras una reunión general en el chalet de Mario en el que cada uno repasó y revisó con cuidado especial su papel en la trama, acordamos que el asesinato se llevaría a cabo en la madrugada de un sábado a domingo: el portero estaría disfrutando de su día libre, muchos agentes estarían ocupados con los pequeños, y a veces no tanto, robos en metros y aglomeraciones, la calle y la casa estarían tranquilos; lo más fundamental era que el señor Bollo Rebollo estuviese de guardia ese día, porque las de los médicos forenses son por lo general de veinticuatro horas, y una vez que la policía notifica al juzgado de guardia que hay indicios de asesinato (que en este caso serían clarísimos) el Juez suele delegar en el médico forense para certificar la muerte y la firma del oficio del levantamiento del cadáver, aunque mandando para el trámite al secretario judicial y son los dos los encargados de avisar a la funeraria quienes, después de meter al muerto en una bolsa, lo trasladaran enseguida al depósito, llamado pomposamente Instituto Médico Forense, para su posterior autopsia; en fin, todos estuvimos de acuerdo en que parecía la fecha más idónea y el sábado siguiente a las dos de la madrugada hicimos un ensayo general, cada uno en sus puestos.

Controlado por nuestro médico de cabecera tome una pequeña dosis de belladona para ver el efecto que tenía en mi organismo, si me quedaba inmóvil o qué pasaba. Yo estaba tranquilo porque sabía que le tendría al lado y reaccionaría rápido en caso que algo fuese mal y me administraría un antídoto. Previamente Pepiño me había maquillado y preparado y cuando vi las fotos que me hicieron, tumbado en el suelo pero todavía sin sangre, la verdad es que eran de un realismo increíble: era un cadáver cosido a cuchilladas y parecía muy muerto.

Rafa simuló las llamadas que haría y pronto salieron de las habitaciones los que tenían que irse presentando. Yo estaba dormido, pero Carmiña tuvo el buen juicio de ir grabando todo para que pudiésemos corregir fallos, aunque en mi caso una vez "muerto" lo único que tendría que hacer era estarme quietecito, ya los papeles principales de la película correrían a cargo de la policía, del médico, el Juez, el forense y los de las pompas fúnebres.

Mi madre y mi tía no estaban. Ellas seguían en el cortijo tranquilamente aunque informadas al minuto de lo que íbamos haciendo.

El ensayo fue satisfactorio según me contaron, y un par de horas después me desperté fresco y descansado. Quitar el maquillaje me costó lo suyo; Pepiño se había esmerado.

Y por fin llegó el día. El tiempo había volado y habían pasado casi cuatro meses desde aquella noche en que la pitufa sugirió que me muriese.

En esas semanas nuestra relación había cambiado. Lo que en un principio había sido una atracción por alguien tan diferente se había vuelto amor. Trataba de pasar con ella todos los minutos que su a veces agobiante trabajo le dejaba libre y cada conversación que mantenía con ella me abría un mundo nuevo y diferente. Era divertida, muy culta y cultivada y no podía imaginar el resto de mi vida sin su presencia constante. Digamos para sintetizar un poco que estaba loco por ella, enamorado hasta las trancas, como se dice, y ella me correspondía con el mismo ardor e igual pasión, por lo que algunos días me entraban dudas si todo el proyecto no sería una tontería mayúscula y lo mejor era abandonarlo, pero el resto estaba ya tan involucrado que ni me atrevía a decirlo. Era nuestra aventura particular y estaba decidido a que en cuanto terminase todo Roberta y yo nos casáramos.

La última semana antes del crimen mis amigos procuraron estar encima de mí todo el tiempo.

Es posible que pensaran que todo el tema me iba a agobiar sobremanera y que al final decidiría no llevarlo a cabo. Todo el "proyecto" constituía un asunto bastante descabellado si lo pensabas un poco fríamente, pero como todos habíamos estado tan inmersos en la preparación del tema a ninguno le había dado tiempo a considerarlo.

Sin embargo, como medida de precaución, Roberta y yo no nos vimos ni un momento esas últimos días. A veces, sabiendo que ella estaba en su piso, a sólo unos pocos centenares de metros del mío y al que podía llegar dando un breve paseo, me decía a mi mismo que era una tontería no verla y salía de casa dispuesto a hacerlo, pero pronto el sentido común me hacía retroceder los pocos pasos que había andado y me llevaba de nuevo a casa; por fortuna gracias a las nuevas tecnologías nuestros mensajes eran continuos y podía verla ya que no tocarla.

El sábado llegó.

Decidimos reunirnos en mi patio compartido con la pequeña Lina para una última cena. No éramos los doce apóstoles alrededor de su maestro sino simplemente un grupo de amigos que iban a pasar juntos un rato de charla y comida como tantas otras veces; si alguien hubiese mandado un dron para espiarnos era lo máximo que encontraría.

Pero dentro de la casa todo estaba preparado al detalle.

Casi cuando estaba amaneciendo Pepiño que había permanecido en el interior se encargó de ponerme a punto. Mi maquillaje era más que perfecto: una palidez cadavérica se adueñó de mi cara y cuerpo y las falsas puñaladas no tenían que envidiar a cualquiera de las reales. El tío era bueno a reventar.

El tarro con sangre, verdadera y hasta de mi grupo sanguíneo que se preocupó de mantener a temperatura ambiente, la colocaría en los sitios adecuados de mi cuerpo una vez que estuviese tumbado e inmóvil lo más tarde posible.

Ya sólo faltaba que llegase el momento de ingerir la droga que me mantendría tieso durante unas cuantas horas, algo que el doctor Ramírez quería monitorizar lo más posible, pero era obvio que él no podría estar conmigo cuando llegase la policía por lo que el Gordix, en una de esas ráfagas de inspiración suyas, pensó con acierto que Pepiño y el médico se refugiasen en su casa cuando los maderos estuviesen a punto de llegar.

A Roberta y Tanis les tocaba guardia esa noche. Estarían terminando o les quedaría poco para hacerlo cuando los otros polis les llamasen, es decir vendrían ellos si todo salía tal y como estaba previsto y el forense Bollo Rebollo también estaba en su puesto, en comunicación constante con nosotros.

Por unanimidad habíamos decidido que fuese Elisa, la madre de Mario, la que quitase de en medio al Nacho vivo y le llevase al Pazo.

Ella tenía su grupito de fieles amigas con las que se reunía a diario, y aunque en un primer momento pensó en pretextar un viaje para no tener que estar con las otras, ante el miedo a incurrir en contradicciones y explicaciones innecesarias y teniendo en cuenta que la casa era tan inmensa que no tenían por qué verme, decidió seguir con sus rutinas normales.

Como a pesar de haber estado con frecuencia allí, poca gente me conocía y no tendría mucha o ninguna necesidad de salir era casi seguro que podría pasar desapercibido. Era importante el anonimato en ese primer periodo ya que estar al abrigo de miradas indiscretas daría lugar a que transcurriese el tiempo necesario para que mi barba y pelo creciesen, así como para experimentar con el cambio de color hasta lograr el más adecuado para mi nueva fisionomía.

Un punto importantísimo que se nos había escapado mientras programábamos todo era como conseguir un cadáver, porque una vez que el forense efectuase la autopsia, los de la funeraria tendrían que recoger el cuerpo y proceder a su colocación en un ataúd o a la incineración.

Cuando caímos en ese detalle nos entró un poco de pánico ¿como era posible —nos recriminábamos amargamente— no haber prestado atención a algo tan obvio?, pero había pasado y teníamos que subsanarlo a la mayor brevedad: era la tarde del domingo anterior al asesinato, en una semana justa todo el tinglado debería haber pasado ¿como podríamos solucionarlo? Era un tema peliagudo.

Cuando Carlota llamó angustiada a don Armando Bollo, para ver si nos podía echar una mano, este en su línea socarrona de siempre, haciendo gala de su buen humor y talante y con una gran carcajada según me contó más tarde mi amiga le dijo:

—Pero niña, dile a Nacho que esté tranquilo, que yo aquí fiambres tengo más y mucho más buenos que en la mejor charcutería del país, que os preparo uno en un periquete de los que me están ocupando el frigorífico sin que nadie los reclame. No podéis ni imaginar siquiera la de muertos desconocidos que pasan por aquí, y este año con la epidemia de gripe se me amontonan los pobres. A ver, os busco alguno que sea más o menos de su misma envergadura, que ya que vamos a dar el cambiazo tampoco es cosa de mandar a la funeraria a un canijo. Estaros a lo que estáis y no os preocupéis de tener un muerto de verdad, que de eso se encarga mi menda lerenda, como dicen mis amados castizos. Calma y tranquilidad hija, que el invento saldrá bien. ¡Ah! Dile a nuestro querido escritor que me tiene que dedicar la próxima novela que salga de su coco, si, eso que ponen siempre en las primeras páginas: "a mi querido Fulanito por tal y tal" en letras de molde, que hasta ahora nadie lo ha hecho y me haría muchísima ilusión. Y te dejo, Carlotita que me acaba de traer una nueva remesa y tengo los cuchillos, las sierras y los escalpelos a punto.

Después de esa charla respiramos tranquilos, porque las horas previas habían sido de órdago pensando que todo el plan se iba a ir al garete por haber olvidado ese detalle.

Pasamos esa madrugada reunidos en *petit comité*, que no era tan petit a decir verdad puesto que mi vecino y yo estábamos acompañados por el doctor Ramírez, Pepiño y Mario, que quiso estar presente en todas las preparaciones.

Un poco antes de dejar todo a punto un ruido en el piso de arriba nos sobresaltó: alguien se movía allí y nos miramos con una cierta aprensión porque yo sabía que los que habitaban esa casa (un matrimonio mayor muy agradable, aunque para mi gusto la señora iba siempre demasiado emperifollada y cargada de joyas) en esas fechas estaban de viaje; Mario opinó que ni debíamos salir al rellano para ver que pasaba, pero yo no estaba tranquilo dadas las horas y la situación tan extraña y precaria en que nos encontrábamos, por lo que a pesar de las protestas quedas de todos salí al descansillo lo más sigilosamente que pude, prácticamente desnudo y llevando ya el maquillaje de muerto. Ni siquiera encendí la luz.

No habían pasado dos minutos cuando una sombra chocó contra mi y casi me tumba. Noté que una mano se posaba en mi hombro y enseguida dos bultos presurosos siguieron su camino y desaparecieron con la misma celeridad que habían llegado, pero no era momento de seguirles por lo que volví a entrar en casa sin hacer ningún comentario.

Ese encuentro fortuito luego fue determinante en la investigación, un regalo caído del cielo como el maná que recibieron los que huían de los egipcios y que a mí me dieron esos raperos.

La hora prefijada llegó y comenzamos la comedia, ya estaba muerto.

Según me contaron luego con gran lujo de detalles todo salió a la perfección: mis recuerdos de toda la movida se quedaron en un dulce sueño y cuando medio adormilado pregunté que donde estaba, Elisa, con su dulce voz gallega y conduciendo tan rápido como si fuese un as del volante me contestó:

—Camino del Pazo, sigue durmiendo otro rato cariño, que ya ha pasado todo.

Y sí, por fin terminó todo.

No fue fácil, no fue como en las novelas, las mías o las de los maestros del género, había mucha gente involucrada, estaba por medio la ley, deseando abrazarnos con sus tentáculos a pesar de que antes de ejecutar el proyecto habíamos tratado de tener todo controlado y siempre nos quedaba el Plan B de repuesto por si las cosas se torcían en algún punto. Pero lo conseguimos. Fue una buena labor de equipo, lo que demuestra los magníficos resultados que se pueden obtener cuando muchos están para un fin.

El primer tiempo me refugié en el Pazo; era yo pero era otro por que de repente me sentí liberado de todas las presiones de los últimos años y a mi cambio interior se unía el exterior: me dejé crecer una barba, el pelo estaba también más largo de lo que acostumbraba y a ambos aditivos capilares les cambié el color: pasaron de un negro ala de cuervo que era mi color habitual a un rojizo dorado que suavizaba mi fisonomía. Como siempre he sido miope desde muy niño llevaba gafas; al llegar a la adolescencia, por esos asuntos de la vanidad, de presumir un poco y dejar de ser un cuatro ojos, comencé a usar lentillas y solamente cuando estaba en casa me las quitaba y echaba mano a mis fieles gafitas. Como nadie me conocía con ellas, Mario y yo de común acuerdo en el periodo de las preparaciones decidimos que sería conveniente cambiar eso también y las preparamos con tiempo: pasé de las lentillas transparentes a unas que tornaban mis ojos en azules y a eso le añadí unas gafas de pasta negra, que no llevaban graduación pero que añadían al cambio de imagen. También modifiqué mis vestimentas usuales (que tendían a ser bastante serias y formales, salvo en lo tocante al calzado) por unas muy desenfadadas y coloridas. En unas pocas semanas el cambio fue total y no hubiese sido fácil que me reconocieran por la calle o me asociasen con el escritor de fama.

Asimismo por supuesto, desaparecí de todas las redes sociales. Estaba muerto.

Mientras yo me relajaba y descansaba de todos los últimos avatares el resto del grupo proseguía en Madrid con la comedia.

Fueron a comisaría, declararon, recogieron "mis" cenizas, volvieron a comisaría después de escribir unas cartas en las que se declaraban culpables, les dejaron libres porque la sarta de tonterías que dijeron no se sostenían, llevaron mis supuestos restos al cortijo y allí, debajo del olivo centenario en el que muchos años antes había caído un rayo pero que aún seguía vivo, depositaron la urna.

Y cuando toda la investigación estaba en un punto muerto, tanto que mi querida detective ya empezaba a subirse por las paredes y atronaba su comisaría con improperios y tacos, encontraron a un culpable, que si bien no me había liquidado a mí, sí que llevaba bajo sus espaldas y conciencia otros crímenes espantosos. No tuve remordimientos que le colgaran mi muerte, sabía que podía haberlo hecho sin el menor reparo y tuve suerte que no lo hiciese.

Enseguida, en cuanto el panorama se despejó e hicieron mis amigos los trámites oportunos, me casé con mi amada. ¿Para qué esperar si los dos lo teníamos más que claro?

Fue una ceremonia sencilla e íntima en la capilla del Pazo a la que solamente asistieron nuestros familiares directos y los fieles amigos de siempre. Estaban presentes los que tenían que estar acompañándonos, no faltaba nadie de los que considerábamos importantes.

Roberta, después de su merecida vacación una vez que el caso había terminado para ellos y pasado a depender de la autoridad judicial, decidió pedir una excedencia.

Si yo me iba a tomar un año sabático, o quién sabe si los doce meses previstos acabarían convirtiéndose más bien en un siglo sabático y no volvería a escribir, era lógico que ella también estuviese libre. De esa forma podríamos hacer lo que realmente quisiésemos (o en su expresión: lo que nos saliese de las pelotas): exploraríamos el mundo, lejos de todo lo cotidiano y de todos aquellos a los que queríamos que sin duda echaríamos mucho en falta, aunque en nuestras mentes y corazones siempre estarían presentes y cercanos.

Eso fue lo que hicimos.

Viajamos, descansamos y, los más importante, nos amamos tierna y profundamente.

Para mi gran suerte el nombre con el que el público y todos me conocían era Nacho Vergara; el real, el que figuraba en mis documentos era un poco distinto, porque había suprimido el largo y rimbombante apellido que tenía de primero, ya que me pareció que Vergara no sólo porque era mucho más cómodo y comercial sino que también estimé determinante hacerlo en honor al de mi abuelo, que al no tener hijos varones con la generación de mi madre y tía Purita se perdía. Asimismo Ignacio era mi cuarto nombre, después de Víctor Eugenio Roberto, pero mi padre creía que llamarme por los anteriores era muy cansino, demasiado largo y formal para un niño y empezó a llamarme con el corto diminutivo que era también el nombre de mi padrino y así me quedé. Del aristocrático Víctor Eugenio Roberto Ignacio de la Peña del Bosque Negro y Vergara sólo quedó el "Nacho Vergara" conocido por todos, con lo cual lo mismo para pasaporte que para tarjetas de crédito o cualquier otra cosa que me identificase era fantástico porque no podían ligarme en modo alguno con el escritor tristemente asesinado.

Ese tiempo viajero fue inolvidable y los dos saboreamos las horas de cada nuevo día con la ilusión de niños, como si fuese el primero o el último de nuestra existencia. Todo nos hacía reír, todo nos tenía de buen talante.

En los primeros tiempos de libertad no escribí una sola línea, pero ayudé a la creación de mi mejor obra, la más grande de las que había hecho hasta el momento: nuestra preciosa y adorada hija Jasmine.

Pasamos los tres primeros meses de nuestra vida en común en Francia, visitando a toda la familia de mi pitufa.

Como no podía ser de otra forma porque ella no lo hubiese permitido, acampamos en casa de su abuelita, señora encantadora y una parisiense genuina, que antes de salir a nuestras correrías diurnas nos tenía preparados croisants, brioches y toda clase de bollos típicos para desayunar, mientras nos deleitaba con sus desenvueltos comentarios y con gran desparpajo nos contaba las ultimas novedades políticas mundiales, que a menudo aderezaba con cotilleos de los líderes de cada país. De dónde sacaba tanta información era algo que me tenía perplejo, lo mismo que verla tan temprano ya acicalada y perfecta, lista para irse a pasear y divertirse con sus amigas.

Provenía de una larga estirpe de médicos pero a pesar de haber ejercido la medicina toda su vida hasta que por edad se jubiló, odiaba a los médicos y procuraba estar lo más lejos posibles de ellos así como de clínicas u hospitales, y a sus casi ochenta y cinco años tenía una salud de hierro que ella achacaba a las dosis de Pernod que se tomaba cada día al mediodía.

Como hasta al acercarse el tiempo de la cena estábamos "libres", empleábamos esas horas disfrutando de París, siempre maravilloso, y todo lo que nos podía ofrecer: íbamos a pasear por el Pont Marie y gastábamos los días entre museos, pequeños bistros de la rive Gauche, Montmartre, o Notre Dame. A veces cambiábamos el escenario y enfilábamos a ver los escaparates de las tiendas donde los grandes modistos parisinos exponían sus creaciones, pero aunque insistí hasta el aburrimiento para que Roberta comprase cualquier modelo que le pudiera apetecer, para ella lo divertido era mirar no poseer, y hacía continuos chistes, llenos de tacos espantosos y barriobajeros figurándose como seria una persecución detrás de cualquiera de sus maleantes llevando unos tacones de quince centímetros o un vestido de encajes y transparencias. A veces me parecía que ya me iba acostumbrando a su lenguaje soez y creía que lo tenía asumido, pero lo cierto es que cuando oía una de sus frecuentes tacadas seguía impactándome. Como inciso anoto que con el tiempo, puede ser quizás por amor a Jasmine, ha ido desembarazándose y dejando de usar muchos de sus tacos. Lo que no consiguió nadie lo ha logrado su hija que cuando oye alguno se la queda mirando con una cara tan seria y preocupada que mi pobre pitufa se pone roja, le pide disculpas y trata de ir eliminándolos de su vocabulario. Hasta me da pena cuando la oigo reprimirse... lo mío no tiene cura, lo que hace el amor.

Pero volviendo a París, cuando ya iba cayendo la noche íbamos a casa de los innumerables parientes de mi recién estrenada mujer: tíos, tías, primos y familiares no tan cercanos se disputaban por nuestra compañía y todo les parecía poco para hacer de nuestras veladas algo memorable. Seguía encontrando raro cenar a la hora que para los españoles es la de la merienda, pero lo pasábamos tan bien y estábamos tan relajados y felices que la vida que habíamos tenido en Madrid nos parecía tan lejana y remota que más que nuestra era como si recordásemos la de otra persona y pronto me adapté a los, para mí, horarios extraños.

Cuando después de esos meses dimos por terminada la visita y nos fuimos, a los dos nos dio un poco de lástima dejar París, decir adiós a la abuelita Chantal y al enjambre familiar, pero no queríamos caer en la tentación de estar tan afincados que hiciese difícil salir de allí. Además no era un adiós para siempre y todos lo sabíamos, porque la unión de mi mujer con su familia era intensa y sincera por ambas partes. Roberta había pasado mucho tiempo allí desde niña y eso se notaba en la relación tan estrecha que tenía con todos, y a mi me acogieron sin reservas. Cuando les contamos "el proyecto" y la jugada que habíamos llevado a efecto, aplaudieron nuestro ingenio y se congratularon con el resultado.

Decidimos ir a ver los Castillos del Loira antes de abandonar Francia, pero no en plan turista de los que se recorren dos o tres en un día. Nosotros teníamos tiempo de sobra para ir a nuestro aire, disfrutar del paisaje, parar en los pequeños pueblos por los que pasábamos si nos parecían lo suficientemente encantadores o pintorescos, cenar a la luz de las velas en restaurantes mínimos, tocar el agua fría y cristalina de los riachuelos que aparecían a nuestro paso y dormir en hoteles singulares del tipo *bed and breakfast*, en un ambiente cálido y sensual que nos predisponía a nuestras amorosas noches locas y cuando amanecíamos, después de horas de amor y sexo estábamos tan descansados, frescos y dispuestos a lo que nos echasen que podríamos haber pasado por adolescentes.

Vimos castillos, muchos y todos preciosos, con sus cuidados jardines, habitaciones repletas de buenos muebles, alfombras y espejos, pero nuestras imágenes de esa parte del viaje están llenas de casas un poco más humildes pero habitadas por personas de carne y hueso, de prados verdes más mullidos que ninguna alfombra, de ríos que nos reflejaban mejor que el más pulido de los espejos y en los que imitando a Narciso nos mirábamos, unas veces cogidos de la mano, otras con las caras juntas, haciendo como que estábamos en un fotomatón, divertidos como niños pero siempre con mucho amor.

Una vez que hubimos admirado castillos, paseado por prados y jardines, retozado en pequeños hoteles y comido en deliciosas posadas decidimos dar un salto, cambiar de escenario y plantarnos en Inglaterra, donde después de unos días en Londres cogeríamos un barco que nos llevaría a Nueva York.

Hablar de Londres aquí se me haría interminable; llenaría tantas paginas cantando sus alabanzas que se volvería aburrido. Pero sí quiero hacer constar que esa parada quedó grabada en nuestros corazones para siempre.

Aunque los dos por diferentes motivos teníamos muchas y buenas relaciones en la ciudad del Támesis, de mutuo acuerdo decidimos ir de incógnito total, y con eso acertamos porque así podíamos ir a nuestro aire. Nos sentíamos libres.

Fuimos a Oxford, tan querido siempre por mi abuelo, y disfrutamos de un día en el que hasta el tiempo ayudó a hacerlo aún más entrañable, y cuando después de visitar diferentes pequeñas ciudades, asistir a los espectáculos que solamente se pueden disfrutar en Londres, visitar galerías en las que adquirimos varias piezas para decorar lo que sería nuestra casa común y hacer de todo un poco como unos simples turistas, cogimos el crucero en Southampton los dos estábamos pletóricos.

Era la primera vez que cruzábamos el charco en ese medio y no hay nada como una primera vez, sea la que sea y de lo que sea. Estar con Ro era una delicia porque de la cosa más nimia sacaba una aventura. Era muy madura para muchas cosas pero había conseguido mantener el entusiasmo infantil en muchas otras y su presencia alejaba cualquier preocupación. Dos niños no hubieran reído y gozado tanto como lo hicimos nosotros, cualquier nadería nos ponía contentos.

A los pocos días de nuestra llegada a la Gran Manzana decidimos alquilar un apartamento en Manhattan, para dar a nuestras vidas una especie de cotidianidad y continuidad, y no tener esa sensación de estar como de prestado en un hotel.

Porque por muy cómoda que parezca la vida aún en el mejor de ellos, para mí estar en cualquiera de esos establecimientos me parece siempre que lleva implícita esa sensación de precariedad y de cómo no estar ubicado, debe ser que me salen los instintos puebleros, de los cuales estoy orgulloso.

Con dinero, aún en una ciudad cara como es Nueva York, todo es posible y no había pasado ni una semana desde que llegamos cuando ya estábamos perfectamente instalados y haciendo una vida más o menos normal, aunque no sería esa la palabra exacta que definiría nuestro estado ya que Roberta no trabajaba ni se dedicaba a perseguir delincuentes, y yo no escribía ni tenía que huir de los periodistas o lectores, pero los dos necesitábamos ese parón en nuestras vidas.

Tuvimos ocasión de integrarnos en la ciudad, de hacer una vida como la de los que moraban en esa gran urbe, pasear, ir a por comida al supermercado, conocer a muchas personas interesantes, participar en cenas y reuniones de fines de semana con nuestros vecinos y nos parecía que esa vida era la que habíamos tenido siempre. A menudo me quedaba absorto pensando en cómo habría podido vivir más de treinta años sin tener a mi pitufa al lado, tan ocurrente y activa en cada momento, tan amorosa y maravillosa.

La vida en Madrid continuaba a su ritmo, la noticia de mi muerte ya se había difuminado como ocurre con cualquier otra noticia por muy terrible o impactante que sea, y en esas estábamos cuando Mario me llamó diciendo que habían puesto a la venta la parcela pegada a la suya.

No lo dudé ni un segundo y le encargué que la comprase.

Y entramos en otra fase: construir una casa en ella, una piscina y preparar un precioso jardín.

Porque sabíamos que cuando llegase el momento adecuado volveríamos a vivir allí.

Todos mis amigos se volcaron de nuevo en el proyecto, aunque esta vez el tema era menos truculento y bastante más agradable que preparar una muerte.

Mi mujer y yo tuvimos claro desde un principio lo básico que queríamos para nuestra vivienda: A Roberta le daba igual como fuesen las habitaciones, pero lo que sí deseaba era tener un porche que envolviese a toda la casa, al estilo de esas mansiones americanas de antes de la guerra civil (o si les damos el nombre con el que se las designa allí Antebellum Houses), donde según las películas los amigos y conocidos se reunían para charlar y tomar un buen vaso de mint julep, pero que a diferencia de las originales se podría acceder a el desde la mayoría de las habitaciones, y también una buena piscina.

Yo también quería algunas cosas: lo más importante era recrear un patio andaluz alrededor del cual girase toda la casa y una habitación grande que hiciese las funciones de despacho y biblioteca en la que la pared que diese al patio fuese de cristal y también, como algo absolutamente prioritario, que se conservasen el mayor número de árboles posible en la propiedad.

Una vez que todos cazaron la idea de lo que nos era fundamental, gracias a la gran ayuda de Rafa, tía Purita y las nuevas tecnologías, lo que estaba en nuestras mentes pasó a ser algo tangible: tendríamos una casa maravillosa de dos plantas en la que un gran patio central coronado por un techo de cristal para que fuese habitable en cualquier época del año seria el eje de nuestra vida cotidiana, y por fuera el magnífico porche con sencillas columnas envolviendo el edificio nos permitiría disfrutar de la preciosa naturaleza. Árboles, arbustos y plantas darían el tono aparentemente salvaje y prístino al lugar, y aunque la casa iba a ser muy grande el Gordix (que a juzgar por los vídeos que veíamos de él estaba más orondo que nunca) pensó con acierto que sería conveniente edificar una especie de casita rústica integrada en el ambiente, en la zona cercana a la piscina, que serviría para que los futuros invitados pudiesen pernoctar y sentirse independientes.

Pronto comenzaron a visitarnos todos los amigos del grupo, pero venían "sueltos" como bien decía la pitufa, o todo lo más en parejas y para mi gran regocijo se le ocurrió invitar a todos, incluyendo a las abuelas, las niñas, sus padres, Tanis y poco le faltó para no hacerlo hasta al gordo Mikifuz, para que celebrásemos juntos el día de Acción de Gracias, alegando que eran muchas las que teníamos que dar y yo estuve totalmente de acuerdo.

Nuestro piso, que parecía muy grande cuando estábamos solos, se llenó de risas, conversaciones, planos en papel de lo que ya se estaba convirtiendo en nuestra futura casa, ropita para la futura bebé (ya sabíamos que vendría una niña y fueron las gemelas las que eligieron el nombre, Jasmine. De donde lo sacaron no tengo la menor idea y aunque les he preguntado mil veces nunca han querido cantar), buen ambiente y comidas y mejores charlas entre todos.

Fueron cuatro días en los que no paramos ni un momento y cuando por la noche dejábamos en el hotel para dormir a los que materialmente no cabían en el apartamento, ya estábamos deseando que pasasen esas pocas horas para volver a reunirnos de nuevo y seguir donde lo habíamos dejado.

En algunos momentos tenía un poco de miedo que tanto ajetreo afectase al embarazo, pero Roberta me tranquilizaba y me aseguraba que todo estaba bien, que la nena parecía que era igual que ella, una gachí a la que le iba la marcha y la peque debía estar de acuerdo con su madre porque pataleaba sin descanso para regocijo de Mariela y Mariona que a cada rato nos preguntaban:

—¿Porqué no la dejamos ya que salga? Si hasta tiene su cuna preparada... nosotras dos podemos quedarnos con ella, y si llora le ponemos el chupete o le damos una bolsa de palomitas y se quedará tranquila. Anda, tía Ro sácala ya, antes que nos volvamos a Madrid y así nos conoce a todos de un tirón en un minuto...

Pero la niña se quedó guardada en su saco amniótico y los invitados tuvieron que volver a sus obligaciones. Nos quedamos como sordos los primeros días.

Mis novelas, que se habían vendido muy bien antes de mi "muerte" con el deceso fingido lo hicieron más aún, supongo que hay algo en todos nosotros que nos incita a la morbosidad y mi desaparición tan trágica, cuando según las crónicas estaba en la flor de la vida, ayudó a colocarme en la categoría de mito.

Las ventas eran increíbles y aunque lógicamente no tenía nada nuevo en el mercado literario, con los derechos de autor ya tenía más que suficiente como para llevar una vida libre de preocupaciones dinerarias.

Y a pesar de mi idea inicial de tener un año sabático completo, el gusanillo de escribir me rondaba varias veces al día; una mañana decidí que lo mejor sería ponerme de nuevo al ordenador y empezar algo, no estaba seguro de lo que quería escribir, si serían relatos, una novela o algunos ensayos, pero un hecho fortuito (conocer a un miembro de la tribu americana de los Senecas) fue el detonante de lo que iba luego se convertiría en mi gran pasión: escribir novelas históricas.

Desde siempre me había interesado la Historia; de hecho cuando iba a empezar en la universidad dudé entre estudiar Filología o Historia, y aunque al final me decanté por la primera no por eso dejé de leer, estudiar e informarme de cualquier hecho histórico que pillaba, haciéndolo de una manera sistemática, tratando de llegar lo más posible al fondo del asunto.

Mi abuelo, hombre cultísimo que devoraba libros y tratados, me había inculcado el amor hacia la investigación, el contrastar diversas fuentes ante una misma noticia para después de ver las diferentes opiniones sobre un hecho poder elaborar la mía y todas sus enseñanzas no habían caído en saco roto. Conocía por tanto bastante de nuestra Historia, remontándome hasta los tiempos lejanos de los reyes Católicos, todos sus descendientes y el resto de los Austrias, hasta el entronamiento de la casa de Borbón con Felipe V y los que le sucedieron después hasta llegar a nuestros días, pero en lo tocante a Norteamérica mis conocimientos eran bastante deficientes, así que el tema de los indios era virgen para mi lo que al nuevo comienzo le daba un interés añadido, era partir desde cero, algo que mi mente ya me estaba pidiendo a gritos.

No sólo iba a cambiar de tema al escribir, otras muchas cosas serían diferentes.

Tenía que buscarme un pseudonimo y construirme una nueva personalidad en la que no hubiese opción posible a pasar por el calvario de entrevistas o apariciones públicas. Eso se había terminado cuando Nacho Vergara dejó de existir y tenía claro que, pasase lo que pasara iba a ser firme en ese punto. Si otros lo habían hecho con éxito y conseguido estar fuera del circo mediático ¿porqué no podía hacerlo yo? Y los nuevos temas estarían tan alejados de los de mis antiguas novelas que ni aún los especialistas o críticos más sagaces podrían relacionar unos con otros.

Además, los posibles lectores a quienes irían destinados tales libros tampoco eran los usuales consumidores de novelas policíacas. Sabía que todo saldría bien.

La labor de investigación y documentación era ardua. Aquí no se trataba de inventar sino de narrar hechos concretos, aunque ligándolos de una forma que todo resultase no sólo veraz sino fácil de comprender para los neófitos en la materia. Incluso antes de llevar cien páginas escritas vi que tendría que pasar muchas horas y muchos días hasta que el primer borrador quedase pergeñado, pero como no tenía ningún apremio de tiempo, investigar y escribir sobre lo encontrado era puro placer.

La bebé seguía creciendo dentro de mi amada y el día de su nacimiento previsto se acercaba. Habíamos decidido que naciese en los Estados Unidos, queríamos que pudiera ser una ciudadana del mundo completa y ¿que mejor forma para preparar su futuro que añadir otra nacionalidad a las que podía tener por el mero hecho de ser hija de sus padres?

Como todo el embarazo había pasado sin apenas incidencias (si se exceptúan las quejas frecuentes de Ro cada vez que se veía reflejada en alguna superficie brillante diciendo que era un balón, y las molestias típicas de los primeros meses) el día que se puso de parto, a pesar que ya estaban con nosotros mi madre y Carmiña desde una semana antes para compañía, soporte y ayuda, nos cogió de improviso y creo que nunca he estado tan nervioso en mi vida.

Pero también estaba Michele, la madre de Ro, que siendo no sólo médico sino cirujana veía todo el asunto bajo otro prisma y eso nos daba seguridad y tranquilidad.

Si cuando nacieron las gemelas Mario y yo reímos y lloramos al unísono, lo que sentí cuando me dieron a mi pequeña coruja, tan rosa que mimetizaba las ropas en las que iba envuelta, fue algo para lo que me faltan las palabras. Habíamos creado algo precioso y fue entonces cuando realmente entendí como se siente un padre. Sin ser uno de los que podríamos llamar devotos ni frecuentar iglesias a menudo, ese día sí que di gracias sinceras a todos los que residen en las alturas y a los Ángeles de la corte celestial por el inmenso regalo que me habían otorgado.

Entramos en otra dinámica; nuestra vida cambio por completo, como supongo le pasa a todos los padres primerizos. Todo giraba alrededor de Jasmine. Nuestras individualidades se disolvieron y lo mejor del asunto es que no nos importaba...

Comenzó el rosario de visitas del viejo continente que querían conocer a la pequeña. ¡Hasta vino la abuelita Chantal desde París! y eso que odiaba los viajes en avión, pero no quería perderse el poder abrazar a ese ser diminuto que según su opinión era clavadita a mi y a pesar de eso preciosa... la casa transpiraba amor, felicidad y ese aroma especial que desprenden los bebés, y todos se disputaban cogerla y hacer mil monerías para llamar su atención.

Con el transcurrir de las semanas las cosas se fueron calmando.

Poco a poco volvimos a lo cotidiano.

Los meses fueron pasando y aunque la idea inicial cuando salimos casi a escondidas era estar fuera de España un año, el tiempo había corrido más rápido de lo que pensábamos y ya pasaban mucho de dos los que habían transcurrido. Nuestra nueva casa en la sierra madrileña estaba terminada, la niña correteaba por los pasillos y hablaba con su lengua de trapo, mezclando español e inglés y provocándonos risas incesantes al hacerlo, y un buen día decidimos que había llegado el tiempo de regresar.

Las despedidas son siempre dolorosas, y decir adiós a lo que había sido nuestra vida durante tanto tiempo sin duda lo fue, porque aunque habíamos conseguido forjar buenas amistades en nuestra estancia y los miembros del grupo venían a visitarnos con frecuencia, Roberta y yo habíamos pasado muchos meses solos y eso nos proporcionó una unión y una complicidad casi imposible de adquirir si hubiésemos estado en nuestro entorno habitual. No estoy hablando solamente de amor, que lo teníamos a puñados, sino de una forma especial de convivir y hasta de respirar las mismas bocanadas de aire.

Purita y Pippa volaron para ayudar en el traslado, pero siendo las dos tan amantes del arte, la mayoría de los días ni las veíamos hasta bien entrada la noche: se los pasaban recorriendo museos y no estaban demasiado tiempo en casa, con lo que la madre de Ro, Michele, apareció una buena mañana casi de improviso dispuesta a echar una mano con lo que hiciese falta, aunque luego también resultó que a quien echó mano fue a su querida nieta de la que no se separaba ni un instante y con la que gastaba horas en Central Park, que teníamos la gran suerte de tenerlo enfrente de casa.

A la vista de esas "ayudas" la pitufa, aún soltando algunas de sus barbaridades *soto vocce*, dio por sentado que lo mejor era no cabrearse y encargar a un equipo especializado todo lo referente a la mudanza. También ella disfrutaría con ellas de los últimos días de nuestra estancia allí.

Habíamos salido de nuestro país dos y como Machado, aunque por causas diferentes, ligeros de equipaje, pero a diferencia del gran poeta que nunca tuvo la oportunidad de volver a ver sus amados campos castellanos, nosotros volvimos a verlos. Éramos tres al regreso. Y llenos de maletas.

Después de tanto tiempo rodeados de verde la vista desde el avión se nos antojó árida y seca. Todo lo que estaba abajo cuando sobrevolábamos Madrid era amarillo y aunque ninguno de los dos exteriorizamos con palabras nuestros sentimientos nos bastó mirarnos para saber que, una vez más, nuestras mentes corrían parejas.

¡Pero estábamos en casa!

Y hablando de casas, la nuestra, cuando por fin llegamos a ella después de una bienvenida que no tuvo nada que envidiar a la de los famosos más famosos, pero que eran amigos y familiares los que nos rodeaban y casi nos quitaban el resuello, nos quedó sin habla.

A pesar que sabíamos que el terreno era muy grande puesto que tenía más de diez mil metros, verlo in situ nos impactó. Las fotografías y películas no hacían honor a la realidad y al entrar en la propiedad nos embargó una sensación de traspasar un sitio mágico. Era mucho mejor que el mejor de mis sueños o ensueños.

Siguiendo las pautas que les había dicho, el equipo de Rafa trató de conservar el mayor número posible de los árboles centenarios que existían en la propiedad y lo habían conseguido, sólo talaron los absolutamente imprescindibles. Y cuando la casa estuvo edificada la pequeña Lina se había encargado de plantar flores entre los helechos que ya existían. El resultado de todos sus desvelos se dejaba notar solo con posar la vista por cualquier lado que mirases.

Bordeando la piscina (que tenía forma ovalada), muy cerca de la zona cementada cubierta por césped artificial para dar una sensación menos árida, también habían plantado macizos de flores cuyos olores impregnaban el ambiente.

Nos quedamos con la boca abierta. Todo era precioso y de un gusto exquisito; no podría haber sido más perfecto aun en el caso que nosotros hubiésemos vigilado las obras con ojo de halcón, y me di cuenta de nuevo de lo afortunado que era al contar con tantos y tan fieles amigos.

Después de deleitarnos largo rato en el jardín, capitaneados en muchos momentos por las gemelas que nos enseñaban esto o lo otro, por fin llegó el momento de ver la casa.

Aunque nos habían mandado infinidad de fotografías, películas y multitud de tomas desde diversos ángulos, nada fue tan impactante como la realidad que nos encontramos: Rafa y su equipo habían conseguido un edificio elegante, práctico y precioso, en el que multitud de detalles mezclando elementos clásicos con otros modernos daban al conjunto una apariencia fabulosa.

Y eso era sólo el exterior de la casa.

Al interior no le faltaba un detalle, había materializado nuestras ideas de un modo memorable.

Pero claro, salvo la cocina y los cuartos de baño, estaba prácticamente vacía, a la espera que nosotros la llenásemos, porque aunque mi madre y Carmiña se habían encargado de que trasladasen los muebles que yo tenía en el piso de la calle Quintana, que en su ubicación anterior parecían muchos, en esa mansión tan enorme daban la sensación que flotaban. Solamente mi biblioteca estaba completa y parecía una habitación de verdad y cuando vi todos mis libros, los que había acumulado a lo largo de toda una vida más los que heredé de mi padre y mi abuelo, no pude evitar un nudo en la garganta al darme cuenta de cómo los había echado de menos.

Se suponía que el contenedor de cuarenta pies que contratamos en Nueva York en el venían muebles, cuadros y multitud de enseres que con el tiempo habíamos ido adquiriendo llegaría muy pronto, pero aún no estaba allí por lo que nos instalamos en el chalet de Mario y Carmiña para el gran gozo de las gemelas. No hubo forma humana de quitarles de la cabeza su idea: Jasmine era su hermanita muñeca y tenía que dormir en su cuarto con ellas así que, aún cansados y agotados no sólo por el viaje sino por las emociones, no nos quedó otra que meter otra cama en su dormitorio y dejar que ellas dos actuaran como madrecitas; iban a cumplir trece años y estaban entrado en esa etapa cargante de la adolescencia en la que los padres, y sobre todo las madres, dejan de ser los seres maravillosos de la infancia para convertirse en entes que no saben nada de nada, y la llegada de Jasmine a sus vidas cotidianas fue maravillosa para ellas y les evitó enfrentamientos inútiles y sin sentido con su madre. Además estaba Ro, a la que admiraban por su forma de vestir, su pelo loco y sus maneras desenvueltas.

Porque sí, la pitufa no había abandonado su costumbre de llevar pelos extravagantes aún con el cambio de estado: mi mujer cuando llegamos a Madrid tenía el pelo bicolor, verde y rojo, como si de un adorno navideño americano o una bandera portuguesa se tratase, pero como ya me había acostumbrado a sus cambios estrambóticos de look, sabía que en unos meses, cuando el último modelo me fuese totalmente familiar, lo cambiaría de nuevo y a pesar de eso seguiría encontrándola bellísima.

En poco tiempo, a pesar que ya no era un ser individual sino que tenía una familia y éramos tres, mi vida cogió su cauce anterior y fue como si nunca me hubiese ido, pero había ganado en felicidad y tranquilidad.

Pasó ese periodo que a todos se nos hizo corto, en el que vivimos como invitados, por fin llegaron nuestras pertenencias de ultramar, compramos muchas otras y finalmente nos mudamos y empezamos a vivir en nuestra casa.

Yo disfrutaba enormemente de la recreación de mi patio andaluz; allí pasaba muchas horas cada día escribiendo y meditando, inspirado con los olores de las flores que Lina había plantado en preciosos parterres. De las columnas de hierro que sostenían la galería que circundaba toda la segunda planta colgaban macetas que con sus colores y olores eran una bendición para la vista y el olfato. Me había instalado una pequeña mesa en la planta baja en la que coloqué un ordenador accesorio, pero a la manera de Proust y el aroma de las magdalenas, mirar y oler las flores me llevaba a aquellos tiempos de mi juventud en los que escribía en mi otro patio en un cuaderno, y pronto decidí volver a hacerlo de ese modo. Quizás no era tan práctico como sería hacerlo con un procesador de textos y desde luego el proceso era mucho más lento, puesto que todo lo escrito a mano había que pasarlo al ordenador más tarde, pero no tenía prisa, nada me acuciaba, podía recrearme en las palabras que iban llenando el bloc y me daba opción a decidir si eran o no las adecuadas.

Ro recuperó su trabajo. Tenía demasiada energía para limitarse a ser un ama de casa y aunque yo temblaba con la sola idea de los posibles peligros a los que se tendría que enfrentar, me guardé mis miedos porque su felicidad era lo más importante, e intuía que si hubiese puesto cualquier objeción a la larga ella se hubiese sentido asfixiada. Como habíamos montado un gimnasio que parecía sacado de cualquier revista, completo y con todo lo necesario y más, a menudo levantaba la vista de lo que estaba leyendo o escribiendo y a través de las cristaleras de esa habitación la veía machacándose e incitándome a que la acompañase, cosa que hacía con frecuencia pero no para levantar pesas o correr en una estúpida cinta sin fin, sino para darle un beso intenso y decirle cómo la amaba.

En esos ocho años que habían pasado hasta llegar al presente mi vida había cambiado, y la de nuestros amigos también.

Para mi era muy fácil vivir donde vivíamos; prácticamente no pisaba Madrid y a veces pasaban meses en los que ni me acercaba a Cercedilla. Tenía todo lo que necesitaba en mi casa y sus alrededores, y para mayor ventaja un pequeño riachuelo cargado de truchas pasaba muy cerca de mi propiedad. Aprendí, o mejor diría reaprendí, a pescar y era un deporte que hacía juego con mi naturaleza, porque me permitía pensar en el próximo capítulo mientras esperaba que alguna incauta mordiese el anzuelo. La mayoría de las veces terminaba con las manos vacías, pero daba igual, no había sido tiempo desperdiciado.

El resto del grupo no lo tenía tan fácil, eran otro tipo de currantes y se debían a sus obligaciones y tal y como yo les comentaba en plan guasón, tenían que trabajar mucho y bien para contribuir con sus aportaciones a que algún día la vaca lechera del estado se hiciese cargo de nuestras pensiones.

Rafa y Carlota se habían casado, tenían dos críos y eran nuestros vecinos. Fue una suerte que el viejo Marcial (al que nos habíamos traído del Cortijo a vivir con nosotros y aunque muy mayor y con bastantes achaques todavía salía a inspeccionar los alrededores, ayudado por su garrota que tenía casi tantos años como él) se enterase que había un terreno en venta casi lindando con el nuestro.

Lo compraron y empezó otro proyecto del grupo: una nueva casa empezó a crecer delante de nuestras narices y yo, que era el que andaba fijo por allí siempre, dejé mis rutinas y me convertí en un inspector aficionado, supervisando todo lo que estaba pasando.

Su casa, como no podía de ser de otro modo, era todo cristal y acero, con paredes blancas y muy minimalista.

Todo el grupo hacía chistes al respecto ya que conocíamos las costumbres de nuestro querido arquitecto y también sabíamos que Carlota era el polo opuesto, el orden personificado y muy lista, por lo que cuanto menos cosas tuviesen por medio mejor. Eso si, dedicaron una habitación como estudio para Rafa, a la que desde el primer día llamaron "el cuarto de las milaneras" como homenaje al que existía en la casa del abuelo en Turgalium que le traía a ella muchos y buenos recuerdos de su infancia, y allí, entre restos de bolsas de patatas fritas y mil y una chucherías él era más feliz que una perdiz retozona. Cuando el Gordix estaba ausente por algún viaje rápido, Carlota contrataba a un equipo de limpieza muy eficiente que aprovechaba esas horas para limpiar, arrasar con todo lo inservible y dejar impoluta la habitación. Hacían un buen trabajo porque sabían que volverían en cuanto el titular de esa hecatombe estuviese fuera y se tendrían que enfrentar de nuevo a la marabunta por la que conseguían sus buenos dineros.

Jasmine y los dos hijitos de la pareja eran íntimos; como nuestra hija era un poquito mayor y había salido a su madre, huelga decir que era ella la que mangoneaba y dirigía todos los juegos.

Cuando los tres niños fueron lo suficientemente mayores, el mejor regalo que se les podía hacer era dejarles entrar en ese caos de habitación la noche antes de la limpieza. Ni el mejor y más divertido parque de atracciones les gustaba tanto como ir "a la caza del tesoro" como llamábamos al juego. Previamente Carlota y Ro escondían pequeños juguetes para dar todavía más emoción al asunto, pero eran las chocolatinas a medias, las bolsas con restos de gusanitos, los pasteles rellenos de crema rosa o chocolate y los chicles o gominolas que estaban en cualquier rincón lo que más llamaba su atención.

Luego, con su botín bien seguro bajo sus pequeños brazos, se iban a la cama tan contentos.

La cara de pena de Rafa al volver a casa y encontrar su estudio limpio y aséptico era tan triste y dolorida que más de una vez hasta le hicimos fotos para inmortalizar el momento. Pero no había por qué alarmarse: antes de veinticuatro horas todo volvía a estar como antes de la limpieza y así comenzaba de nuevo el ciclo.

Cuando se mudaron a la sierra decidieron conservar el piso en Madrid como un *pied-a-terre*, pero lo cierto es que prácticamente no lo usaban y Pippa logró convencerles para que se lo dejasen. Para entonces ya todos sabían que el edificio era mío, algo que me daba igual puesto que no vivía allí y por tanto no tenía que aguantar que los vecinos me diesen la murga si algo fallaba, pero los miembros de nuestra panda eran amigos con los que no había necesidad de tener secretos.

Conservamos en cambio el minúsculo apartamento de Roberta, que a ella le venía muy bien cuando lograba zafarse un par de horas de su trabajo.

Y hablando de trabajos, el que yo hacía había dado un giro alucinante. Algo que comenzó como un proyecto de escribir con un estilo diferente al resto de mi obra, y si soy sincero casi sin saber exactamente en que iba a terminar, fue tomando vida propia y el resultado fueron dos tomos sobre los indios americanos.

Habían pasado casi cuatro años desde que escribí la primera página, tuve que leer más de doscientos libros como base para documentarme, hice tres borradores a los que cuando los releía les seguía encontrando faltos de algo y de repente, si es que decir de repente después de una labor tan ardua no es una tontería, la obra estaba terminada.

Los primeros días, una vez que la di por buena y se acabó definitivamente, sentía como que me faltaba algo. Era una sensación extraña entrar en mi despacho o sentarme en el patio y no tener que pensar en ella, pero no me dejé arrastrar por mi sentimiento de orfandad mental y en poco tiempo ya estaba haciendo acopio de material para lo que sería la próxima. Y volvería a ser otra de tema histórico. Ya estaba enganchado.

Atrás había quedado mi estilo anterior. Con mi muerte supuesta mis dos personajes tuvieron que desaparecer conmigo; de un plumazo me había cargado también a Jimena y a Lolo, los dos estaban muertos.

Esas aventuras, y en ocasiones desventuras, las escribía sin casi tener que buscar referencias, con mucha frecuencia con poco esfuerzo, y en relativamente poco tiempo después de comenzar una nueva novela el trabajo estaba terminado, para gozo y deleite de mis seguidores. No quiero decir con eso que fuese como en los anuncios para aspirantes a escritores en los que te cuentan que si compras su método podrás escribir una novela, tu obra maestra, en poco más de dos semanas. Hace falta ser muy cándido para creer algo semejante puesto que aún siendo una novelita corta necesitas poner juntas muchas palabras, setenta, ochenta, noventa mil por lo menos, y no estoy exagerando cuando nombro esas cifras, y a eso hay que sumarle otros mil ingredientes. No, al decir que mis anteriores novelas eran fáciles de escribir me refiero a que los personajes clave estaban ya bien definidos, los escenarios por donde se movían también y en un sentido era como crear un nuevo capítulo de una serie. Además todo era pura invención, aunque me basase en hechos reales que por lo general superaban a la ficción.

Para más comodidad a esas novelas le tenía cogido el tranquillo, y tal vez por eso llegué a un punto total de hastío. No suponían ningún reto mental y aunque la crítica y las ventas opinaban lo contrario, para mí cada nueva era peor que la anterior.

En lo que me había embarcado al volver a nacer era de otro tenor y sabía que a partir de ahí todo lo que escribiese sería histórico.

A Mario le encantó cuando la leyó; la consideró tan buena que decidió hacer el lanzamiento mundial no sólo en español sino también en inglés y francés porque intuía que muy pronto esos dos libros pasarían a ser considerados como obras claves, no sólo para los estudiosos del tema sino como libro de texto obligatorio para los alumnos de muchas universidades, como así ha sido.

El compendio, que se llamaba simplemente "Indios de Norteamérica" no era una obra de Nacho Vergara: tuvimos que buscar un nombre al autor, escribir en la cubierta posterior unas pocas líneas sobre él (las menos posibles porque yo quería mantener el incógnito absoluto) y programar la salida al mundo literario de una forma grandiosa. Era toda una nueva aventura pero Mario tenía total confianza en su valía y yo, como era mi costumbre, le dejé hacer.

Encontrar un pseudónimo nos llevó lo suyo y, como no podía ser de otro modo, todo el grupo de amigos participó aportando sugerencias, pero fue tía Purita la que dio en el clavo.

Una tarde que ella estaba de teleconferencia con las gemelas y Jasmine les dijo que me buscasen porque tenía que decirme algo importante. En cuanto cogí el iPhone me soltó:

—Nachito cariño ¿te acuerdas de las aventuras de Roberto Alcázar y Pedrín que le gustaban tanto a tu padre? Estaba organizando los tebeos que se encontraban en una caja en el desván y los he visto. Quería llevarlos a encuadernar para mandárselos a los niños de Rafa y me ha venido la idea. ¿Porqué no te llamas Pedro del Alcázar en el tocho ese de los indios? Mezclando a los dos protas te quedaría nombre y apellido. No me digas que no suena bien.

—Habrá que estudiarlo —le dije entonces para no comprometerme— hay varios candidatos interesantes.

—Tu di lo que te parezca, pero yo ahora mismo voy a mandar unos WhatsApps a todo el grupo y haremos una votación; si sale ganadora mi opción tendrás que aguantarte... anda, pásame de nuevo con las niñas que son más divertidas que tú.

Al parecer llevó a cabo su propuesta con celeridad porque no había pasado ni media hora cuando mi teléfono estaba hasta arriba de mensajes: todos por unanimidad pensaban que el susodicho nombre era absolutamente perfecto, con lo cual no me quedó otra que pasar a ser el tal Pedro.

Lo cierto es que, una vez pasados los primeros momentos de extrañeza, tuve que admitir que mi tía había dado en el clavo, que el nombre y apellidos eran los adecuados, con un punto de seriedad propio de la intensa obra, y siendo tan generosa como siempre era, mi tía en señal de agradecimiento por aceptar su propuesta se ofreció a dibujar lo que sería la portada. Pocos días después la teníamos en nuestras manos Mario y yo: una pareja de indios encaramados en una pequeña colina hacían señales de humo que se expandían a través de las vastas llanuras y alcanzaban a otros integrantes de su tribu apostados muy distantes. Tenía los colores precisos, era preciosa, y sintetizaba una de las formas de comunicarse que tenían mis protagonistas. Todo iba encajando.

Dedique mi obra a mi mujer y a mis amigos del alma, sin poner ningún nombre. Ellos sabían quienes eran, e inventamos un nombre ficticio para honrar y dar crédito a la pintura de mi tía, a la cual le gustaba la fama igual que a mi, es decir nada.

El día que la primera edición salió de la imprenta llegó, y cuando me vi con esos dos tomos entre las manos negar que me dieron felicidad sería una estupidez. Todo el esfuerzo y trabajo de esos años volaron en segundos y me sentía como dicen que lo hacen las madres al ver a su bebé recién nacido, olvidando los dolores pasados hasta ese momento como por encanto.

Mi trabajo se publicó, pero a diferencia de los anteriores no hubo presentación en sociedad con la presencia del autor. No por eso dejó de constituir un bombazo.

Mario, siguiendo con su buen hacer, lo había promocionado ofertándolo a los puntos adecuados y, al igual que ocurrió en el pasado con mis novelas policíacas o los cuentos infantiles, el éxito y los grandes pedidos no tardaron en llegar. Parecía que escribiera sobre lo que escribiese seguía teniendo el toque que atraía lectores.

Durante el tiempo que estuvimos fuera de España no dejé de practicar yoga. En Francia era un poco más complicado porque todos los últimos acontecimientos estaban demasiado recientes y mi concentración iba dirigida por completo a mi mujer. No obstante, ayudado por vídeos, procuraba hacer mis rutinas una o dos veces por semana. No era lo mismo que cuando estaba en el grupo, pero como no se puede tener todo en la vida me resigné y procuré no acartonarme.

Una vez instalados en Manhattan busqué un centro donde pudiese practicar y aunque el instructor (que supuestamente era lo mejor de lo mejor y había aprendido la técnica no sólo en la India con un maestro yogui, sino que la había perfeccionado en otros sitios y era capaz de levitar según decían algunos de sus alumnos) no tenía el toque especial de mi maestra en Madrid. A mi juicio le faltaba esa forma entrañable de comunicar hasta las palabras más sencillas. Con el tiempo me fui acostumbrando a su estilo y el grupo era majo, aunque no había comparación posible con los de antes.

Una vez que Carlota y el Gordix se instalaron en su nueva casa en la sierra, ella y yo decidimos retomar nuestras prácticas mañaneras, a las que se sumó Carmiña con entusiasmo, y cuando Mariona y Mariela no tenían colegio también nos acompañaban.

Si el tiempo era bueno practicábamos al aire libre: nuestros pulmones se oxigenaban y empezar el día con esas prácticas nos llenaban de energía. Si llovía, nevaba o aún sin esos fenómenos atmosféricos la temperatura era fría nos entrábamos en una sala de nuestra casita de invitados y éramos felices.

El viejo Marcial se levantaba con el alba (y se acostaba al tiempo de las gallinas, aunque de esas no teníamos) y después de comer un zalique de pan se iba a sus correrías por los montes de los alrededores, cuidando estar de vuelta para cuando Jasmine se despertaba. Ro dejaba que la tuviese en brazos y le contase alguna de sus historias mientras preparaba el desayuno de la pequeña, pero un día que nuestra hijita había pasado la noche en casa de Mario nos vio practicando a Carlota y a mi.

Después de unas asanas con los ojos cerrados para mejor concentración, cuando los abrí el espectáculo me hizo reír: ahí estaba nuestro querido ayudante intentando contorsionarse, tumbado en el suelo y hecho un ocho.

Pasado el primer momento de risa y asombro y temiendo lo peor dado su edad, me acerqué rápido para ayudarle a levantarse pero por fortuna no se había roto nada y se mostró entusiasmado y dispuesto a hacer los ejercicios con nosotros, así que Carlota y yo cogimos la tarea de ser sus maestros y lo cierto es que nos quedó con la boca abierta: en un par de meses había ganado mucha flexibilidad y en varias ocasiones le encontré por la casa a diversas horas del día haciendo estiramientos...

Era un alumno presto a aprender y su celo llegó hasta tal punto que un día de los muchos que se quedó a cargo de los tres pequeños, Jasmine y los críos de Rafa, cuando volvimos de una de esas comilonas con que nuestra vecina Carmiña nos obsequiaba nos encontramos a los cuatro tirados encima de un edredón y levantando las piernas mientras él trataba de explicarles lo siguiente que tenían que hacer... ni que decir tiene sin necesidad de subrayarlo que los niños estaban encantados. Marcial se convirtió en la mejor nanny que pudiésemos conseguir y desde entonces todos comenzamos a llamarle Nanno, algo que a él le encantaba.

En un sentido se podría decir que casi todos los integrantes del grupo de amigos habíamos llegado a un punto en que vivíamos en una especie de comuna sofisticada, puesto que nuestras casas estaban prácticamente pegadas y para mejor comodidad habíamos abierto puertas comunicantes en los muros que separaban las tres propiedades. La mía estaba en medio de la de Mario y la de Rafa y como yo era el que pasaba más tiempo allí, puesto que no tenía que ir a Madrid ni a ningún otro sitio a trabajar, en la mayoría de las ocasiones, por no decir casi siempre, nuestros encuentros tenían lugar en mi jardín.

Para mayor abundamiento, con el paso de los años las gemelas se habían ido apoderando de la casita de invitados hasta el punto de vivir prácticamente allí y raramente iban a su casa salvo para las comidas, cuando no convencían a su madre para que le llevase el condumio allí o no trapiñaban algo de nuestro frigo.

Empezaron de forma suave, preguntado a tía Ro si podían usarla para una "noche de pijamas" con sus dos amigas íntimas, que era mejor estar allí que en su casa, que si su madre les iba a estar incordiando, que iban a dejar todo bien, que total la casita estaba vacía casi siempre salvo cuando venía alguna de las abus y un sinfín de argumentos innecesarios puesto que a Roberta la idea de tenerlas cerca siempre le entusiasmaba, pero ellas eran así de zalameras y les gustaba meterse en explicaciones.

Lo que tuvieron esas tres fue amor a primera vista: como la pitufa no tenía hermanos desde que conoció a Mariela y Mariona estas pasaron a ser el sustituto perfecto y se convirtió en la hermana mayor maravillosa y estupenda.

Para las niñas mi mujer era su ídolo: con ella podían hablar de todo, bailar los mismos ritmos, escuchar cualquier música, ir de compras y conseguir atuendos estrafalarios que su madre no habría consentido pero que una vez que las veía con ellos las encontraba monísimas. Las tres se lo pasaban realmente bien juntas y a mi, que siempre había tenido debilidad por esas brujitas, me encantaba que fuese así.

Después de la experiencia de la primera noche con sus amigas, que según sus palabras había sido "la más perfecta ever", decidieron que en la casita podían hacer mejor los deberes, que había menos barullo y se concentraban mejor ("a ver, que nosotras hemos salido a Nacho, que para eso es nuestro padrino y necesitamos estar tranquilas"), cuando volvían del cole pasaban por su casa a comer algo, ponerse chándales y no volvían a aparecer hasta la hora de la cena.

Poco a poco comenzaron a llenar los armarios con sus ropas.

Luego decidieron que era una tontería ir a dormir a su casa, que tenían todos sus conjuntos y los zapatos y eso en el otro lado, que si esto, lo otro y lo de más allá y cuando nos dimos cuenta estaban más que instaladas. Ro me decía que eso era lo que a ella le hubiese gustado hacer cuando era adolescente, no haber tenido que aguantar a los plastas de sus padres, que si las niñas tenían esa oportunidad no había que frustrarlas y cincuenta cuentos más, que no eran necesarios porque yo estaba encantado con que viviesen allí pero que le servían como entrenamiento para soltárselo luego a sus padres.

Toda esa movida, que tuvo lugar en un transcurso corto de tiempo, coincidió con una época en la que tanto Mario como Carmiña estaban hasta arriba de trabajo y aunque mi amiga tenía su base de operaciones de su empresa de catering en casa, su empresa había crecido de tal forma que raro era el día en que no tenía que desplazarse más de una vez para solventar asuntos diversos, circunstancia que aprovecharon las canallas de sus hijas para llevar a cabo su propósito.

Cuando al filo de cumplir dieciséis años sus padres decidieron con buen tino que estudiar los dos últimos años de instituto en un colegio americano sería una buena experiencia para ellas, les permitiría perfeccionar el inglés y les abriría nuevos horizontes, una perspectiva que a cualquier adolescente le habría vuelto loco por la libertad que supondría dejar el domicilio paterno por unos meses, a ellas no les hizo tanta gracia. Tendrían que separarse de todos nosotros, dejar la casita y vivir con una familia desconocida. Hubo muchos forcejeos por ambas partes pero en esa ocasión Mario fue inflexible y no se dejó comer el tarro, en expresión de la pitufa.

Quedaba pendiente a que ciudad ir, pero teníamos parte de la primavera y el verano para decidir, y digo teníamos porque de nuevo este asunto se convirtió en un proyecto común en el que todos opinamos.

El Gordix alabó que no les mandasen a Inglaterra o Irlanda: cuando él pasó un año en la bella Albión ya era un adulto completo, había terminado la carrera y podía enfrentarse al reto de estar en una sociedad no particularmente simpática donde encima casi no había chuches .

Carlota había vivido en los Estados Unidos ciertas temporadas y le parecía una elección excelente.

Carmiña seguía cultivando gran parte de las amistades que hizo cuando vivió un año en White Plains en la casa de Susanne, recordaba esa experiencia como maravillosa, pero sabía que si mandaba a las gemelas a casa de su amiga, conociendo como conocía bien a las tres no tenía ninguna duda que las chicas se las ingeniarían para hacer su santa voluntad, pirarse de clases, estar hablando español todo el tiempo y en un sentido sería para ellas como seguir viviendo en casa ya que los encuentros con Sue habían sido frecuentes y numerosos y adoraba a las niñas.

Lina, tan encantadora pero tan infantil, acogió la idea del traslado con tanto entusiasmo que poco faltó para que ella no fuese también ¡Le daba igual si tenía hasta que asistir a clases! Hasta ahí llegaba. Su hermano no podía creerlo, con lo malísima estudiante que había sido siempre...

Pippa tenía unos amigos en la costa oeste que habían hecho sus carreras en Pomona, muy cerca de Los Ángeles, y les pidió información sobre institutos de secundaria. No quedamos muy convencidos de las cosas que nos contaban, la distancia era tremenda y descartamos esa opción.

Roberta se acordó que nuestros vecinos de piso en Manhattan y amigos entrañables los Robertson (con los que desde el primer momento establecimos una camaradería y unión entrañables porque como Ro les decía: vosotros según vuestro apellido sois hijos de Robert, que es la versión masculina de mi nombre, o sea somos hermanitos, así que a llevarnos bien y ser íntimos) provenían de Atlanta, la capital de Georgia, bellísimo estado del sur donde aún vivían sus padres respectivos, así que les llamó para tener información directa y veraz, con tan buena suerte que el padre de Christine no sólo vivía allí sino que además era el director de un instituto muy prestigioso en Fulton County, al norte de la ciudad.

Eso fue decisivo para tomar una decisión porque él nos facilitó muchísimo las cosas.

Había la ventaja adicional de una magnífica comunicación entre Madrid y Atlanta: en pocas horas se llegaba de una a otra ciudad con lo que el destino inmediato de las chicas quedó cerrado.

Lina y Pippa eran amigas.

Después fueron vecinas.

Cuando pasó un tiempo se hicieron compañeras inseparables.

De Lina sabíamos que tenía muchos amigos, pero jamas tuvo una relación sexual con ninguno, según nos contaba tan inocentemente. Salía y entraba con ellos cuando sus obligaciones la dejaban libre, que no era muy a menudo, se lo pasaba bien, iba al cine o a espectáculos, tomaba copas o bailaba y en unas cuantas ocasiones hasta había traído a alguno a nuestras cenas. Como era una chica deliciosa, muy extrovertida, divertida y ocurrente además de ser muy mona, y veíamos al candidato en cuestión muy entusiasmado con ella, nuestras mujeres enseguida empezaban a hacer cábalas sobre una relación más seria, pensando que por fin había encontrado a su alma gemela.

Pero poco tiempo después el chico desaparecía: como había hecho con sus predecesores Lina le había dado pasaporte al ver que la cosa iba más allá de una amistad. A todos nos hubiese gustado que la baby del grupo tuviese suerte y esperábamos que un buen día apareciese radiante diciéndonos que se había enamorado para siempre, bueno, o para mucho tiempo al menos.

Pasaba el tiempo y nada.

Seguíamos esperando.

Pippa tenía un carácter bastante reservado.

Aún después de aclarar su procedencia conmigo, no por ello contaba cosas de sus años mozos con naturalidad al grupo. Era muy introvertida y además estaba totalmente centrada en su trabajo que le chupaba muchas horas. Cuando no estaba dando una charla, viajando o mostrando a su Rembrandt en cualquier museo del mundo pasaba horas estudiando, documentándose o escribiendo para revistas especializadas en arte. Creo que era la que menos tiempo libre tenía de toda la panda y la que con menos frecuencia nos visitaba.

De su vida amorosa o sexual ninguno sabíamos mucho.

Ella y yo tuvimos ciertos escarceos en el pasado; una vez que quedó claro quién era nuestra relación de amistad se afianzó aún más, si es que eso era posible y con frecuencia nos consultábamos cosas de todo tipo pero la atracción sexual se había volatilizado por ambas partes. Quizás nuestra amistad era mucho más importante para los dos y hacía imposible cualquier atisbo de romance.

Apareció Roberta y fue como si los rayos divinos se abalanzasen sobre mi: caí fulminado y todavía continuo bajo su embrujo.

Ella salía de vez en cuando con amigos y compañeros de profesión pero los avances en el sentido de una relación seria no se producían.

No tenían parejas no ya digamos fijas, sino ni siquiera un poco constantes. Pero ninguna de las dos había dado ninguna muestra que no les interesarán los hombres, o diciéndolo de otra forma, que les interesasen las mujeres.

Así que nuestra sorpresa fue mayúscula cuando un fin de semana en el que teníamos previsto reunirnos todos, tomar una cena pantagruélica cortesía de la entrañable Carmiña y dejar pasar las horas practicando nuestro deporte favorito, es decir hablar hasta quedarnos roncos y arreglar el mundo a nuestro modo, aparecieron las dos cogidas de la mano, radiantes de felicidad y con ese brillo especial en los ojos que se instala cuando estas enamorado.

El asunto se había fraguado casi sin darse cuenta ellas mismas.

Como eran vecinas de planta, muchas noches cuando las dos terminaban sus quehaceres diurnos se reunían en cualquiera de los dos pisos a comentar la jornada con una copa y algo para picotear, algo normal entre amigas y más aún en su caso por la comodidad de la cercanía. Poco a poco pasaron a una gran amistad, camaradería y dependencia por parte de Lina (que tampoco es que fuese tantos años menor que el resto del grupo, pero que por su apariencia física y su modo de ser todos la considerábamos muy pequeña y joven) hasta el punto que no daba un paso en lo referente a su negocio sin haber consultado antes con Pippa, persona de gran sensatez y gusto artístico.

Según nos contaron sin omitir detalles una noche después de libaciones variadas en la que Lina, contrariamente a su carácter habitual estaba muy triste porque uno de sus más queridos amigos había muerto en un accidente horrible de coche, Pippa pensó con buen juicio que no sería prudente dejarla sola.

Siguieron bebiendo y cuando se dieron cuenta estaban besándose apasionadamente.

Pero llegó la mañana, y a pesar de la gran resaca que tenían, las dos se fueron a sus obligaciones habituales.

Pippa tenía que volar a Berlín a una reunión de especialistas en arte del siglo XIX que la tendría alejada de Madrid cuatro días.

Lina por su parte, además del tráfico habitual de la floristería, tenía que preparar dos bodas y la decoración de un gran salón para un congreso de médicos en el hotel Palace, por lo que ninguna de las dos tuvo mucho tiempo para meditar sobre el episodio nocturno, pero una vez que dichos eventos terminaron y volvieron a verse la gran alegría que ambas experimentaron por el reencuentro fue tan diferente a la que habían tenido en ocasiones similares que les llevó a tener una conversación sobre el tema ya que ninguna pensaba ser otra cosa que hetero y ni siquiera en sus años adolescentes, cuando la sexualidad aún no esta totalmente definida, cuando a veces las chicas sienten un "amor" o atracción hacia otra de su género, ellas no habían sentido ni participado en algo semejante. Además Pippa, siendo ya adulta, tuvo varias relaciones íntimas con hombres, aunque por diversas circunstancias ninguna llegó a cuajar (llegados a ese punto del relato mi amiga tuvo la delicadeza y deferencia de ni siquiera mirarme para no incurrir en situaciones embarazosas, aunque en realidad todos sabían que entre nosotros había habido algo más que castos besos).

Lo hablaron pausadamente, sin una gota de alcohol por medio que les distrajera del tema, y decidieron ir despacio para ver cómo se sentían.

Todos esos parece ser que fueron los pasos previos a convertirse en amantes.

Porque en poco tiempo y muy rodado llegó el día en que ambas estaban más que seguras de sus sentimientos y se pusieron a vivir juntas.

Todo el incipiente romance había sucedido delante de nuestros ojos y ninguno nos habíamos percatado; ellas quisieron llevar su tema con la máxima discreción, no por temor a que alguno les reprobase, que no era el caso, sino por si al convivir y enfrentarse a las mil y una dificultades de la vida cotidiana el asunto no resultaba.

No fue hasta pasados varios meses de feliz vida en común, al estar totalmente seguras y saber que sus sentimientos eran firmes, cuando nos lo contaron.

Vivían en el piso de Lina, aunque Pippa continuaba teniendo su piso enfrente ya que según nos dijo hasta que el grupo no estuviese al tanto de lo que estaba pasando prefería no dejarlo, pero el momento había llegado y entre risas y miradas amorosas a su amor me dijo que desde ya lo ponía a disposición del casero.

A nuestra sorpresa inicial le siguió otra que era el corolario lógico: querían casarse y deseaban compartir ese día con todos. Y tenían una petición especial para los tres matrimonios: les gustaría que nuestros cinco hijos fuesen los que portasen las arras.

Por descontado al unísono todos dijimos que si y comenzó otro de nuestros proyectos.

Pero no todo era tan sencillo para ellas porque si en el grupo no sólo no encontraron resistencia, ni vieron malas caras o cualquier mínimo indicio que no nos gustase la idea, la reacción de los padres de Lina fue bastante diferente: para ellos fue como si un meteorito les hubiese estallado en la cabeza.

Sus padres eran un matrimonio normal, bastante conservadores, personas muy educadas y que estaban en el mundo real pero el pensamiento de su hijita amando a otra mujer les sobrepasaba, aunque conocían a Pippa más que de sobra y la tenían en gran aprecio. La madre con un poco de tiempo sumado a largas conversaciones con Rafa y Carlota fue aceptando la situación, pero el padre estaba absolutamente cerril (en palabras textuales de Ro), veía todo el tema como una extravagancia pasajera de Lina y se negaba a ser partícipe de nada que tuviese que ver con una unión legal y formal.

Fueron tiempos duros para las dos, pero su amor prevaleció y aún sabiendo que lo más probable era que su padre no volviese a querer nada con ella por el resto de su vida nuestra pequeña amiga resistió las presiones, primero suaves y encubiertas, más tarde directas e incluso violentas y continuó adelante preparando todo con la mayor ilusión.

La ceremonia tendría lugar en el templete de mi jardín, el Juez sería un amigo de Carlota y el aperitivo y comida estaría a cargo de Carmiña y sus huestes, todo quedaba en casa y serían muy pocas personas ajenas a nuestro círculo las que por compromisos ineludibles asistirían al enlace.

Como ocurre siempre mientras estas vivo, las fechas pasaron y el día previsto para el enlace se acercaba, más el padre seguía sin dar su brazo a torcer, lamentándose amargamente con cualquiera de nosotros de la desgracia que le había caído encima, sin escuchar cualquier razonamiento que con la mejor voluntad todos tratábamos de darle.

La madre, ganada ya para la causa, fue determinante en hacer que el buen señor se bajara del burro y hasta le convenció para que fuese el padrino.

Al final, como pasa en las novelas románticas y algunas veces en la vida real, todo fue de maravilla y no sólo no perdieron a su hija sino que ganaron otra, tal y como dicen los típicos.

Las gemelas insistieron para que Jasmine fuese vestida como ellas, con unos trajes vaporosos que les hacían parecer como preciosas hadas, diseñados por Purita, la abu3 de las niñas; los dos crios de Carlota y Rafa iban encantadores, tan formalitos, aparentes y elegantes con sus pequeños pantalones con chaquetas y hasta corbatas, que se llevaron el aplauso de todos los asistentes, mientras que su padre, el Gordix gordo, a pesar de ser el hermano de la novia se negó a llevar una.

Eso sí, a su amado Mikifuz le colocó una pajarita en el cuello y los dos aprovecharon el barullo para forrarse más que nunca de golosinas...

Creo no equivocarme si pongo voz a un pequeño gusanillo que anidaba en nuestras mentes ante el miedo que la cosa no funcionase una vez pasadas las formalidades, porque todos habíamos oído relatar casos en que felices parejas del mismo sexo, una vez que estaban unidas legalmente tarifaban. Deseábamos que su unión fuese perfecta y resultase.

Vanos miedos porque en su caso todo resultó de maravilla y varios años después las dos siguen con su proyecto en común tan felices como cuando lo iniciaron.

¡Tantas y tantas cosas han pasado desde mi "muerte"!

En estos ocho años todos, de una forma u otra, hemos encontrado la felicidad y nuestra unión sigue más fuerte que nunca. Hemos tenido mucha suerte y aquí estamos, entrando en otra fase porque nuestras gemelas se nos han hecho adultas, Jasmine tiene siete años y los peques dejarán el jardín de infancia en poco tiempo...

Todos seguimos bien, realizando como siempre nuestros trabajos habituales aunque yo sigo sintiendo un pellizco en el estómago (porque en expresión de mi madre soy "un agonías") cada vez que veo salir de casa a mi pitufa llevando su pistola y un par de esposas, creo que nunca me acostumbraré, aunque el futuro es eso, futuro ¿quién sabe que nos deparará?

The end

ACERCA DE LA
AUTORA

Victoria F. Leffingwell es una joven escritora con casi tres cuartos de siglo en sus espaldas. Ella se define como "una cuentista", entendiendo ese calificativo como alguien a quien le gusta contar y escribir cuentos. Ha escrito novelas, relatos policiacos, cuentos para niños, poemas haikus y ensayos. Reparte su vida entre España y Norteamérica y procura disfrutar cada día.

Como es nómada, Victoria no vive más de cuatro meses en el mismo lugar, aunque ha cumplido su sueño y cuando está en Turgalium vive donde los villanos. Pero siempre la puedes encontrar en shuinero@icloud.com, donde estará encantada de comunicarse contigo.

Si llamas a la puerta del infierno... es una novela diferente, con la que vas a pasar un buen rato.

¿Quien mató a Nacho Vergara?Pues como pasó con el famoso Comendador de Lope de Vega, parece ser que fueron todos a una, pero en este caso sólo parece.

Una novela muy entretenida en la que hasta la última parte no sabrás quien es el asesino.

Misterio, humor, familia, amistad, una detective de Homicidios un tanto peculiar y borde y algo del mundillo de los escritores se entremezclan de forma muy bien ligada, formando una trama que te atrapará desde las primeras líneas.

Adscribirla a un género concreto en este caso no tiene mucho sentido y serás tu, querido lector, el que la clasifiques.

¡Feliz lectura!

Bibliografía

"Infancia con A-ma-ling" nos lleva a la España de los años 50 de la mano de dos niñas pequeñas. Sus aventuras, problemas y alegrías son compartidas por muchas personas de esa generación y también por la de otras posteriores, porque ¿no siguen los niños esperando a los Reyes Magos o que el Ratoncito Pérez les dejé un regalo?.

La serie de relatos "Las vacas de Wisconsin son unas gandulas" es una divertida colección que abarca varias décadas en ese país, con una visión a veces un poco ácida, a veces irónica, pero que siempre deja una sonrisa en el lector.

"Escritos y Tontunas" son asimismo una serie de vivencias, pero en esta ocasión son recuerdos de su infancia y preadolescencia.

Los *"Cuentos para Ariel"* están llenos de maravillosos animales imaginarios que ya forman parte de las memorias de muchos niños, y que siguen creciendo y creciendo a medida que Ari cambia de intereses.

"La serpiente en casa", es una novela basada en hechos reales: un asesinato atribuido al Maquis, pero que fue simplemente un crimen pasional.

"Cousins" es una novela histórica rio sobre las vivencias de cinco primas, que abarca cuatro generaciones y se desarrolla en varios países.

Printed in Great Britain
by Amazon